读宋词

修境界

DUSONGCIXIUJINGJIE

殷旭 ◎ 编著

应急管理出版社
· 北京 ·

图书在版编目（CIP）数据

读宋词 修境界/殷旭编著. ――北京：应急管理出版社，2020

ISBN 978-7-5020-8404-2

Ⅰ.①读… Ⅱ.①殷… Ⅲ.①宋词—诗词研究 Ⅳ.①I207.23

中国版本图书馆 CIP 数据核字(2020)第 206053 号

读宋词 修境界

编　　著	殷　旭
责任编辑	郭浩亮
封面设计	李　玉
出版发行	应急管理出版社（北京市朝阳区芍药居 35 号　100029）
电　　话	010-84657898（总编室）　010-84657880（读者服务部）
网　　址	www.cciph.com.cn
印　　刷	北京市通州大中印刷厂
经　　销	全国新华书店
开　　本	710mm×1000mm $^1/_{16}$　印张 17$^1/_2$　字数 220 千字
版　　次	2021 年 1 月第 1 版　2021 年 1 月第 1 次印刷
社内编号	20200897　　　　　　　　定价　58.00 元

版权所有　违者必究

本书如有缺页、倒页、脱页等质量问题，本社负责调换，电话:010-84657880

前　言

　　繁花似锦的大宋王朝已经消逝在历史的长河中了，但被称为"一代之文学"的宋词却在大浪淘沙的岁月中毫不褪色，情韵依旧。那些词人的所思、所想、所感、所叹，已从瞬间成为永恒，历久弥新。一千年前的人看世界，目光会定格在开封；一千年后的我们，从宋词的字里行间，又看到了当时的世界。

　　常说"诗言志，词传情"，盛唐诗人有多少挥之不尽的豁达，宋代词人就有多少诉之不竭的愁怨。"云破月来花弄影。重重帘幕密遮灯，风不定，人初静，明日落红应满径"是久病不能赴会之愁；"酒意诗情谁与共，泪融残粉花钿重"是寂寞闺愁；"鸿雁在云鱼在水，惆怅此情难寄"是相思之愁；"胡未灭，鬓先秋，泪空流"是壮志未酬之愁；"一川烟柳，满城风絮，梅子黄时雨"是闲愁；"自在飞花轻似梦，无边丝雨细如愁，宝帘闲挂小银钩"是触目皆愁。

　　宋词细腻、凝练、含蓄蕴藉。词人寥寥数字就能道出我们无法言传的情思，反复品味只觉满口余香。读宋词需要一个极其平和的心境，最好带点伤感的情绪，方能体味那穿越千年仍不褪色的淡淡忧伤。这忧伤绝非某些现代文人酒足饭饱后的无病呻吟，而是经过反复锤炼的赤金。

　　宋词作为中国古代的闪耀遗珠，它的伟大，不仅仅在于唯美的遣词造句，其中所蕴含的人生境界，直到今天，依然散发着光芒。

我们生活在一个高科技时代，工业科技和现代文明的追求是经济的飞速发展，而我们就像这架高速运转的机器上被裹挟的无法控制自己的螺丝钉，每天也都在快速飞转，在对速度和效率的追逐中奔跑，我们不敢停下来，生怕被残酷的竞争法则淘汰。在这个快节奏的世界上还有谁愿意来关注我们的情感与灵魂？夜深的时候审视一下自己的内心吧！看看那颗柔软的心房是否已磨钝成茧，是否已不能感动，不会忧伤，不懂爱情了，是否只是沉浮于世，只有依靠极度的刺激才能将其唤醒。

人心千古不易。我们了解古人的心灵体验、人生境界，并不是要现代人"黄卷青灯"，不食"人间烟火"，回归古人的生活情趣，故作高雅脱俗。我们试图做的只是尽可能将那些泛黄竖排的古籍所承载的心灵智慧激活，将个体心灵遭遇的超越时空的诸般问题及其心灵的自我拯救与排解一一呈现，几千年来人类心灵积淀的广度、深度与厚度或许能够帮助我们解决当代人心灵的困境。李泽厚先生曾说过："文学的最高价值、文学的永恒性源泉在于它可以帮助人类心灵进行美好的历史性积淀。就是说，成功的文学作品，它总是在人类心灵中注入新的美好的东西。这可能看不见，不是像科学那样可以测量、计算，但它确实存在着。"（《世纪新梦》）当你全身心地投入宋词优雅而从容的世界中，在其悠闲的节奏、唯美的文字、典雅的意境、纯真的情感、人生的思考所营造的纯粹精神的享受中，感受它的悲喜与忧愁，悲悯与无奈，消沉狂放，你得到的将会是心灵最深处情感的释放，浮躁的心灵会重寻静谧与安宁，僵硬的心房会日益柔软敏感；你将重新学会思考和感受，重新获得情感的陶冶和智慧的启迪。

直到今天，宋词的形象、意境、美感、魄力，仍陶冶着人们的情操，宋词的典雅华美、含蓄蕴藉，还有清新自然、酣畅淋漓，都让人产生一种无法言说的着迷感。无论是外在语言的字如珠玑，还是内在蕴含的隽永韵味，都吸引着情感和思绪在语言营造出的绝妙意境中自由飞

翔，不断捕捉着心境和生命中的感触，在跨越时空、贴近情感的触摸中，更好地领悟古人的人生境界。

在这个特别需要人文关怀的时代，让宋词为我们的心灵与情感燃起一盏指路明灯吧！就让她为我们心灵小船的前行导航，帮助我们渡过暗礁浅滩，寻找幸福的彼岸，迎接美好的明天。

编 者

2020年8月

目　录

前言

第一章　清心境界：人间有味是清欢

> 清欢是人类心灵的纯净一隅，是超越物质享受的精神境界。清欢不讲物质条件，只讲究心灵的平静体味。清欢是对人生、对生活的品味与享受，是对生活的热爱。清欢对生命情趣的珍惜，是在执着与放逐间，体味人生的诗意。

1. 诗万首，酒千觞，几曾着眼看侯王
   ——心境淡然才会快乐…………………………………………003
2. 人间有味是清欢
   ——保持心灵的安宁和平静………………………………………006
3. 待浮花、浪蕊都尽，伴君幽独
   ——学会发现和欣赏生活的美……………………………………011
4. 酿成千顷稻花香，夜夜费、一天风露
   ——学会给心灵"放假"……………………………………………015
5. 仔细思量，好追欢及早
   ——丢掉所有的不快乐，就是快乐………………………………019

6. 云何，当此去，人生底事，来往如梭
　　——看淡一切，苦中寻乐 ·· 023

7. 枕上诗书闲处好，门前风景雨来佳
　　——生活是多姿多彩的 ·· 027

8. 此心安处是吾乡
　　——心静如水，随遇而安 ·· 031

第二章　知足境界：懂得知足，方能常乐

> 懂得知足方能常乐，就好像纪晓岚的老师陈白崖所写的一副对联"事能知足心常惬，人到无求品自高"。人的欲望是无止境的，过分膨胀自己的欲望只会让心灵疲惫痛苦，因为生命难以承受其重。

1. 称心如意，剩活人间几岁
　　——欲望是永无止境的 ·· 039

2. 粗衣淡饭，赢取暖和饱
　　——知足才能常乐 ·· 043

3. 稻花香里说丰年，听取蛙声一片
　　——快乐是自己的事情 ·· 048

4. 浮云出处元无定，得似浮云也自由
　　——有一种智慧叫"放弃" ·· 051

5. 童孙未解供耕织，也傍桑阴学种瓜
　　——平平淡淡就是幸福 ·· 056

6. 碧云笼碾玉成尘，留晓梦，惊破一瓯春
　　——培养幸福快乐的心态 ·· 059

7. 醉卧古藤阴下，了不知南北
　　——安心享受自己的生活 ·· 066

第三章　脱俗境界：淡泊名利，是真谛

> "天下熙熙，皆为利来；天下攘攘，皆为利往。"我们知道想要摆脱名利的束缚是不可能的，但是却能修炼出名利淡泊的心态。其实，淡泊名利就是保持自我的本真，宠辱不惊，不卑不亢地活着。

1. 一齐都打碎，放出大圆光
　　——依靠自身的力量去解脱烦恼 …………………… 073
2. 功名浪语
　　——不要被名利牵着鼻子走 …………………… 077
3. 起来搔首，梅影横窗瘦
　　——宁静致远，淡泊明志 …………………… 081
4. 忍把浮名，换成了浅斟低唱
　　——宠辱不惊是一种境界 …………………… 086
5. 世路如今已惯，此心到处悠然
　　——让自己活得轻松一些 …………………… 090
6. 蜗角虚名，蝇头微利，算来著甚干忙
　　——享受人生是一种智慧 …………………… 094
7. 浮生长恨欢娱少，肯爱千金轻一笑
　　——别为金钱丢掉快乐 …………………… 100

第四章　寂寞境界：孤寂，是无法排遣的愁

> "古来圣贤皆寂寞"，每个人在生命中都逃不脱孤独寂寞的纠缠，无论身处闹市，还是独居山林，无论身在庙堂之高，还是身处江湖之远，寂寞都是无法排解的感受。但有时候，它是成功的养料，是人生的一剂苦口良药，能让我们保持清醒的头脑，保持真实的自我。

1. 看他们，得人怜，秦吉了

　　——远离趋炎附势的小人 ································· 107

2. 拣尽寒枝不肯栖，寂寞沙洲冷

　　——人生要耐得住寂寞 ··································· 112

3. 自是人生长恨水长东

　　——烦恼不是个好东西 ··································· 117

4. 山桃溪杏两三栽，为谁零落为谁开

　　——人情冷暖，世态炎凉 ································· 122

5. 愁无比，和春付与东流水

　　——放弃痛苦，选择快乐 ································· 127

6. 不如随分尊前醉，莫负东篱菊蕊黄

　　——忧虑不能改变现实 ··································· 131

7. 零落成泥碾作尘，只有香如故

　　——孤芳自赏，活出自己的个性 ··························· 134

8. 欲将心事付瑶琴，知音少，弦断有谁听

　　——千金易得，知己难求 ································· 139

9. 蓦然回首，那人却在，灯火阑珊处

　　——不落俗套，做真实的自己 ····························· 143

第五章　旷达境界：心若无尘，清风自来

> 不要为了金钱丢掉快乐，物质财富的确能给心灵带来一时的快乐，但物质繁荣，也剥夺了人们快乐的美好时光。

1. 不如意事常八九

　　——苦难本身是一次洗礼 ································· 151

2. 谁羡骖鸾，人在舟中便是仙
　　——在旅途中忘掉忧愁……………………………………………… 157

3. 日啖荔枝三百颗，不辞长作岭南人
　　——学会苦中求乐…………………………………………………… 160

4. 占得人间一味愚
　　——适当装"傻"是一种智慧………………………………………… 164

5. 城中桃李愁风雨，春在溪头荠菜花
　　——最后的笑声才是最甜的………………………………………… 167

6. 一点浩然气，千里快哉风
　　——坦然地面对生活中的不幸……………………………………… 172

7. 回首暮云远，飞絮搅青冥
　　——兴趣爱好可以陶冶情操………………………………………… 176

8. 一松一竹真朋友，山鸟山花好弟兄
　　——让自己愉快起来………………………………………………… 181

第六章　超然境界：有得有失，才是人生

> 在人生的境遇里，不管你愿意不愿意，得失都要伴随你一生。人生就是一个不断得失的过程。失之东隅，收之桑榆，得失是相依的，有失就有得。

1. 无可奈何花落去，似曾相识燕归来
　　——得失无语才是人生……………………………………………… 189

2. 不以物喜，不以己悲
　　——看淡身边的得失………………………………………………… 194

3. 惟愿孩儿愚且鲁，无灾无难到公卿
　　——得到和失去是成正比例的……………………………………… 202

4. 竹杖芒鞋轻胜马，谁怕？一蓑烟雨任平生
  ——把心理调整到最佳状态……………………………………… 205

5. 得不艰难，失必容易
  ——努力用心就有希望……………………………………………… 211

6. 便休休，更说甚，是和非
  ——失去的未必是最好的…………………………………………… 216

7. 我见青山多妩媚，料青山见我应如是
  ——心态是一柄双刃剑……………………………………………… 220

第七章　无常境界：人生只道是寻常

> 故交零落，人生无常，死亡是谁也无法阻挡和改变的结局。年年岁岁花相似，岁岁年年人不同。人生只道是寻常。

1. 世事一场大梦，人生几度秋凉
  ——用平和的心态对待生活…………………………………………… 229

2. 自是休文，多情多感，不干风月
  ——心态不同，结果就不同…………………………………………… 233

3. 物是人非事事休，欲语泪先流
  ——人生无常，当下最真……………………………………………… 236

4. 谁道人生无再少？门前流水尚能西
  ——乐观向上的人生态度……………………………………………… 240

5. 堪笑一场颠倒梦，元来恰似浮云
  ——生命是一个过程…………………………………………………… 244

6. 当时共我赏花人，点检如今无一半
  ——"现在"是上天赐予我们最好的礼物…………………………… 249

7.旧游无处不堪寻。无寻处,惟有少年心

——时间一去不复返 ············· 253

8.夕阳芳草本无恨,才子佳人空自悲

——人不要自寻烦恼 ············· 258

第一章

清心境界：人间有味是清欢

清欢是人类心灵的纯净一隅，是超越物质享受的精神境界。清欢不讲物质条件，只讲究心灵的平静体味。清欢是对人生、对生活的品味与享受，是对生活的热爱。清欢对生命情趣的珍惜，是在执着与放逐间，体味人生的诗意。

1. 诗万首，酒千觞，几曾着眼看侯王

——心境淡然才会快乐

【出处】

朱敦儒《鹧鸪天·西都作》

【原文】

我是清都山水郎，天教分付与疏狂。曾批给雨支风券，累上留云借月章。

诗万首，酒千觞，几曾着眼看侯王。玉楼金阙慵归去，且插梅花醉洛阳。

【译文】

我是天宫里掌管山水的郎官，天帝赋予我狂放不羁的性格。曾多次批过支配风雨的手令，也多次上奏留住彩云，借走月亮。

我自由自在，吟万首不为过，喝酒千杯不会醉，王侯将相，哪儿能放在我的眼里？就算是让我在华丽的天宫里做官，我也懒得去，只想插枝梅花，醉倒在花都洛阳城中。

【注释】

清都山水郎：在天上掌管山水的官员。清都，指与红尘相对的仙境。

疏狂：狂放，不受礼法约束。

支风券：支配风雨的手令。

章：写给帝王的奏章。

觞（shāng）：酒器。

玉楼金阙慵（yōng）归去：不愿到那琼楼玉宇之中，表示作者不愿到朝廷里做官。

【赏析】

这首词作于西都，即洛阳，很具特色。是北宋末年脍炙人口的一

首佳作，曾风行汴洛。词中，作者以"斜插梅花，傲视侯王"的"山水郎"自居，给人留下了深刻印象。

上片，写作者在洛阳时，"行歌不记流年，花间相过酒家眠"（《临江仙》），过着流连风月的疏狂生活。下片，反映作者"几曾着眼看侯王"，即傲视权贵，不愿在朝为官的思想。这句是这首词的点睛之笔，也是作者内心思想的写照。作者虽不愿在朝做官，但对国家的命运还是关心的。虽隐居伊嵩，啸傲洛浦，留恋山水清音，而事实上仍"换酒春壶碧，脱帽醉清楼"（《水调歌头》），"射麋上苑，走马长楸"（《雨中花》），仍不能忘情于十丈红尘。

很多年前，在那个梅花盛开的月夜，朱敦儒做了一个成为"山水郎"的梦。在这个梦中，他是天宫掌管山水的官员，每天不理俗务，遍游天下名山大川，生活是何等的惬意自在。身为天官，性格中又有几份狂放，不为尘世礼法所约束，言行举止自有一番大气磅礴。赏玩山川还不够，又有"诗万首，酒千觞，几曾着眼看侯王"，他宁愿终日与诗书美酒相伴，也不愿流连于尔虞我诈的官场。古来向往隐逸生活之人何其多，又有几个能真正放弃现有的忙碌生活，完全寄情于山水，享受天然之趣。任尘世浪浪，红尘滚滚，我独洁净一生，逍遥自在。酒色财气如利刃，名缰利锁催人老，与其在追求与不得中受尽折磨，不如寄情于山水之间，相忘于江湖之上，畅快肆意，才不算辜负这一生。

俗语说：人生不如意事常八九。在碰到人生的不如意时，很多人都是怨天尤人，终日生活在痛苦中不能自拔。其实，还不如保持一份淡然的心境，快乐将触手可及。

有一个渔夫，他每天早上出海打鱼2个小时，这样就可以解决一家人一天的温饱问题。打完鱼就回村里和人下棋、聊天、带孩子在院子里玩。日子过得是自由自在、无忧无虑。

有一天，来了一个商人。商人对他说，你打鱼的技术这么好，你

每天多花点时间去打鱼,你就可以得到更多的钱。渔夫问然后呢?商人说:得了钱,你就可以多买些船,然后请工人帮你打鱼。到时,你可以把鱼卖到更远的地方。渔夫问:再然后呢?商人道:那时,你就有更多的钱了。你可以开间工厂,把鱼加工后卖给人们。你就成就了一番事业。渔夫问:那要多久呢?商人说40年。渔夫说:得到这些我又能做什么?商人想了想说:得到这些,你就可以回渔村找些老朋友,一起聊聊天、下下棋和你的孩子老婆一起过着无忧无虑的生活。渔夫说:我现在不就过着这样的生活吗?……

渔夫和商人的话,各有各的理。选择一种态度,随之而来也就选择了一种生活方式。也许选择一种不需要太忙碌的生活,并且真正地会享受它的人,应该是比较超然的人吧,心境淡然的感觉确实够清醒。渔夫的生活虽然没有什么奢靡的东西来享受,但拥有的快乐应该会多得多吧!

庄子讲过一个支离疏的故事:

南方楚国有一个人叫支离疏,他的形体是造物主的一个杰作,或者说是造物主在心情愉快时开的玩笑:脖子像丝瓜,脑袋形似葫芦,头垂到肚子上而双肩高耸超过头顶,颈后的发髻蓬蓬松松似雀巢,背驼得两肋几乎同大腿并列,好一个支支离离、疏疏散散的"美人"坯子!

支离疏却暗自庆幸,感谢上苍独垂青于他。

平日里,支离疏乐天知命,舒心顺意,日高尚卧,无拘无束,替人缝衣洗服、簸米筛糠,足以糊口度日。

当君王准备打仗,在国内强行征兵时,青壮汉子如惊弓之鸟,四散逃入山中。而支离疏呢,偏偏耸肩晃脑去看热闹,他这副尊容谁要呢,所以他才那样大胆放肆。

当楚王大兴土木,准备建造皇宫而摊派差役时,庶民百姓不堪骚扰,而支离疏却因形体不全面免去了劳役。

每逢寒冬腊月官府开仓放粮时,支离疏却欣然前去领到三盅小米和十捆粗柴,仍然不愁吃不愁穿。

一个在形体上支支离离、疏疏散散的人,尚能乐天知命,以自然的心性,安享天年。那么,把这支支离离、疏疏散散从而遗形忘智、大智若愚的精髓运用到立身处世中去,就可以逢凶化吉、远离灾难。

生活中有太多人们所想要拥有的东西,权势、金钱、名利等,可是,转眼之间的云烟缥缈,仿佛一切都会化为乌有,什么都不能够带走。无论是高官的权贵,还是山珍海味的享受,都不会永久,而只有拥有这种淡然的心境才是人生的永恒。

2. 人间有味是清欢
——保持心灵的安宁和平静

【出处】

苏轼《浣溪沙·细雨斜风作晓寒》

【原文】

细雨斜风作晓寒,淡烟疏柳媚晴滩。入淮清洛渐漫漫。

雪沫乳花浮午盏,蓼茸蒿笋试春盘。人间有味是清欢。

【译文】

冬天早晨细雨斜风天气微寒,淡淡的烟雾和稀疏的杨柳使初晴后的沙滩更妩媚。洛涧入淮后水势一片茫茫。

乳色鲜白的好茶伴着新鲜如翡翠般的春蔬,这野餐的味道着实不错。而人间真正有滋味的还是清淡的欢愉。

【注释】

浣溪沙:唐玄宗时教坊曲名,后用为词牌名。双调四十二字,上片

三句三平韵，下片三句两平韵。

细雨斜风：唐韦庄《题貂黄岭官军》"斜风细雨江亭上，尽日凭栏忆楚乡。"

媚：美好。此处是使动用法。

滩：十里滩，在南山附近。

洛：即洛涧，源出安徽定远西北，北至怀远入淮河。

漫漫：水势浩大。

"雪沫"句：谓午间喝茶。雪沫乳花：形容煎茶时上浮的白泡。宋人以将茶泡制成白色为贵，所谓"茶与墨正相反，茶欲白，墨欲黑"（宋赵德麟《侯鲭录》卷四记司马光语）。

午盏：指午茶。

蓼（liǎo）茸：蓼菜嫩芽。一作"蓼芽"。

春盘：旧俗，立春时用蔬菜水果、糕饼等装盘馈赠亲友。

【赏析】

这是一首纪游词，是以时间为序来铺叙景物的。作品充满春天的气息，洋溢着生命的活力，反映了作者对现实生活的热爱和健胜进取的精神。

词的上片写沿途景观，下片转写作者游览时的清茶野餐及欢快心情。"雪沫乳花浮午盏，蓼茸蒿笋试春盘"两句绘声绘色、活灵活现地写出了茶叶和鲜菜的鲜美色泽，使读者从中体味到词人品茗尝鲜时的喜悦。这种将生活形象铸成艺术形象的手法，显示出词人高雅的审美意趣和旷达的人生态度。"人间有味是清欢"，这是一个具有哲理性的命题，用词的结尾，却自然浑成，有照彻全篇之妙趣，为全篇增添了欢乐情调和诗味、理趣。

这首词，色彩清丽而境界开阔的生动画面中，寄寓着作者清旷、娴雅的审美趣味和生活态度，给人以美的享受和无尽的遐思。苏轼就是在

这首词中找到了生活的诗意，找到了人生快乐的真谛，体味人间最简单而有味的人生宴席。

清欢是人类心灵的纯净一隅，是超越物质享受的精神境界。清欢不讲物质条件，只讲究心灵的平静体味。

生活在满眼是钢筋混凝土的城市丛林里，听不见鸟语、吃不到未被污染的果蔬，但只要有一颗未被尘世污垢蒙蔽的心灵，有一颗敏感的心灵，你可能就会在上班的林荫路上发现阳光的缝隙，在下班拥挤的人潮中瞥见那一抹天边的晚霞，就会体味幸福的清欢滋味。

清欢是对人生、对生活的品味与享受，是对生活的热爱。对生命情趣的珍惜，是在执着与放逐间，体味人生的诗意。

《小窗幽记》中有这样一段话：

"清闲无事，坐卧随心，虽粗衣淡饭，但觉一尘不染；忧患缠身，繁扰奔忙，虽锦衣厚味，亦觉万状苦愁。"这段话的意思是，人生要有一种宁静致远的追求。清闲自在，喜欢坐就坐，喜欢躺就躺，随心所欲，在这种状态下，虽然穿的是粗衣，吃的是淡饭，但仍然会觉得心情平静，不会为一些日常凡俗之事而牵挂；相反，那些患得患失、忧患和烦恼缠身的人，整天奔忙着一些烦忧之事，这些人虽然穿的是华丽的衣服，吃的是山珍海味，但会觉得心中痛苦万状。

清闲自在，坐卧随心，也就是"清心"。从心理学上说，清心就是一种没有"心机"的心理状态。它是与"有心"的生活态度相对的。清心就是不动情绪，不执着，恬淡而自得，根据自己的本真去待人处事。

因此，清心从一定意义上说，又是一种生活之道。如果用老子所说的"失道而后德，失德而后仁，失仁而后义"的观点来衡量，清心的人格层次远在德、仁、义之上。它是人生修炼达到神圣功化以后，在生活之道上的反应。清心中孕育着童真，清心中孕育着活力，清心中孕育着快乐。

《菜根谭》云："此身常放在闲处，荣辱得失谁能差遣我；此心常安在静中，是非利害谁能瞒昧我。"意思是说，只要自己的身心处于安闲的环境中，对荣华富贵与成败得失就不会在意；只要自己的心灵保持安宁和平静，人世的是非与曲直都不能瞒过你。

老子主张"无知无欲"，"为无为，则无不治"。世人也常把"无为"挂在嘴边，实际上是做不到的。但一个人处在忙碌之时，置身功名富贵之中，的确需要静下心来修省一番，闲下身子安逸一下。这时如果能达到佛家所谓"六根清净、四大皆空"的境界，就会把人间的荣辱得失、是非利害视同乌有。这利于帮助自我调节，防止陷入功名富贵的泥潭。在洪应明看来，佛家所谓的"六根清静、四大皆空"也就是指人生要韶达淡泊，降低欲望，这样就会把生活中的是非利害与荣辱得失看得轻一些，而生活的快乐则会体验得多一些。洪应明也多次提到，人需要静观世事，做到身在局中，心在局外，这样就会客观地对待生活，才能不为外物所累，人间的种种现象也才能尽收眼底。

我国国学大师林语堂曾经讲过这样一个故事：

有一对年轻的夫妇，利用假期出外旅游。他们一路南行，来到一处幽静的丘陵地带，发现在这人烟稀少的小山旁边，有一个小木屋。

夫妻二人走到小木屋前，看见门前坐着一位老人。年轻丈夫上前一步问道：

"老人家，您住在这人迹罕至的地方不觉得孤单吗？"

"你说孤单？不！绝不孤单！"老人回答道。停顿了一会儿，老人接着说：

"我凝望那边的青山时，青山给予我力量；我凝望山谷时，那一片片植物的叶子，包藏着生命的无数秘密；我凝望蓝色的天空，看见那云彩变化成各式各样的城堡；我听到溪水的淙淙声，就像有人在向我作心灵的倾诉；我的狗把头靠在我的膝上，我从它的眼神里看到了淳朴的忠

诚。每当夕阳西下的时候，我看见孩子们回到家中，尽管他们的衣服很脏，头发也是蓬乱的，但是，他们的嘴唇上却挂着微笑。此时，当孩子们亲切地叫我一声'爸爸'，我的心就会像喝了甘泉一样甜美。当我闭目养神的时候，我会觉得有一双温柔的手放在我的肩头，那是我太太的手，碰到困难和忧愁的时候，这双手总是支持着我。我知道，上帝总是仁慈的。"

老人见年轻夫妇没有作声，于是，又强调了一句："你说孤单？不，不孤单！"

这位老人的生活看起来是平淡的。然而，在我们这个世界上，每个人都可以说是凡夫俗子，他们总期盼着过一些平淡的日子。平淡，不是没有欲望。属于我的，自然要取；不属于我，即使是千金、万金也不为其动，这就是平淡。安于平淡的生活，并能以平淡的态度对待生活中的繁华和诱惑，让自己的灵魂安然自处，这样的人，于自己，就像云彩一样的飘逸；于他人，就像湖泊一样的宁静。这就是一种清心的境界。

其实，这位老人正是达到了清心的境界，因此，他能清闲自在、坐卧随心，从平凡的生活之中，体悟到了生活的情趣，领略到了生活的快乐。

人在宁静之中心绪像秋水一样清澈，可以见到心性的本来面貌。在安闲中气度从容不迫，可以认识心性的本原之所在。在淡泊中意念情趣谦和愉悦，可以得到心性的真正体味。

3. 待浮花、浪蕊都尽，伴君幽独

——学会发现和欣赏生活的美

【出处】

苏轼《贺新郎·夏景》

【原文】

乳燕飞华屋。悄无人、桐阴转午，晚凉新浴。手弄生绡白团扇，扇手一时似玉。渐困倚、孤眠清熟。帘外谁来推绣户，枉教人、梦断瑶台曲。又却是，风敲竹。

石榴半吐红巾蹙。待浮花、浪蕊都尽，伴君幽独。秾艳一枝细看取，芳心千重似束。又恐被、秋风惊绿。若待得君来向此，花前对酒不忍触。共粉泪，两簌簌。

【译文】

小燕子飞落在雕梁画栋的华屋，静悄悄四下无人，梧桐阴儿转过了正午。傍晚清凉时美人刚出浴。手拿着丝织的白团扇，团扇与素手似白玉凝酥。渐渐困倦，斜倚枕睡得香熟。此时不知是谁在推响彩绣的门户？空叫人惊醒了瑶台好梦。侧耳听却原来是阵阵风在敲竹。

石榴花半开像红巾叠簇，待桃杏等浮浪花朵落尽，它才会绽开与孤独的美人为伍。细看这一枝浓艳的石榴，花瓣千层恰似美人芳心紧束。又恐怕被那西风吹落只剩绿叶。来日如等到美人来到，在花前饮酒也不忍去碰触。那时节泪珠儿和花瓣，会一同洒落，声簌簌。

【注释】

飞：《云麓漫钞》谓见真迹作"栖"。

瑶台：玉石砌成的台，神话传说在昆仑山上，此指梦中仙境。

风敲竹：唐李益《竹窗闻风寄苗发司空曙》："开门复动竹，疑是故人来。"

红巾蹙：形容石榴花半开时如红巾皱缩。

"芳心"句：形容榴花重瓣，也指佳人心事重重。

秋风惊绿：指秋风乍起使石榴花凋谢，只剩绿叶。

两簌簌：形容花瓣与眼泪同落。清黄蓼园《蓼园词话》云："末四句是花是人，婉曲缠绵，耐人寻味不尽。"

【赏析】

这是一首抒写闺怨的双调词，咏人兼咏物。作者赋予词中的美人、石榴花以孤芳高洁、自伤迟暮的品格和情感，在这两个美好的意象中渗透进自己的人格和感情。词中写失时之佳人，托失意之情怀；以婉曲缠绵的儿女情肠，寄慷慨郁愤的身世之感。

上片以初夏景物为衬托，写一位孤高绝尘的美丽女子。起调"乳燕飞华屋，悄无人，桐阴转午，"点出初夏季节，过午时候的幽静。"晚凉新浴"，推出傍晚新凉和出浴美人。词的下片借物咏情，写美人看花时触景伤情，感慨万千，时而观花，时而怜花惜花。这种花、人合一的手法，读来婉曲缠绵，寻味不尽。作者无论是直接写美人，还是通过石榴花间接写美人，都紧紧扣住娇花美人失时、失宠这一共同点，而又寄托着词人自身的怀才不遇之情。

生活中不缺乏美，但总是缺少发现的眼睛。找到美、发现美，其实很简单，只需要多一份用心，多一份积极向上的态度。

在亚里桑那沙漠过第一个夏天，斯蒂芬想自己会被热死的。华氏112度的高温快把人烤熟了。

第二年4月，斯蒂芬就开始为过夏天担忧，3个月的地狱生活又要来了。有一天，当他在凤凰城的一个加油站给车加油时，和加油站主人希普森先生聊起这里可怕的夏天。

"哈哈，你不能这样为夏天担忧，"希普森先生善意地责备着斯蒂芬，"对炎热的害怕只能使夏天开始得更早、结束得更晚。"

当斯蒂芬付钱时，他意识到希普森先生说对了。在自己的感觉中，夏天不是已经来了吗？开始了它为期5个月的肆虐。

"像迎接一个惊人的喜讯那样对待酷暑的来临，"希普森先生说着找给斯蒂芬零钱，"千万别错过夏天带给我们的各种最美好的礼物，而夏天的种种不适躲在装有空调的房间里就过去了。"

"夏天还有最美好的礼物？"斯蒂芬急切地问。

"你从不在清晨五六点起床？我发誓，6月的黎明，整个天际挂着漂亮的玫瑰红，就像少女羞红的脸。8月的夜晚，满天繁星就像深蓝色的海洋里漂浮的流水。一个人只有当他在华氏112度的高温里跳进水里，他才能真正体会到游泳的乐趣！"

当希普森先生去给另一辆车加油时，站在一旁的一位年轻加油工笑着轻声对斯蒂芬说："好啊！你得到了希普森的特别服务——免费传授他的人生哲学。"

使斯蒂芬惊奇的是，希普森先生的话果然有效。他不再怕夏天了。4月和5月也就自动与炎炎夏季区分开了。当高温天气真的到来时，清晨，斯蒂芬在天堂般的凉爽中修剪玫瑰花；下午，他和孩子们舒舒服服地在家里睡觉；晚上，他们在院子里玩追球游戏，做冰激凌吃，痛快极了。整个夏天，他还欣赏了沙漠日出特有的壮观景象。

几年之后，斯蒂芬一家搬到北部的克来兰德，不到9月，邻居们就为过冬担忧了。当12月的大雪真的落下来时，他的孩子们，10岁的大卫和12岁的唐真是兴奋极了，他们忙活着滚雪球，邻居们则都站在一旁盯着看"这两个从没见过雪的愣头愣脑的沙漠小子。"

后来孩子们上山坐着雪橇滑雪、去湖面滑冰，回来以后，大人、小孩都围坐在斯蒂芬家的壁炉旁，津津有味地吃热巧克力。

一天下午，一位中年邻居感慨地说："多年来，雪只是我们铲除的对象，我都忘了它真能给我们这么多欢乐呢！"

几年之后，他们又搬回沙漠。斯蒂芬开车到加油站，新主人告诉他希普森先生因年事已高把这个加油站卖了，在不远处又经营了一个小型加油站。

斯蒂芬开车到那儿拜访希普森先生，并让他再给自己加油。他更瘦了，满头银发，但是他那愉快的笑容依旧。斯蒂芬问他感觉怎么样。

"我一点也不担心变老，"他说着从车篷下走出来，"在这里光欣赏生活的美都欣赏不过来呢！"

他边擦手边说："我们有3棵果实累累的桃树，卧室窗外还有一个蜂鸟窝，想想还没有我指头大的美丽的小鸟，看上去真像一只小企鹅。"

他开着发票，继续说："黄昏时，长耳大野兔奔跑跳跃；月亮升起来时，小狼在山坡上成群出现。我从来没有看到过有这么多野生动物在春天活动。"斯蒂芬开车离开时，他向斯蒂芬喊道："去观赏吧！"

回家的路上，希普森这位可爱的老人的幸福秘诀一直回荡在斯蒂芬的脑际。是呀，尽管生活会给人带来种种烦恼，但主要的是，你要学会发现和欣赏生活的美……

4. 酿成千顷稻花香，夜夜费、一天风露

——学会给心灵"放假"

【出处】

辛弃疾《鹊桥仙·己酉山行书所见》

【原文】

松冈避暑，茅檐避雨，闲去闲来几度？醉扶孤石看飞泉，又却是、前回醒处。

东家娶妇，西家归女，灯火门前笑语。酿成千顷稻花香，夜夜费、一天风露。

【译文】

在松岗中躲避寒暑，在茅檐下躲避风雨，如此来来去去的日子不知道有多少次了。停下醉酒摇晃的脚步，手扶嶙峋的石头，注目眼前飞流直下溅珠跃玉的瀑布，醉眼蒙眬，辨认许久，看啊看啊，原来以前多次酒醒就在这里！

东边有人娶妻，而西边已经出嫁的女儿也回娘家省亲，两家门前都灯火通明，亲友云集，一片欢声笑语。村外田野里柔风轻露漫天飘洒，它们是在酝酿制造着稻香千顷，丰收就在眼前了！感谢夜里风露对稻谷的滋润。

【注释】

己酉：淳熙十六年（1189），时词人闲居带湖。

归女：嫁女儿。古时女子出嫁称"于归"。

"酿成"三句：谓每夜的清风白露，酿成一片稻米花香，意即风调雨顺，丰收在望。

【赏析】

这首词与《西江月·遣兴》一样，同为辛弃疾罢官后居于江西上

饶时所作：以农村生活为背景的一首抒情小词。这首词作于公元1189年（淳熙十六年己酉），当时他已五十岁了。

词的下片，不但表现了作者热爱自然的感情，而且也有热爱农村生活、喜爱劳动农民的感情。"东家娶妇，西家归女，灯火门前笑语。"写农民婚娶的欢乐、热闹情况。这和作者孤独地停留在山石旁的寂寞情况，形成了强烈的对比，足以令他感到格外寂寞。但作者的心情并非如此，他分享了农民的欢乐，冲淡了自己的感慨，使词出现了和农民感情打成一片的热闹气氛。"酿成千顷稻花香，夜夜费、一天风露。"作者以这两句结尾，写出了为农民的稻谷丰收在望而喜慰，代农民感谢夜里风露对于稻谷的滋润。这样，他就把自己的整个心情投入对农民的爱和关心中了。

总之，这首词在描写闲散生活时透露身世之痛，在描写农民的淳朴生活中，反映了作者的超脱、美好的感情；情境交融，相互衬托，使词的意境显得十分清新、旷逸。

在生活中，如果我们不能舍弃当下思考的直觉过程，屈就才智，生活则显得枯燥单调、缺乏效率且无趣烦闷。当我们放松心情，轻装上阵时，那么一旦情况需要，所有的技巧便能自然涌现。

凯茵被网球俱乐部的莎莉击败后，一直困扰于惊吓与羞愧的情绪交错之中，其实莎莉根本就不是她的对手。

凯茵是个实力很强的运动员，不论是游泳还是冲浪，都表现得比同龄选手杰出。而在网球方面，更是佼佼者。上一年她赢得了好几个比赛冠军，可说是风光的一年。但讽刺的是，她当时并没有全力以赴，反而以"轻松打"的心态居多。

上次过生日，凯茵用塔罗牌占卜流年运势，知道自己将会有个"好运旺旺的一年"。因此，凯茵想：上一年我只不过是随便打打，就有这么好的成绩，要是我开始加倍努力、勤奋练习、全心投入，那还得了？

换句话说，凯因认为自己在这一年的网球赛里稳操胜算。

于是凯茵找出所有网球录影带和相关书籍，加强技巧的学习，并且她将原来在比赛前一晚喝点小酒的习惯也改了。她吃得更健康了，以保持最佳状态。

以往，她总在年度大赛的最后一晚放松心情，但这回，她把念书时准备期末考试的那股拼劲拿来打网球。

比赛那天，凯因信心满满："我一定可以把对手打得灰头土脸"。

然而，比赛中，凯因一直试图想起书中的重点，现学现用，可是不知为什么，总是慢了一步，脑子里尽想"我表现得如何？"她全身紧绷，一点也没法轻松快乐地打球。最后，她输给了实力不及自己的莎莉。后来，凯茵突然自悟："当我喜欢自己的表现而且不把它看得那么严肃，也不要刻意去分析每一个挥拍反击的动作时，我的成绩通常比较好。原来这就是所谓的把心放在球场打球。"

凯因学到了一个宝贵的经验：如果在打球时，想的尽是运球动作和球技分析，就很容易犯规、表现呆板，且对敌手的回击缺乏应变能力。除此之外，凯茵领悟到人生不也是如此吗？

我们时时刻刻在进行思考，但其本质却持续变化。当思想变严谨、条理化、过于刻意时，自然呈现出因循守旧、按部就班的行为模式；反之，当我们心智没有负担，除了让意念自由游走别无所求时，这种放松的当下，正确性思考就会在我们需要它的时候不请自来。

劳伦斯住在加州的一个小镇上，是一家商店的老板，他把自己如何获得好心情的过程讲了出来：

我经常烦恼，没有一天不生活在重压之下。太太抱怨我，说我的脸每天都绷得紧紧的，像一面没有生气的鼓；女儿甚至说我像僵尸，上学前不愿亲吻她……但是有一天，当我又绷紧神经，心里想着如何让商店的生意好起来时，我在街道上看到一个镜头，顿时使我的烦恼烟消云散，全身

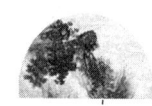

立即放松，心情豁然开朗起来。这件事虽然前后只有10秒钟左右，它却使我学会了"如何愉快生活"的问题——比过去10年学的收获都多。当我正走着，突然看到对面有一个两条腿俱残的男人朝这边走来。他坐在装有滑轮的小木台上，两手握着小木棍，抵住地面而滚动前进。

这一行为引起了我的兴趣。当我仔细打量他时，他已穿过街道，为了走上人行道而将自己的身体抬高，在使木台呈斜面的那一瞬间，我们四目相交了，他露出微笑，用愉快的语调对我招呼道："早安！今天天气不错吧！"

这时候，我才发觉自己是幸运的，我有两只脚，我能走路，还有什么理由自怨自艾呢？一个双足俱残的人，都没有丧失快乐、开朗和信心，我是一个肢体健全的人，为何不能做到这样呢？一想到这里我的心情立即放松了下来。

回到商店后，我以愉快的心情与每一位顾客打招呼；回到家里，当太太看到我一边哼着小曲一边把大衣挂在衣柜里时，她主动上前拥抱了我；还有我的宝贝女儿珍妮，也给了我一个甜甜的吻。现在，我感觉到放松心情的好处了。

在现实生活中，终日烦恼的人，实际上并不是遭遇了多大的不幸，而是根源于烦恼者的内心世界。因此，当烦恼降临的时候，我们既不要怨天尤人，也不要自暴自弃，要学会给心灵松绑，从心理上调适自己，避免烦恼成心病。

5. 仔细思量，好追欢及早

——丢掉所有的不快乐，就是快乐

【出处】

王观《红芍药·人生百岁》

【原文】

人生百岁，七十稀少。更除十年孩童小。又十年昏老。都来五十载，一半被、睡魔分了。那二十五载之中，宁无些个烦恼。

仔细思量，好追欢及早。遇酒追朋笑傲。任玉山摧倒。沈醉且沈醉，人生似、露垂芳草。幸新来、有酒如渑，结千秋歌笑。

【译文】

人生百年，能够活到七十者少有。十年孩童期、十年昏老期，那中间的五十年又被睡眠（应包含病闲）占去了一半。在清醒着的二十五年中又有诸多烦恼。

仔细想想人生确实时光不多，应该要追欢及早，及时行乐。平日与志气相投的好友们聚在一起饮酒，意气风发，不去计较喝醉了以后的事情。沉醉了就沉醉了吧，人生就好似那芳草上低垂的露珠一样生命短暂。幸亏近来，有像渑河一样无尽的美酒，能够让我度过时光像吟歌千秋一样惬意。

【注释】

玉山摧倒：形容喝醉了酒摇摇欲倒。

有酒如渑：语出《左传·昭公十二年》"有酒如渑，有肉如陵。"意思是有酒如渑水长流，有肉如堆成的小山冈。

【赏析】

显而易见，这首词以剖析短暂人生为由，借此抒发放荡不羁、愤世嫉俗、以酒消愁的心情。

王观，字通叟，宗仁宗景祐二年（1035）生于如皋，卒于宋哲宗元符三年（1100）。16岁时跋涉千里赴开封国子监拜胡瑗为师。22岁考中进士，官至翰林学士，大理寺丞。在内朝起草诏旨，并从事诗词创作。王观落笔成章，词名最著的秦观称赞王观"高才力学，无与比者。"王观所作词赋，清新典雅，可与柳永、黄庭坚相媲美。曾因进赋《扬州赋》获赐"绯衣银章"。后因奉诏作《清平乐》惹恼太后，王观触霉头了，"翌日罢职"，贬为江都知县。《红芍药》这首词无疑是在其遭贬谪自号"逐客"后所作的。

无独有偶。王观《红芍药》这首词的基调恰恰与范仲淹所写的《剔银灯·与欧阳公席上分题》一词大同小异。范仲淹的词是这样写的：

"昨夜因看蜀志，笑曹操孙权刘备。用尽机关，徒劳心力，只得三分天地。屈指细寻思，争如共，刘伶一醉？

人世都无百岁。少痴騃、老成尪悴。只有中间，些子少年，忍把浮名牵系！一品与千金，问白发，如何回避？"

读王观《红芍药》一词，深感王观受范仲淹《剔银灯》一词的影响，而王观、范仲淹的两首词所共同表达的思想感情又与《古诗十九首》中"人生寄一世，奄忽若飚尘"（《之四·〈今日良宴会〉》）、"为乐当及时，何能待未兹"（《之十五·〈生年不满百〉》）、"浩浩阴阳移，年命如朝露"、"不如饮美酒，被服纨与素"（《之十三·〈驱车上东门〉》）的意境何其相似！这几首意味深长、发人深思的佳作，也可以算是感叹人生苦短，摒弃浮名，及时行乐思想的历史延续吧！

字典上对快乐所下的定义多半是：觉得幸福或满足。可是，对于快乐，每个人都有不同的定义。

德国著名哲学家康德认为：快乐是我们的需求得到了满足。莎士比亚说："我认为世上再也没有比怀念好友更愉快的事情了。"对他而

言，友谊是像阳光一样美好的东西，令人感到心情愉快。因此，拥有很多朋友便是他的快乐。

的确，对于不同的人，快乐有着不同的含义。有的人认为吃饱穿暖就是快乐，有的人认为家庭和睦就是快乐，有的人认为事业成功就是快乐……一千个人对快乐有一千个不同的定义。因为快乐的认识不同，所以得到的快乐也不同。快乐不是客观的，而是人主观的一种感受，是不可衡量的。

埃及的国家博物馆里，陈列着一件令人费解的展览品：一只雕刻精美的白玉匣子，大小和我们常用的抽屉差不多，匣内被十字形玉栅栏隔成四个小格子，洁净通透。

玉匣是在法老的木乃伊旁发现的，当时匣内空无一物。从所放位置看，匣子是十分重要的，可它是盛放什么东西用的？为什么要放在那里？寓意何在？谁都猜不出。这个谜，在很长一段时间内，让考古学家们百思不得其解。

直到很多年后，在埃及卡尔维斯女王的墓室中，考古学家发现了一幅壁画，这才破解了玉匣的秘密。

壁画上有一位看起来很严肃的男子，正在操纵一架巨大的天平。天平的一端是砝码，另一端是一颗完整的心。这颗心是从一旁的玉匣子中取出的。

原来在埃及的古老传说中，有一位至高无上的美丽女性，名叫快乐女神。快乐女神的丈夫，是一位明察秋毫的法官。据说每个人死后，心脏都要被快乐女神的丈夫拿去称量。如果一个人是快乐的，心的分量就很轻，女神的丈夫就引导那颗心的灵魂飞往天堂；如果那颗心很重，被诸多罪恶和烦恼填满，快乐女神的丈夫就判他下地狱，永远不得见天日。

谜底揭开了，原来白玉匣子是用来盛放人的心灵的。谁的心沉，死后就下地狱；谁的心轻盈，死后就能上天堂。

　　快乐很简单，简单就是快乐，随意就是快乐，平平淡淡就是快乐，其实，生活中并不缺乏快乐，只是缺乏自觉发现快乐的眼睛和感受快乐的心。

　　阳光灿烂的三月，风姑娘带来了春天的消息，鸟儿在树梢脆生生地唱着，小草伸了个懒腰，偷偷地从泥土中探出了头，沉寂的大森林开始热闹起来。

　　松鼠爸爸和松鼠妈妈从冬眠中醒来，拍了拍还在打呼噜的小松鼠："宝贝，睡了一个冬天，该起床了！"小松鼠一个激灵坐了起来，揉了揉眼睛，埋怨道："妈妈，我刚才做了一个梦，梦见一个老巫婆把我的快乐抓走了，我再也快乐不起来了！"说完就呜呜地哭了起来。松鼠爸爸对它说："孩子，趁着天气好，你不如出去转转，说不定可以找回你的快乐呢！"小松鼠听了爸爸的话，抽泣着出了门。

　　小松鼠沿着山谷里的小溪往前走，刚走进一片小树林，就与一只小白兔撞了个满怀。

　　小松鼠问："小白兔哥哥，你急急忙忙地干什么去？"

　　小白兔说："昨夜下了一场春雨，树林里长出了好多好多的大蘑菇、小蘑菇，我正在到处采蘑菇呢！小松鼠，你在这干什么呢？"

　　小松鼠问："我的快乐不见了。你知道快乐在哪里吗？"

　　小白兔指着背上装着满满的蘑菇的小背篓，说："对我来说，快乐就在这里。要不，你和我一起采蘑菇去吧？"小松鼠高兴地答应了。

　　两人手拉着手，一起来到森林里，看见许多的小动物正在开心地玩游戏，她们热情地邀请小白兔和小松鼠跟她们一起玩。小松鼠玩得可高兴了。

　　快到中午了，小松鼠要回家了，她和大家道了别，飞快地往家跑去。妈妈正在厨房里忙着午饭，小松鼠一头扑进妈妈的怀里，大声地

说:"妈妈,我找到了我的快乐!"

丢掉所有的不快乐,就是快乐。其实快乐离我们并不遥远,不必刻意去追求,它其实就在我们的身边,在无意中就能发现它。

6. 云何,当此去,人生底事,来往如梭
——看淡一切,苦中寻乐

【出处】

苏轼《满庭芳·归去来兮》

【原文】

归去来兮,吾归何处?万里家在岷峨。百年强半,来日苦无多。坐见黄州再闰,儿童尽楚语吴歌。山中友,鸡豚社酒,相劝老东坡。

云何,当此去,人生底事,来往如梭。待闲看秋风,洛水清波。好在堂前细柳,应念我,莫剪柔柯。仍传语,江南父老,时与晒渔蓑。

【译文】

归去啊,归去,我的归宿在哪里?故乡万里家难归,更何况劳碌奔波,身不由己!人生百年已过半,剩下的日子也不多。蹉跎黄州岁月,四年两闰虚过。膝下孩子,会说楚语,会唱吴歌。何以依恋如许多?山中好友携酒相送,都来劝我留下。

面对友人一片冰心,我还有什么可说!人生到底为了什么,辗转奔波如穿梭?唯盼他年闲暇,坐看秋风洛水荡清波。别了,堂前亲种的细柳,请父老,莫剪柔柯。致语再三,晴时替我晾晒渔蓑。

【注释】

"百年"句:韩愈《除官赴阙至江州寄鄂岳李大夫》"年皆过半百,来日苦无多。"此用其句。百年强半:此乃虚称。

再闰：苏轼于元封三年（1080）二月到黄州，元封三年闰九月，六年闰六月，故为"再闰"。

楚语吴歌：黄州在春秋战国时属楚地，三国时期属吴地，故称。

鸡豚社酒：豚，猪。社酒，祭祀神祇时所用的酒。

莫剪柔柯：此处谓要珍惜彼此的友情。

"仍传"三句：意为我现在虽然离开这里，但将来还是要回来的。

【赏析】

这首词，于平直中见含蓄婉曲，于温厚中透出激愤不平，在依依惜别的深情中表达出苏轼与黄州父老之间珍贵的情谊，抒发了作者在坎坷、不幸的人生历程中，既满怀悲苦又寻求解脱的双重矛盾心理。

宋神宗元丰七年（1084），因"乌台诗案"而谪居黄州达五年之久的苏轼，奉命由黄州移汝州（今河南临汝）。对于苏轼来说，这次虽是从遥远的黄州调到离京城较近的汝州，但五年前加给他的罪名并未撤销，官职也仍是一个"不得签书公事"的州团练副使，政治处境和实际地位都没有任何实质上的改善。当他即将离开黄州赴汝州时，他的心情是矛盾而又复杂的：既有人生失意、宦海浮沉的哀愁和依依难舍的别情，又有久惯世路、洞悉人生的旷达之怀。这种心情，十分真实而又生动地反映在词中。

上片抒写对蜀中故里的思念和对黄州邻里父老的惜别之情。词的下片，进一步将宦途失意之怀与留恋黄州之意对写，突出了作者达观豪爽的可爱性格。东坡到黄州，原是以戴罪之身来过被羁管的囚徒日子的，但颇得长官的眷顾、居民的亲近，加以他性情达观，思想通脱，善于自解，变苦为乐，却在流放之地寻到了无穷的乐趣。

要能够在纷繁的大千世界始终保持着平和的心态，就要有穷通达观的人生态度。所谓穷通达观的人生态度，就是指"穷亦乐，通亦乐"：身处贫穷之中能够找到生活的乐趣，感到快乐；身处富裕之中也能心

态平和，享受生活之乐。看淡名利是选择幸福人生的首要条件，看淡一切才会过得快乐。

名，是一种荣誉、一种地位。有了名，通常可以万事亨通，光宗耀祖。名这东西确实能给人带来诸多好处，因而不少人为了一时的虚名所带来的好处，会忘我地去追求名。

然而，虚名会让你找不到充实感，让你备感生活的空虚与落寞。尤为可怕的是，虚名在凡人看来往往闪耀着耀眼的光芒，引诱你去追逐它。尽管虚名本身并无任何价值可言，也没有任何意义，但是总有那么一些人为了虚名而展开搏杀。真正体会到生命的意义、人生的真谛的人都不会看重虚名。其实，实在没有必要为了得到一个毫无价值、毫无意义的虚名而去钩心斗角，弄得邻里打得头破血流，朋友反目成仇，兄弟自相残杀。

钱，是一种财富，是让生活更加舒适的保证。有了钱，就可以住豪宅，开名车，吃大餐，在一些人眼里，金钱甚至是一种带有魔力的可以让人为所欲为的东西。

然而任何事情都有其相反的一面，金钱也会给你带来很多麻烦。比如有了钱以后，你就得为自己的安全担忧，谁知道哪个家伙是不是正打着"劫富济贫"的算盘；有了钱，你就会失去很多朋友，你可能会担心对方是不是冲着你的钱来的……

一个人如若养成看淡名利的人生态度，那么面对生活，他也就更易于找到乐观的一面。他所看到的是人生值得讴歌的部分，而对可望而不可即的空中楼阁没有兴趣。现代人面对着花花绿绿的精彩世界，更应当有淡名寡欲的思想，如此方能在纷繁的世界里，在众多的不公平中，在自己的心中，构筑一片宁静的田园。

一对夫妻年轻时共同创业，到了中年终于小有成就，公司净资产一千多万，而且发展势头良好。提起这对夫妻档，商界的人都伸大拇

指。然而就在他们的事业如日中天的时候，两人却隐退了，他们辞去了董事长、总经理的位置，将大部分股份卖给一个他们平时就很欣赏的企业家，将房子和车委托给好朋友照管，两个人就潇洒地环游世界去了。消息传出后，大家都觉得太可惜，一些亲戚朋友也不理解，讽刺他们说："年龄这么大了，办事却像小孩子一样，那么大的家业说丢就丢，放着好好的老总不做，偏要去环游世界！"

在一些人眼里，这对夫妻确实傻得可以，竟然真的就这样抛下名利，从此以后，他们再也体验不到当老总的风光及大把大把赚钱的乐趣了。其实，这对夫妻才是真正的聪明人，他们抛弃了虚名浮利却得到了生活的真正乐趣。

其实，何必太醉心于名利，何必为了满足自己无止尽的欲望东奔西走，忙得唉声叹气。只要认真做好自己应该做的事，在知足中细细地品味生活的乐趣，你也就没有辜负自己的一生，没有白活一世。

会享受人生的人，不会在意拥有多少财富，不会在意住房大小、薪水多少、职位高低，也不会在意成功或失败，他们不会计算已经失去的东西，他们只会计算现在还剩下的东西。这个十分简单的计算法，就是选择幸福的一种智慧。

在宁夏南部山区有一个还未脱贫的农民，他常年住的是漆黑的窑洞，顿顿吃的是玉米、土豆，家里最值钱的东西就是一个盛面的柜子。可他整天无忧无虑，早上唱着山歌去干活，太阳落山又唱着山歌走回家。

别人都不明白，他整天乐什么呢？

他说："我渴了有水喝，饿了有饭吃，夏天住在窑洞里不用电扇，冬天热乎乎的炕头胜过暖气，日子过得美极了！"

这位农民能珍惜自己所拥有的一切，从不为自己欠缺的东西而苦恼，这就是他能感受到幸福的真正原因。

其实，我们绝大多数人所拥有的，远远超过了这位农民，可惜总被人们自己所忽略。你的收入虽然不高，但粗茶淡饭管饱管够，绝无那些富贵病的侵扰；你的配偶或许并不出众，但他（她）能与你相亲相爱，白头到老；你的孩子虽然没有考上大学，但他（她）却懂得孝敬父母，知道自力更生……人生，该数数的东西还有很多很多。

其实，人们一直疲于奔命，寻求其所谓的幸福。而幸福，原本就在我们生活的不远处。只是由于人们太在意物质上的富裕，太追求一种形式化的生活了，而将生活的真谛忽略了。

在生活中，我们应该始终保持乐观的生活态度，采取一种顺应命运、随遇而安的生活方式，不管是处于顺境还是逆境，我们都能过快乐的、自由自在的生活而不会庸人自扰，不会羡慕那些有钱的大款和老板，不会抱怨自己的命不好。

7. 枕上诗书闲处好，门前风景雨来佳
——生活是多姿多彩的

【出处】

李清照《摊破浣溪沙·病起萧萧两鬓华》

【原文】

病起萧萧两鬓华，卧看残月上窗纱。豆蔻连梢煎熟水，莫分茶。

枕上诗书闲处好，门前风景雨来佳。终日向人多酝藉，木犀花。

【译文】

两鬓已经稀疏病后又添白发了，卧在床榻上看着残月照在窗纱上。将豆蔻煎成沸腾的汤水，不用强打精神分茶而食。

靠在枕上读书是多么闲适，门前的景色在雨中更佳。整日陪伴着我的，只有那深沉含蓄的木犀花。

【注释】

摊破浣溪沙：又名《山花子》。原为唐教坊曲名，后用为词牌。在唐五代时即将《浣溪沙》的上下片，各增添三个字的结句，成为"七、七、七、三"字格式，名曰《摊破浣溪沙》或《添字浣溪沙》。又因南唐李璟词"菡萏香销"之下片"细雨梦回"两句颇有名，故又有《南唐浣溪沙》之称。双调四十八字，平韵。

萧萧：这里形容鬓发华白稀疏的样子。

豆蔻：药物名。

熟水：当时的一种药用饮料。

分茶：杨万里《澹庵坐上观显上人分茶》诗有云："分茶何似煎茶好，煎茶不似分茶巧"，由此可见，"分茶"是一种巧妙高雅的茶戏。其方法是用茶匙取茶汤分别注入盏中饮食。

书：《历代诗余》作"篇"字。

酝藉：宽和有涵容。《汉书·薛广德传》："广德为人，温雅有酝藉。"

木犀花：即桂花。

【赏析】

这首词创作于作者的晚年，是一首抒情词，主要写她病后的生活情状，委婉动人。词中所述多为寻常之事、自然之情，淡淡推出，却起扣人心弦之效。此词格调轻快，心境怡然自得，观书、赏景，确实是大病初起的人消磨时光的最好办法。"闲处好"一是说这样看书只能闲暇无事才能如此；一是说闲时也只能看点闲书，看时也很随便，消遣而已。对一个整天闲散在家的人说来，偶然下一次雨，那雨中的景致，却也较平时别有一种情趣。

人生中似乎困扰太多，快乐太少，你是否觉得人生本应一帆风顺，

那些降临在自己身上的挫折与困难都该统统消失，否则便要怨天尤人？你是否认为众人应该友好、平等地待你，你所追求的心仪对象应该接受你，否则便会感觉沮丧或是焦虑？你是否要求自己尽善尽美地完成工作，一旦稍有失误就会自我否定或是自我谴责？

小利是一家大公司的员工，整天多愁善感，遇到一点挫折就垂头丧气，总是怪自己太笨了。有时候确实是工作难度大了，有时候确实是事出有因，有时候是他对自己的要求太高了，可他却不去考虑多方面的因素，只要一遇到不顺心的事了，就一个劲儿地埋怨自己，刚开始朋友还会去劝他，可一直这样，弄得大家也都没有了好心情和耐性，干脆都不去理会他的自责和不高兴。久而久之，他就感觉被人冷落了，甚至抑郁成病……

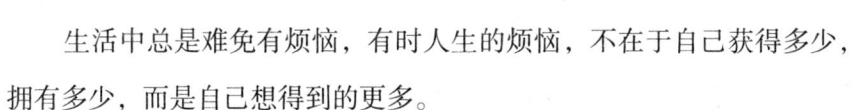

生活中总是难免有烦恼，有时人生的烦恼，不在于自己获得多少，拥有多少，而是自己想得到的更多。

有时因为想得到的太多，而自己的能力却难以达到，所以便感到失望与不满，然后就自己折磨自己，说自己"太笨""不争气"等，就这样经常自己和自己过不去，跟自己较劲。小利就是一个这样的典型。

人总有不顺心、不如意的时候，其实外在不是真正能主宰你的因素，真正能决定结果的是你自己。

比如你害怕别人说你胖，你千万次地看过自己后，决定节食减肥。面对餐桌上的诸多美食，你只能是闭着眼睛咽口水，忍受着饥饿的折磨。实在没办法时，只能是在美食面前选择逃避！几天后，身体可能是苗条了，听到了别人的赞美，此时只有你自己最清楚，体质已经下降了！一个人的快乐，不是因为他拥有得多，而是因为他计较得少！

人们常说，凡事多往好处想，才能有一个好心情。有一个人总是不顺心，可他总是能从好的一面去看问题。有一天出门，不小心掉到河里,爬上岸一看,别人都替他难过,可是他却高兴地说:"嘿!真走运,口袋里还装了一条鱼。"如果你也能以这种心态去生活,你就会过得很坦然,很快乐。

人这一辈子不可能总是春风得意、一帆风顺,肯定会有许许多多不如意的事,说不定哪一天生活就会跟你开一个不大不小的玩笑,使你结结实实地撞上无情的"红灯",或事业失败,或爱情失意等。这时候就得想开点,平淡地面对生活,多劝劝自己,千万别跟自己过不去。

如果你想不开,吃不下,睡不着,又有什么用呢?过多的烦恼和压力只会将你的心灵挤压得支离破碎。而且人体的各种器官在心情烦恼或怒火中烧的情况下会处于紧张状态,往往会引起失眠、神经衰弱等。若是长期处于忧郁状态,还会诱发其他心理疾病。

所以,人要学会对自己好一点,不跟自己过不去,要知道世上没有跨不过的沟,也没有蹚不过的河,要想得通,放得下。

那么,为什么有许多人会悲叹生命的无奈和生活的艰辛,却只有少数人能在有限的生命中活出自己的快乐呢?这是因为,一个人快乐主要取决于一种心态,特别是如何善待自己的一种心态。

其实,静下心来仔细想想,生活中的许多事情,并不是因为你的能力不强,恰恰是因为你的愿望不切实际。要知道一个能力超强的人也并非具有做任何事情的才能,这样想时才不会强求自己去做一些你根本做不到的事情。

在生活中,我们应该时常肯定自己,努力做好我们能够做好的事情,剩下的就交给老天吧!只要尽力而为了,心中也就坦然了,即便在生命结束的时候,也能问心无愧地说:"我已经尽了自己最大的努力,我是无愧于心的。"

在生活中,我们还应该时常换个角度看问题。生活中的种种困境和不幸也许遮住了你的视线,让你看不到生活中的光明。但如果你换一个

角度去想，你会惊奇地发现，世界一片光明，大自然充满无限的生机与活力。

生活是多姿多彩的，活着就是要品尝生活的百味，所以，不要钻牛角尖，更不要跟自己过不去。

如果你觉得不开心，那就学会自己去寻找生活中的快乐。其实获得快乐的方法也很简单，比如早晨醒来睁开眼睛看着天花板，你可以用快乐的心去感受那纯净的白色；上午在窗前读一本文采飞扬的书，你可以用快乐的心去体味书中的感动；下午坐在摇椅上呼吸、冥想，你可以用快乐的心去触摸太阳的温暖；黄昏到楼下茶馆里去品一杯醇香的红茶，听一曲悠扬的旋律，你可以用快乐的心去迎接黑夜的来临；晚上给家人煮一锅又鲜又香的排骨汤，你可以享受到付出的快乐。

8. 此心安处是吾乡

——心静如水，随遇而安

【出处】

苏轼《定风波·南海归赠王定国侍人寓娘》

【原文】

常羡人间琢玉郎，天应乞与点酥娘。尽道清歌传皓齿，风起，雪飞炎海变清凉。

万里归来颜愈少，微笑，笑时犹带岭梅香。试问岭南应不好，却道：此心安处是吾乡。

【译文】

常常羡慕这世间如玉雕琢般丰神俊朗的男子，就连上天也怜惜他，赠予他柔美聪慧的佳人与之相伴。人人称道那女子歌声轻妙，笑容柔美,风起时,那歌声如雪片飞过炎热的夏日使世界变得清凉。

你从遥远的地方归来却看起来更加年轻了,笑容依旧,笑颜里好像还带着岭南梅花的清香;我问你:"岭南的风土应该不是很好吧?"你却坦然答道:"心安定的地方,便是我的故乡。"

【注释】

定风波:词牌名。一作"定风波令",又名"卷春空""醉琼枝"。双调六十二字,上片五句三平韵,二仄韵,下片六句四仄韵,二平韵。

王定国:王巩,作者友人。

寓娘:王巩的歌妓。

玉郎:是女子对丈夫或情人的爱称,泛指青年男子。

点酥娘:谓肤如凝脂般光洁细腻的美女。

皓齿:雪白的牙齿。

炎海:喻酷热。

岭:指大庾岭,沟通岭南岭北的咽喉要道。

试问:试着提出问题,试探性地问。

此心安处是吾乡:这个心安定的地方,便是我的故乡。

【赏析】

这首词中以明洁流畅的语言,简练而又传神地刻画了寓娘外表与内心相统一的美好品性,通过歌颂寓娘身处逆境而安之若素的可贵品格,抒发了作者在政治逆境中随遇而安、无往不快的旷达襟怀。

一提随遇而安,人们就觉得是得过且过,苟且偷生,是逆来顺受,不思进取,其实随遇而安也包含着不论处于何种境界都能保持一颗平常心,悠然自得,安之若素,保持心态平和安然之意。

在人生的旅途中,一个人如果习惯把自己所遇到的每件东西都背上,身上负重,这样就会感觉到非常的累,保证不了哪天会因身负如此

沉重的东西而停止不前或倒地不起。在车站，我们看到走得最累的是那些背着大包小包的人。这就告诉我们一个道理："只有携带越少才会越超脱；一个人越是淡泊精神就越自由。"

能够放弃是一种跨越，学会适当放弃，你就具备了成功者的素质。

一个人在处世中，拿得起是一种勇气，放得下是一种肚量。对于人生道路上的鲜花、掌声，有智慧的人大都能等闲视之，屡经风雨的人更有自知之明。但对于坎坷与泥泞，能以平常之心视之，就非常不容易。大的挫折与大的灾难，能不为之所动，能坦然承受，则是一种胸襟和肚量。

宋朝的吕蒙正，被皇帝任命为副相。第一次上朝时，人群里突然有人大声讥讽道："哈哈，这种模样的人，也可以入朝为相啊？"可吕蒙正却像没有听见一样，继续往前走。然而，跟随在他身后的几个官员，却为他鸣起不平来，拉住他的衣角，一定要帮他查出究竟是谁如此大胆，竟敢在朝堂上讥讽刚上任的宰相。吕蒙正却推开那几个官员说："谢谢你们的好意，我为什么要知道是谁在背后说那些不中听的话呢？倘若一旦知道了是谁，那么一生都会放不下的，以后怎么安心地处理朝中的事？"

吕蒙正之所以能成为大宋的一代名相，其根源正是他有能"放下一切荣辱"的胸襟。

这就是拿得起放得下。正如我们人生路上一样，大千世界，万种诱惑，什么都想要，会累死你，该放就放，你会轻松快乐一生。

人生苦短，每个人都会有得意、失意的时候，世上没有一条直路和平坦的路，又何必痴求事事如意呢？如若烦忧相加、困扰接踵，对身心只能有害无益。

我们应该保持心静如水、乐观豁达，让一切随风而来，又随风而去，且须从心底经常及时剔除，心房常常"打扫"，方能保持清新亮

堂。正如我们每天打扫卫生一样，该扔的扔，该留的留。心灵自然会释然，继而做到胸襟开阔，积极向上，在人生之路上走得更潇洒。

有一首流传非常广泛的谚语："为了得到一根铁钉，我们失去了一块马蹄铁；为了得到一块马蹄铁，我们失去了一匹骏马；为了得到一匹骏马，我们失去了一名骑手；为了得到一名骑手，我们失去了一场战争的胜利。"

为了一根铁钉而输掉一场战争，这正是不懂得及早放弃的恶果。

生活中，有时不好的境遇会不期而至，搞得我们猝不及防，此时我们更要学会放弃。

诗人泰戈尔说过："当鸟翼系上黄金时，就飞不远了。放弃是生活时时处处应面对的清醒选择，学会放弃才能卸下人生的种种包袱，轻装上阵，安然地对待生活的转机，度过人生的风风雨雨。"

智者曰："两弊相衡取其轻，两利相权取其重。"

人生如戏，每个人都是自己生命唯一的导演，只有学会选择和放弃的人才能够彻悟人生，笑看人生，拥有海阔天空的人生境界。

有个人刚刚参加了一个特别的葬礼：一位在某医院工作、年仅二十多岁的女孩，由于长达五年的恋爱失败而自杀，那个女孩不仅美丽善良，孝顺父母，而且有着令人羡慕的稳定工作。在沉痛的哀乐声中，女孩的白发苍苍、心力交瘁的老父老母痛不欲生，生前的亲朋好友也都低声哭泣为之惋惜。那个女孩在人生的转折处作了一个错误的抉择：她选择了在痛苦中静静地离去，在静静的离去中摆脱痛苦，然而，女孩的这种做法却给活着的亲朋好友留下了更多的痛苦。

其实，如果她能看得开，能够放下心头的这个包袱，事情也许会是另外一种结局。人生为何不看开一点呢？

在许多时候，我们都会讨论一个共同而永久的话题："人的一生该怎样才能够让自己拥有快乐？"从乡野莽夫到名人圣贤，各个阶层、不

同经历的人都会有各自独特精辟的观点："有的人会以舍生取义、精忠报国为乐；有的人会以不断进取来实现自己的理想为乐；也有的人会以不择手段来满足一己之欲为乐……"其实一个人要想获得真正的快乐，只有卸下装在身上的包袱，只有用心来体验的快乐才是真正的快乐。

尽管人生短暂但却如此的美妙和精彩，那就让我们的身心减少些包袱，只有卸下了种种包袱，轻装上阵，从容地等待生活的转机，不断有新的收获，踏过人生的风风雨雨，懂得放手和享有，才能拥有一份成熟，活得更加充实、坦然和轻松。

第二章

知足境界：懂得知足，方能常乐

懂得知足方能常乐，就好像纪晓岚的老师陈白崖所写的一副对联『事能知足心常惬，人到无求品自高』。人的欲望是无止境的，过分膨胀自己的欲望只会让心灵疲惫痛苦，因为生命难以承受其重。

1. 称心如意，剩活人间几岁

——欲望是永无止境的

【出处】

朱敦儒《感皇恩·一个小园儿》

【原文】

一个小园儿，两三亩地。花竹随宜旋装缀。槿篱茅舍，便有山家风味。等闲池上饮，林间醉。

都为自家，胸中无事。风景争来趁游戏。称心如意，剩活人间几岁。洞天谁道在，尘寰外。

【译文】

一个两三亩地的小园儿，随方位地势之所宜，随品种配搭之所宜，栽花种竹，点缀园子。槿树篱笆茅草房屋，便有了山家的风味。栽花艺竹之余，词人小具杯盘，徐图一醉。

总却世事营营，胸中没有半点挂虑，自然容易心与景浃，感受到外间景物欣然自得，好像都争先恐后来取悦于人似的。称心如意地度过余日无多的暮景。在这个人间仙洞里度此余年，就好像尘世之外。

【注释】

感皇恩：唐教坊曲名。双调六十七字，前后段各七句，四仄韵。

随宜：按方位地势安排。

旋：很快。

槿篱：槿：槿树。以槿树枝做成的篱笆。

趁游戏：趁机游戏人间取悦人们。

洞天：道教语，用以称神仙所居的洞府。

尘寰（huán）：犹尘世。

【赏析】

　　一个小园子，两三亩地，词人如话家常一般谈论自己的生活，透露出一丝清心寡欲和知足常乐的坦然。词人在自己的一亩三分地里种上鲜花和竹子，俨然一派园林之风，他又在园子周围插上一圈整齐的篱笆，再加上一间茅草屋，带着几许山里人家的味道。

　　词人用词匠心独运，整个上阕既没有用任何优美的辞藻加以修饰，也没有用一字一词来形容自己的喜怒哀乐。这些平实自然的词语，烘托出一种远离世俗喧嚣的隐逸情感，一花、一竹、一篱、一舍，勾勒出一幅城郭依山峦、茅舍傍流水的田园画，令人心旌荡漾。

　　每日畅游在自己的小园子里，品品躬耕之乐，不为红尘世事劳心伤神，闲来无事的时候在池边饮上几杯美酒，醉于形更醉于心。在静谧恬静的山林里每日围绕自己过活，心中没有任何牵挂，迷人的风景也争先恐后地映入眼帘。词人抛去周遭庞杂的污秽和杂念，只管循迹山林，沉醉于山水，感受心灵与大自然的契合。

　　词人在下阕为如何度过余生做出了回答："洞天谁道在、尘寰外。"人生过半，剩下的每寸光阴，词人都打算在这至真、至善、至美的人间"洞天"度过，怡然自得、自娱自乐的满足感跃然纸上。全词从头到尾宏观抒情，微观落笔，词人对山水的眷恋溢于言表。词中的一字一句淡雅温馨，洋溢着超然和闲适，让人在体味到心平气和的同时，也憧憬起那生机勃勃的山林生活。

　　欲望是永无止境的，欲望越大，可能得到的也很多，但是烦恼也会随之而增多。人的一生无论你的物质生活充实或贫乏，只要你有一颗满足的心，就会得到快乐。其实人心是难以满足的，但是拥有一颗不知足的心只会给你带来痛苦和伤害。

　　王僧达是我国古代南朝的一位中书令，从小聪明过人。孝武帝即位时，他被提拔为仆射，位居孝武帝的两个心腹大臣之上。王僧达因此更

加自负，以为自己在当朝大臣中，无人能及。他在朝时间不长，就开始觊觎宰相的位置，并时时流露出这一心思。

谁知，事与愿违，就在王僧达踌躇满志之时，却被降职为护军。然而，他并没有醒悟，仍惦记着做官，并多次请求到外地任职。这又惹怒了孝武帝，他被再次降职。这次，他因羞成怒，对朝政看不顺眼，所上奏折，言辞激昂，终于被人诬为串通谋反而被赐死。

如果王僧达不这么贪得无厌，就不会断送似锦的前程和年轻的生命。所谓知足者常乐，过分的贪婪是得不到幸福的，拿自己的幸福作为筹码来玩一场注定会输得很惨的游戏，这岂不是以卵击石吗？

很久很久以前，在小镇上的一个小酒馆里，来了三个陌生的年轻人，当他们看见一支送葬队伍经过时，便让酒馆里的小伙计去打听，看看是哪家死了人。

那位小伙计回来答复说："听说是一个名叫'快乐'的同志，别人说他还是你们的老朋友。他被一个叫'死亡'的贼给谋杀了。"

三人中年龄最大的那个人转过身，对他的另外两位朋友说："这个叫'死亡'的家伙到底是谁？为什么人们都那么害怕他？我可一点也不害怕。走，咱们一起去找'死亡'，把它干掉，为我们的兄弟报仇！"

于是，三个人向酒馆老板打听到哪儿才能找到那个叫'死亡'的家伙。

酒馆老板说："沿着这条路走20公里，有一个村庄。最近，那里流行一种瘟疫，男女老少都死了。我敢肯定，在那个倒霉的地方，你们一定能找到那个叫'死亡'的家伙。"

三个人站起来，朝那个村庄出发了。他们精神抖擞，情绪高昂。

他们刚走了一会儿就碰上了一个相貌丑陋的老太太。他们嘲笑那老太太的满脸皱纹和脏兮兮的头发，还取笑她那破烂的衣服。尽管老太太神色惊慌，可是他们还是挡住了她的路，不放她走。

"求求你们，给我让条路吧，"老太太哭喊着，"我告诉你们，'死亡'正在跟着我，我必须逃掉，才能活下去。我不想死，请你们赶快把路让开。"

"我们不会让开道的。"那个领头的人说，"快告诉我们到哪里才能找到那个叫'死亡'的家伙。他杀了我们的朋友，等我们找到他，我们一定要宰了他！"

"先生们"，老太太说，"如果你们真想找到'死亡'的话，只要跑到那山顶上，到那棵老松树下一看就行了。"

听到这话，三个人放老太太走了。

他们跑到山上那棵老松树的下面，但没有找到"死亡"，却发现了一个装满金银珠宝的箱子。他们坐下来数着刚刚得到的宝物，很快就把寻找"死亡"的事忘得一干二净了。

最后，领头的人说："我们必须看好这些珠宝，小镇上的人会说我们偷了宝物。我们会被当作贼绞死的。这样吧，咱们现在抽签，谁抽到最短的签就到镇上去买吃的。另外两个就留下来看守这些宝物。明天我们就分了这些宝物，然后各奔东西，这样，谁也不知道我们是贼了。"

最短的签被他们当中最年轻的人抽到了。另外两个人给了他几块金币，让他拿着金币到小镇上买吃的。

两个看守宝物的人，很快想出了一个计划，他们打算等他们的朋友带着吃的回来时马上杀了他。然后，他们将先把食物吃掉，再把本该分成三份的宝物分成两份。

那个最年轻的人走到小镇上，他想："我要买一些食物，还要买一些毒药放进食物里。我的两个朋友吃了就会死掉，那些宝物就可以全部归我所有了！"于是，他买了一种烈性毒药，并把毒药掺进食物和饮料中。

当天晚上，他回到朋友身边。他刚走回来，他的两个同伴就扑上去

把他杀掉了，并且迅速把尸体埋掉了。

"现在，"那个领头的人说，"让我们放松一下，吃点东西吧，我们现在已经是富翁了。"他们把吃的、喝的摊在地上，得意地吃起晚餐来，因为过度的兴奋，所以并没有觉察到所吃的食物有异样。

没过几分钟，他们就中毒身亡了。

就这样，三个人都找到了"死亡"。正像那个被他们刁难过的老太太所说的那样，他们果真在那棵老松树下找到了"死亡"。

为了使自己活得更快乐，不管我们现在是身无分文，还是腰缠万贯，都应该学会"知足者常乐"这个简单的道理。知足的人才能更好地体味人生，享受生活。

2. 粗衣淡饭，赢取暖和饱
——知足才能常乐

【出处】

曹组《相思会·人无百年人》

【原文】

人无百年人，刚作千年调。待把门关铁铸，鬼见失笑。多愁早老。惹尽闲烦恼。我醒也，枉劳心，漫计较。

粗衣淡饭，赢取暖和饱。住个宅儿，只要不大不小。常教洁净，不种闲花草。据见定、乐平生，便是神仙了。

【译文】

人活一生不满百岁，都是匆匆过客，何苦要把自己搞得心力交瘁，烦恼无边呢？人活着不需要费尽心机追求锦衣玉食，只要有粗衣淡饭能够解决温饱就够了；也不需要拼命地去追求高大宽敞的房屋，只要有一间不大不小干净整洁的屋子能够遮风避雨也足够了。一切东西都是生不带来，死不带去的，何苦让欲望把自己压得喘不过气来呢！曹组说，人世间如果有谁能懂得知足常乐这个道理就赛过神仙了。

【注释】

千年调：1.长远之计。元秦简夫《东堂老》第一折："想着这半世勤劳，也枉做下千年调。"《醒世姻缘传》第九二回："老狗！老私窠！我只道你做了千年调，永世用不着儿孙。"2.词牌名。双调，仄韵。辛弃疾有《千年调》词二首。原名"相思会"，因辛词有"刚作千年调"句，故改名。

【赏析】

知足常乐是一种处世哲学。人若想常乐，莫过于知足，倘若欲望无限，将永难满足，将永难体味人生的许多乐趣，或为欲望所累，甚至触犯法律，接受法律的制裁。知足常乐，不要奢望太多、欲望太多，否则生命就会难以承受其重，人生也会过于臃肿，难以前行，一切都会变成身上的"负累"，让你终生无法轻松。想要更多的财富，想要更好的生活，这都无可厚非，我们可以为此努力，但时刻要记住财富、权力与快乐并不成正比。唯有知足才是获得快乐的绝妙法宝。

知足常乐，没有过多的非分之想，就没有必要仰人鼻息，看人脸色，就没有必要去摧眉折腰、卑躬屈膝。知足常乐，对事情达观释然，坦然面对，向内能摆脱烦恼和压力，发现心灵的轻松与快乐，向外能看到一个美好和谐的世界。懂常乐，自然也能获得知足。

这首词告诉我们知足常乐是一种心境、一种感悟，更是人生之至理，生存之智慧。

懂得知足方能常乐，就好像纪晓岚的老师陈白崖所写的一副对联"事能知足心常惬，人到无求品自高"。人的欲望是无止境的，过分膨胀自己的欲望只会让心灵疲惫痛苦，因为生命难以承受其重。

有这样一个故事。

国王为了感谢多年来服侍他的忠心耿耿的仆人，说："你尽管向前跑，只要在日落之前绕一圈回来，围到的土地全部送给你。"

仆人欣喜万分，不停地往前跑，简直像一头发了疯的野兽。就在太阳往西沉的那一刹那，他终于绕完一大圈返回原地，不过，他也因此而累死了。

国王悲伤地将他埋了，其实他真正获得的土地，也只有葬身在那里的七尺罢了。

人们总想多得一些，结果往往不知不觉地连自己也失掉了。

林语堂告诉我们：知足常乐的秘诀是懂得如何享用你所拥有的，并割舍不实际的欲念。可多数人却是拥有了却不知珍惜，反而想要更多。

很小的时候就听过这样一个寓言故事。

一天，一个老头儿在森林里砍柴。他抡起斧子正准备砍一棵树，突然从树上飞出一只金嘴巴的小鸟。

小鸟对老头儿说："你为什么要砍倒这棵树呀？"

"家里没柴烧。"

"你不要砍倒它。回家去吧，明天你家里会有许多柴的。"说完，小鸟就飞走了。

老头儿空手回到家，他对老伴儿说："上床睡觉吧，明天家里会有许多柴的。"

第二天，老伴儿发现院子里堆了一大堆柴，就叫老头儿："快来看，快来看，谁在我家院子里堆了这么一大堆柴。"

老头儿把遇到了金嘴巴鸟的事告诉了老伴儿，老伴儿说："柴是有了，可是我们却没有吃的。你去找金嘴巴鸟，让它给我们点吃的。"

老头儿又回到森林里的那棵树下。这时，金嘴巴鸟飞来了，它问："你想要什么呀？"

老头儿回答说:"我的老伴儿让我来对你说,我们家没有吃的了。"

"回去吧,明天你们会有许多吃的东西的。"金嘴巴鸟说完又飞走了。

老头儿回到家,对老伴儿说:"上床睡觉吧,明天家里会有许多食物的。"

第二天,他们果真发现家里出现了许多肉、鱼、甜食、水果、葡萄酒和他们想要的其他食物。他们饱餐了一顿后,老伴儿对老头儿说:"快去找金嘴巴鸟,让它送我们一个商店,商店里要有许许多多的东西,这样,往后我们的日子就舒服了。"

老头儿又来到了森林里的那棵树下。金嘴巴鸟飞来问他:"你还想要什么?"

"我的老伴儿让我来找你,她请你送给我们一个商店,商店里的东西要应有尽有。她说,这样我们就可以舒舒服服地过日子了。"

"回去吧,明天你们会有一个商店的。"金嘴巴鸟说。

老头儿回到家把经过告诉了老伴儿。

第二天他们醒来后,简直都不敢相信自己的眼睛了。家里到处都是好东西:布匹、纽扣、锅、戒指、镜子……真是应有尽有。老伴儿仔细地清理了这些东西以后,又对老头儿说:"再去找金嘴巴,让它把我变成王后,把你变成国王。"

老头儿回到森林里,他找到了金嘴巴鸟,对它说:"我的老伴儿让我来找你,让你把她变成王后,把我变成国王。"

金嘴巴鸟冷漠地望了一下老头儿,说:"回去吧,明天早上你会变成国王,你的老伴儿会变成王后的。"

老头儿回到家,把金嘴巴鸟的话告诉了老伴儿。

第二天早上醒来,他们发现自己穿的是绫罗绸缎,吃的是山珍海味,周围还有一大帮的侍臣奴仆。

可是，老伴儿对此仍不满足，她对老头儿说："去，找金嘴巴鸟去，让它把魔力给我，让它来宫殿，每天早上为我跳舞唱歌。"

老头儿只好又去森林找金嘴巴鸟，他找了很久，最后总算又找到了它，老头儿说："金嘴巴鸟，我的老伴儿想让你把魔力给她，她还让你每天早上去为她跳舞唱歌。"金嘴边鸟愤怒地盯着老头儿，它说："回去等着吧！"

老头儿回到家，他们等待着。

第二天起床后，他们发现自己被变成了两个又丑又小的矮人。

人有想拥有更多的念头不为错，但这世间美好的东西实在是太多了，我们总希望让尽可能多的东西为自己所拥有，殊不知在你贪婪地占有中，你的心灵也被腐蚀掉了。其实，我们拥有生命和快乐已是最大的拥有，又何必贪求太多呢？贪婪的最后结果只能是一无所有。

欲望越多，痛苦也越多。人心不足蛇吞象，想想蛇吞象的样子，会是一种什么感受——咽不进，吐不出，要多别扭有多别扭。什么都想要，最后可能什么也得不到，反而一辈子将自身置于忙忙碌碌、钩心斗角之中。这样活着，未免太累！《论语》里说颜回"一箪食，一瓢饮，在陋巷，人不堪其忧，回也不改其乐。"如果少一些欲望，是不是也会少一些痛苦呢？

人生如白驹过隙一样短暂，生命在拥有和失去之间悄悄地流逝了。如果你失去了太阳，你还有星光；失去了金钱，你还有亲情；当生命也离开你的时候，你还会拥有大地的亲吻。

拥有时加倍珍惜，失去了，就权当是接受生命真知的考验，权当是坎坷人生的奋斗诺言。拥有诚实就会丢弃虚伪，拥有充实就会丢弃无聊，拥有踏实就会丢弃虚浮。

3. 稻花香里说丰年，听取蛙声一片

——快乐是自己的事情

【出处】

辛弃疾《西江月·夜行黄沙道中》

【原文】

明月别枝惊鹊，清风半夜鸣蝉。稻花香里说丰年，听取蛙声一片。

七八个星天外，两三点雨山前。旧时茅店社林边，路转溪桥忽见。

【译文】

天边的明月升上了树梢，惊飞了栖息在枝头的喜鹊。清凉的晚风仿佛传来了远处的蝉叫声。在稻花的香气里，人们谈论着丰收的年景，耳边传来一阵阵青蛙的叫声，好像在说着丰收年。

天空中轻云飘浮，闪烁的星星时隐时现，山前下起了淅淅沥沥的小雨。从前那熟悉的茅店小屋依然坐落在土地庙附近的树林中，山路一转，曾经那记忆深刻的溪流小桥呈现在眼前。

【注释】

西江月：词牌名。

黄沙：黄沙岭，在江西上饶的西面。

别枝惊鹊：惊动喜鹊飞离树枝。

鸣蝉：蝉叫声。

旧时：往日。

茅店：茅草盖的乡村客店。

社林：土地庙附近的树林。社，土地神庙。古时，村有社树，为祀神处，故曰社林。

见：同"现"，显现，出现。

【赏析】

这是宋代词人辛弃疾的一首吟咏田园风光的词。阅读这首词，要注意时间和地点。时间是夏天的傍晚，地点是有山有水的农村田野。这首词描写的是人们熟悉的月、鸟、蝉、蛙、星、雨、店、桥，然而诗人却把这些形象巧妙地组织起来，让我们感受到一种恬静的美。

单从表面上看，这首词的题材内容不过是一些看来极其平凡的景物，语言没有任何雕饰，没有用一个典故，层次安排也完全是听其自然，平平淡淡。然而，正是在看似平淡之中，却有着词人潜心的构思，淳厚的感情。在这里，读者也可以领略到稼轩词于雄浑豪迈之外的另一种境界。作者笔下这一个个画面，流露出诗人对丰收之年的喜悦和对农村生活的热爱。这正是作者忘怀于大自然所得到的快乐。

世上没有绝对不幸福的人，只有不快乐的心。你必须掌握好自己的心舵，下达命令，来支配自己的命运。

从前，在威尼斯的一座高山顶上，住着一位年老的智者，至于他有多么的老，为什么会有那么多的智慧，没有一个人知道。人们只是盛传他能回答任何人的任何问题。有两个调皮的小男孩不以为然，甚至认为可以愚弄他，于是就抓来了一只小鸟放在手心，一脸诡笑地问老人："都说你能回答任何人提出的任何问题，那么请你告诉我，这只鸟是活的还是死的？"老人想了想，完全明白这个孩子的意图，便毫不迟疑地说："孩子啊，如果我说这鸟是活的，你就会马上捏死它；如果我说它是死的呢，你就会放手让它飞走。孩子，你的手掌握着生杀大权啊！"

同样地，我们每个人都应该牢牢地记住这句话，每个人的手里都握着关系成败与哀乐的大权。

一位朋友讲过他的一次经历：一天下班后我乘中巴回家，车上的人很多，过道上站满了人。站在我面前的是一对恋人，他们亲热地互相挽着，那女孩背对着我，她的背影看上去很标致，高挑、匀称、活力四射。她的头发是染过的，是最时髦的金黄色，穿着一条最流行的吊带裙，露出香肩，是一个典型的都市女孩，时尚、前卫、性感。他们靠得很近，低声絮语着什么。女孩不时发出欢快的笑声，笑声不加节制，好像是在向车上的人挑衅：你看，我比你们快乐得多！笑声引得许多人把目光投向他们，大家的目光里似乎有艳羡。不，我发觉他们的眼神里还有一种惊讶，难道女孩美得让人吃惊？我也有一种冲动，想看看女孩的脸，看看那张倾城的脸上洋溢着幸福会是什么样子。但女孩没回头，她的眼里只有她的恋人。

后来，他们大概聊到了电影《泰坦尼克号》，这时那女孩便轻轻地哼起了那首主题歌，女孩的嗓音很美，把那首缠绵悱恻的歌处理得很到位，虽然只是随便哼哼，却有一番特别动人的力量。我想，只有足够幸福和自信的人，才会在人群里肆无忌惮地欢歌。这样想来，便觉得心里酸酸的，像我这样从内到外都极为孤独的人，何时才会有这样旁若无人的欢乐歌声？

很巧，我和那对恋人在同一站下了车，这让我有机会看到女孩的脸，我的心里有些紧张，不知道自己将看到一个多么令人悦目的绝色佳人。可就在我大步流星地赶上他们并回头观望时，我惊呆了，我也理解了在此之前车上那些惊诧的眼睛。我看到的是张什么样的脸啊！那是一张烧伤的脸，用"触目惊心"这个词来形容毫不夸张！真搞不懂，这样的女孩居然会有那么快乐的心境。

朋友讲完他的故事后，深深地叹了口气感慨道："上帝真是公平的，他不但把霉运给了那个女孩，也把好心情给了她！"

你是否能够对准自己的心下达命令呢？倘若生气时就生气，悲伤时就悲伤，懒惰时就偷懒，这些只不过是顺其自然，并不是好的现象。释迦牟尼说过："妥善调整过的自己，比世上任何君王更加尊贵。"由此可知，"妥善调整过的自己"，比什么都重要。任何时候都必须明朗、

愉快、欢乐、有希望、勇敢地掌握好自己的心舵。

有一个人夜里做了一个梦，在梦中他看到一位头戴白帽、脚穿白鞋、腰佩黑剑的壮士向他大声叱责，并向他的脸上吐口水……于是他从梦中惊醒过来。

第二天，他闷闷不乐地对他的朋友说："我自小到大从未受过别人的侮辱。但昨夜梦里却被人骂并吐了口水，我心有不甘，一定要找出这个人来，否则我将一死了之。"

于是，他每天起来便站在往来熙攘的十字路口寻找梦中的敌人，他始终没有找到这个人。

人常常会假想一些敌人，然后累积许多仇恨，使自己产生许多毒素，结果把自己活活毒死。你是不是心中也还怀着一股怒气呢？要知道这样受伤害最大的是你自己，何不看开点，放自己一马呢？莎士比亚曾告诫我们："使心地清静，是青年人最大的使命。"

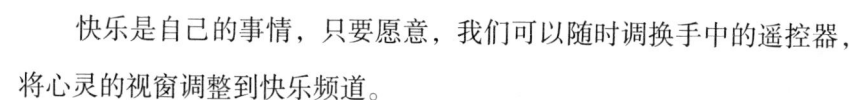

快乐是自己的事情，只要愿意，我们可以随时调换手中的遥控器，将心灵的视窗调整到快乐频道。

4. 浮云出处元无定，得似浮云也自由
——有一种智慧叫"放弃"

【出处】

辛弃疾《鹧鸪天·欲上高楼去避愁》

【原文】

欲上高楼去避愁，愁还随我上高楼。经行几处江山改，多少亲朋尽白头。

归休去，去归休。不成人总要封侯？浮云出处元无定，得似浮云也

自由。

【译文】

心想到高楼上观看美景躲避忧愁，忧愁还是跟着我上了高楼。我走过好几个地方，江山都已面目全非，许许多多亲戚好友都已白了头。

回家退休吧，回到家中去退休。难道个个都要到边塞去立功封侯？浮云飘去飘来本来没有固定之处，我能够像浮云那样随心来去，该有多么自由。

【注释】

鹧鸪天：词牌名，又名《思佳客》，双调，五十五字，上、下片各三平韵。

经行：经过。

白头：头发变花白。

归休去：退休、致仕。去，语助词。

不成：反诘词，难道。

出处：指出仕与隐处，做官与退隐。

元：同"原"。

得似：真是，宋元问人口语。

【赏析】

上片主要抒发时光易逝的忧愁。于是，过片再进一层，揭示了导致其时间之愁的更直接的愁苦即功业难成之愁。他以感情强烈的语言反复其意与反问自己：说归去吧，还是归去吧，难道人一定要到封侯才肯罢休不成？意谓自己不必要等到做成封侯的功业才可归隐。实际上，它传达出了词人无法做成可封侯的大功业的愁苦。这样，上下片就由这两种愁苦在文理上连成浑然的一体。这首词在表情达意上，采用层层剥笋的见心法，由愁—时间之愁—功业难成之愁—游宦成羁旅之愁，这样就由远而近，填充了越来越具体的生命痛苦：通过他的"剥笋"法抒情，越

来越清晰地表现了他愁苦的来处。其总体艺术风貌是，感情浓郁，措辞生动，文理自然而兼变化之趣。此外，因为暗喻的巧妙运用，这首词显示了深厚的韵味。

在长久的官场生涯中，作者看透了其间尔虞我诈的种种现实。在仕宦与归隐的得失之间，他思之筹之，不得要领，因而愁绪百结，久不能脱。词人最终思考的结果是，选择自由自在的生活，放弃仕宦生涯。这首词即是在这样的背景下创作的。

在我们的人生旅途中，时时刻刻都在面临放弃与否的选择。但你必须明白，并不是所有的探索都能发现鲜为人知的奥秘；并不是所有的跋涉都能抵达胜利的彼岸；并不是每一滴汗水都会有收获；并不是每一个故事都会有美丽的结局。因此，我们应该学会放弃，明白这点，也许你就会在失败、迷茫、愁闷、面临"心苦"时，找到平衡点，找回自己的人生坐标。

从前有个孩子，手伸到一只装满榛果的瓶里，他尽其所能地抓了一大把榛果，当他想把手收回时，手却被瓶口卡住了。他既不愿放弃榛果，又不能把手抽出来，不禁伤心地哭了。这时一个人告诉他："只拿一半，让你的拳头小些，那么你的手就可以很容易地抽出来了。"

贪婪是大多数人的毛病，有时候只抓住自己想要的东西不放，就会给自己带来压力、痛苦、焦虑和不安。往往什么都不愿放弃的人，结果却什么也没有得到。

放弃是一种智慧。尽管你的精力过人，志向远大，但时间不容许你在一定时间内同时完成许多事情，正所谓："心有余而力不足。"就如把眼前的一大堆食物塞进嘴里，塞得太满，不仅肠胃消化不了，连嘴巴都要撑破了！所以，在众多的目标中，我们必须依据现实，有所放弃，有所选择。

一位精神科医生有多年的临床经验，在他退休后，撰写了一本医

治心理疾病的专著。这本书足足有1000多页，书中有各种病情描述和药物、情绪治疗办法。

有一次，他受邀到一所大学讲学，在课堂上，他拿出了这本厚厚的著作，说："这本书有1000多页，里面有治疗方法3000多种，药物10000多样，但所有的内容，只有四个字。"

说完，他在黑板上写下了"如果，下次。"

医生说，造成自己精神消耗和折磨的全是"如果"这两个字，"如果我考进了大学""如果我当年不放弃她""如果我当年能换一项工作"……

医治方法有数千种，但最终的办法只有一种，就是把"如果"改成"下次"，"下次我有机会再去进修""下次我不会放弃所爱的人"……

钱钟书在《围城》中讲过一个十分有趣的故事。天下有两种人，譬如一串葡萄到手后，一种人挑最好的先吃，另一种人把最好的留在最后吃，但两种人都感到不快乐。先吃最好的葡萄的人认为他拿的葡萄越来越差。把好的留在最后吃的人认为他吃的每一颗都是葡萄中最坏的。

原因在于，第一种人只有回忆，他常用以前的东西来衡量现在，所以不快乐；第二种人刚好与之相反，同样不快乐。

为什么不这样想，我已经吃到了最好的葡萄，有什么好后悔的；我留下的葡萄和以前相比，都是最棒的，为什么要不开心呢？

这其实就是生活态度问题，它决定了一个人的喜怒哀乐。

如果一生不懂得去选择也不懂得去放弃，那一辈子也没有快乐。

漫漫人生路，只有学会放弃，才能轻装前进，才能不断有所收获。一个人倘若将一生的所得都背负在身，那么纵使他有一副钢筋铁骨，也会被压倒在地。在人生的关键时刻，懂得放弃小利益，不为小恩小惠所动，这绝对是一本万利的。当然，用自己的利益做赌注，即使再

小，也不是任何人都愿意去做的，这就要求我们要有长远的眼光，要敢于下注。

有一个聪明的年轻人，很想在一切方面都比他身边的人强，他尤其想成为一名大学问家。可是，许多年过去了，他的其他方面都不错，学业却没有长进。他很苦恼，就去向一个大师求教。

大师说："我们登山吧，到山顶你就知道该如何做了。"

山上有许多晶莹的小石头，煞是迷人。每见到他喜欢的石头，大师就让他装进袋子里背着，很快，他就吃不消了。"大师，再背，别说到山顶了，恐怕连动也不能动了。"他疑惑地望着大师。"是呀，那该怎么办呢？"大师微微一笑："该放下，不放下背着石头咋能登山呢？"

年轻人一愣，忽觉心中一亮，向大师道了谢走了。之后，他一心做学问，进步飞快……

其实，人要有所得必要有所失，只有学会放弃，才有可能登上人生的高峰。

在电影《卧虎藏龙》中有这样的一个场景，男女主角坐在一个凉亭之中，背景是一片翠绿的竹林，凉风徐徐地吹来，一片与世无争的怡然自得。之中有一句对白是这样说："我的师父常说，把手握紧里面什么也没有，把手放开，你得到的是一切！"

生活并不是一帆风顺的，很多时候我们需要学会放手，放手不代表对生活的失职，它也是人生中的契机。然而学会放手要比学会紧握更难得，因为那需要更多的勇气。

总的来说，放弃是一种睿智，是一种豁达；放弃是金，是一门学问，放弃是对美好事物发展的又一个开始，是新的起点，是错误的终结。它不盲目，不狭隘。放弃，对心境是一种宽松，对心灵是一种滋润，它驱散了乌云，它清扫了心房。有了它，人生才能有爽朗坦然的心境；有了它，生活才会阳光灿烂。所以，朋友们，把包袱卸下，放开你

心里的风筝线，不要让风筝把心带走，让你的心和风筝一样自由地翱翔！别忘了，在生活中还有一种智慧叫"放弃"！

5. 童孙未解供耕织，也傍桑阴学种瓜
——平平淡淡就是幸福

【出处】

范成大《夏日田园杂兴·其七》

【原文】

昼出耘田夜绩麻，村庄儿女各当家。

童孙未解供耕织，也傍桑阴学种瓜。

【译文】

白天在田里锄草，夜晚在家中搓麻线，村中男男女女各有各的家务劳动。

小孩子虽然不会耕田织布，也在那桑树荫下学着种瓜。

【注释】

耘田：除草。

绩麻：把麻搓成线。

各当家：每人担任一定的工作。

未解：不懂。

供：从事，参加。

傍：靠近。

【赏析】

这首诗以朴实的语言、细微的描绘，热情地赞颂了农民紧张繁忙的劳动生活。前两句写乡村男耕女织、日夜辛劳的场景，表现了诗人对

劳动人民的同情和敬重。后两句生动地描写了农村儿童参加力所能及的劳动的情景，流露出对热爱劳动的农村儿童的赞扬。诗中描写的儿童形象，天真淳朴，令人喜爱。全诗有概述，有特写，从不同侧面反映出乡村男女老少参加劳动的情景，具有浓郁的生活气息。

这首诗通过描写农村夏日生活中的一个场景，告诉我们这样一个道理：一家人在一起所需的不是豪华，是简洁；不是昂贵，是合适。其乐融融地在一起，经营着平淡的小日子，就是幸福。

上帝用金杯子、水晶杯子、木杯子装了水来招待三位客人。用金杯子喝水的人放下杯子后得意地说："感觉很高贵！"用水晶杯子喝水的人惊喜地表示："水的颜色太美了！"用木杯子喝水的人喝干了最后一滴水，然后微笑着说："水很甜！"上帝笑了：原来只有在平凡中人们才能真正地体味生活的美好滋味！的确，平凡会让你更懂得珍惜自己的所有，更懂得享受生活，也就更能体味到生活的幸福滋味！

人生最快乐的，不是好高骛远，而是在平凡的生活中一步一个踏实的脚印！在平凡的工作中发现快乐，在困难和挫折中提炼快乐，在朴素的胸怀中寻找快乐，在纯真的情感中享受快乐。让心中种下一粒快乐的种子，生根发芽！

雪是一个细致的、朴素的女孩，是个大学二年级的穷学生。一个男生喜欢她，但同时也喜欢另一个家境很好的女生。在他眼里，她们都很优秀，也都很爱他，他为选择谁做自己的另一半很犯难。有一次，他到雪的家去玩，当走到她简陋但干净的房间时，他被窗台上的那瓶花吸引住了——一个用矿泉水瓶剪成的花瓶里插满了田间野花。

他被眼前的情景感动了，就在那一刻，他选定了谁将是他的新娘，那便是摆矿泉水花瓶的那个女孩。促使他下这个决心的理由很简单，那个女孩子虽然穷，却是个懂得如何生活的人，将来，无论他们遇到什么困难，他相信她都不会失去对生活的信心。

宁是个普通的职员，生活简单而平淡，她说过的一句话就是："如果我将来有了钱啊……"同事们以为她一定会说买房子买车，她的回答却令人们大吃一惊："我就每天买一束鲜花回家！""你现在买不起吗？"同事们笑着问。"当然不是，只不过对于我目前的收入来说有些奢侈。"她也微笑着回答。一天，她在天桥上看见一个卖鲜花的乡下人，他身边的塑料瓶里放着好几把雏菊，她不由得停了下来。这些花估计是乡下人批来的，又没有门面，所以花便宜得要命，一把才5元钱，如果是在花店，起码要卖15元！于是她毫不犹豫地掏钱买了一把。

她兴奋地把雏菊捧回了家，在她的精心呵护下这束花开了一个月。每隔两三天，她就为花换一次水，再放一粒维生素C，据说这样可以让鲜花开放的时间更长一些。每当她和孩子一起做这一切的时候，都觉得特别开心。一束雏菊只要5元钱，但却给宁和家人带来了无穷的快乐。

琳是某大型国企中的一名微不足道的小员工，每天做着单调乏味的工作，收入也不是很多。但琳却有一个漂亮的身段，同事们常常感叹说："琳要是穿起时尚的高档服装，能把一些大明星都给比下去！"对于同事的惋惜之词，琳总是一笑置之。有一天，琳利用休息时间清理旧东西，一床旧的缎子被面引起了她的兴趣——这么漂亮的被面扔了实在可惜，自己正好会裁剪，何不把它做成一件中式时装呢！等琳穿着自己做的旗袍上班时，同事们一个个目瞪口呆，拉着她问是在哪里买的，实在太漂亮了！从此以后，琳的"中式情结"一发不可收拾：她用小碎花的旧被单做了一件立领带盘扣的风衣，她买了一块红缎子面料稍许加工后，就让她常穿的那条黑长裙大为出彩……

以上三个身处不同环境的平凡女人有一个共同点：她们都能从平凡的生活中找到属于自己的幸福。雪很穷，但她却懂得尽力使自己的生活精致起来；宁生活平淡，她却愿意享受平淡的生活，并为生活增添色彩；琳无法得到与自己的美丽相称的生活，但她没有丝毫抱怨，还尽量

利用已有的东西装点自己的美丽,她们只是懂得从平淡的生活中寻找乐趣,从平凡中享受快乐而已。

追求平凡,并不是要你不思进取、无所作为,而是要你于平淡、自然之中,过一个实实在在的人生。

身处红尘之中,日出而作,日落而息,无宠无辱,自在逍遥,持平凡心,做平凡人,从勤耕苦作的平凡中享受收获的快乐;从不求名利的平凡中享受身心轻松的快乐;从放飞心情的平凡中享受自由的快乐;保持心态的平静和生活的平淡,过一个实实在在的人生,才是幸福的人生。

6. 碧云笼碾玉成尘,留晓梦,惊破一瓯春

——培养幸福快乐的心态

【出处】

李清照《小重山·春到长门春草青》

【原文】

春到长门春草青,江梅些子破,未开匀。碧云笼碾玉成尘,留晓梦,惊破一瓯春。

花影压重门,疏帘铺淡月,好黄昏。二年三度负东君,归来也,著意过今春。

【译文】

春天已到长门宫,春草青青,梅花才绽开,一点点,未开匀。取出笼中碧云茶,碾碎的末儿玉一样晶莹,想留住清晨的好梦,呷一口,惊破了一杯碧绿的春景。

层层花影掩映着重重门,疏疏帘幕透进淡淡月影,多么好的黄昏。

两年第三次辜负了春神,归来吧,说什么也要好好品味今春的温馨。

【注释】

长门:长门宫,汉代宫名。汉武帝的陈皇后因妒失宠,打入长门宫。这里以"长门"意指女主人公冷寂孤独的住所。

些子:少许。

破:绽开、吐艳。

碧云:指茶团。宋代的茶叶大都制成团状,饮用时要碾碎再煮。碧:形容茶的颜色。

笼碾:两种碾茶用具,这里作为动词用,指把茶团放在各种器皿中碾碎。

玉成尘:把茶团碾得细如粉尘。这里"玉"字呼应"碧"字。

留晓梦:还留恋和陶醉在拂晓时分做的好梦中。

一瓯春:指一盂茶。瓯:盆、盂等盛器。以春字暗喻茶水,含蕴变得丰富。春茶,春醪,春水,春花,春情,春天的一切美好之物,均含在面前这一瓯浓液之中。

二年三度:指第一年的春天到第三年的初春,就时间而言是两年或两年多,就逢春次数而言则是三次。

东君:原指太阳,后演变为春神。词中指美好的春光。

【赏析】

作品的开头描绘出初春好景象:"春到长门春草青,江梅些子破,未开匀。"词人寥寥数笔,就勾勒出一派新春景象,显示了春天的勃勃生机,为全词定下了基调。

"碧云笼碾玉成尘,留晓梦,惊破一瓯春。"碧云笼碾,即碾茶。宋人吃茶都是先碾后煮。碧云是形容茶色。春天的景色如此美好,它使女词人为之陶醉。她兴致勃勃地取出名贵的"碧云"茶团,碾碎煎煮。词人本想一边品茗,一边回味早晨的梦境。哪知一经重温"晓梦",惊

破了品尝茶香的雅兴。"惊破一瓯春"的"春"字，语意双关，不仅形容出茶色的纯正，香气的馥郁，更暗示了词人的"晓梦"是与一种春景春情有关。

词人描绘的初春好景图，给人一种幸福快乐的味道。其实，幸福快乐的秘密就在每个人的心中，每个人都具备使自己幸福快乐的资源，只是许多人没有把这些快乐幸福资源用好而已。

在我们的生活中，为什么有的人很幸福，而有的人却很痛苦呢？有的人即使大富大贵了，别人看他很幸福，可他自己却身在福中不知福，心里老觉得不快乐；有的人，别人看他离幸福很远，但他自己却时时与快乐邂逅。这其中的根本原因就在于一个人是具有积极心态，还是具有消极心态。

有一对国企职工下岗后，在早市上摆个小摊，靠微薄的收入维持全家人的生活。他们没有了从前让人羡慕的工作，也没有了叫人衣食无忧的工资、奖金，但他们依然生活得很幸福。

夫妻俩过去爱跳舞，现在没钱进舞厅，就在自家屋子里打开收录机转悠起来。男的喜欢钓鱼，女的喜欢养花。下岗后，依然能看到男的扛着鱼竿去钓鱼，他们家阳台上的花儿依旧鲜艳夺目。

他俩下岗了，收入减少了许多，还乐个不停，邻居们都用惊异的目光看着他俩。

一天，记者去采访，男的说："我们虽然无法改变目前的境况，但我们可以调整自己的心态，虽然下岗了，但生活是否幸福还是由我们自己说了算的。"女的说："我们没有了工作，不能再没有快乐，如果连快乐都丢了，那还有什么活头。"

是的，幸福与否完全取决于你的心态，你想幸福，你随时都可以幸福，没有谁能够阻拦得了你。

人生的幸福在哪里？代表了一代人梦想的拿破仑，得到了世界上绝大多数人渴望拥有的荣誉、权力、金钱、美色，但他却说："我这一生从来没有过一天幸福的日子。"海伦·凯勒又聋、又瞎、又哑，可她却说："生活是这么美好。"

可见，人的幸福与否完全是由自己的心态决定的！

心理学理论告诉我们：人一旦以为自己处于某种状态他就自觉不自觉地顺从于这种状态，这种状态就会愈发明显。

比如有些小孩本来不难过，但一哭起来，却越哭越伤心，就是这个道理。

当你认为自己很可怜很不幸，让痛苦爬满额头，你的生活就会真的很痛苦；如果你相信自己很快乐很幸福，并且快乐幸福地去生活，那么你的生活也就真的会很快乐很幸福。幸福的源泉就在你心中，它取之不尽，用之不竭。

期望获得幸福者应采取积极的心态，这样幸福就会被吸引到他们身边。而那些态度消极的人不仅不会吸引幸福，相反还会排斥幸福，当幸福悄然降临到他们身边时，他们可能毫无觉察，丝毫体会不到幸福的感觉。

那么，如何培养幸福的心态呢？

（1）让快乐成为一种习惯

人们之所以会制造自己的不幸，其主要原因多半是由于自己心中存有习惯性的不幸想法所致。例如，总是认为一切事情都糟透了，别人拥有非分之财，我却没有得到应得的报酬等消极的情绪。

此外，不幸的想法往往会把一切怨恨、颓丧或憎恶的情绪深深地刻画在自己的心底，于是感觉不幸变得愈加沉重。而当喜讯降临时，他们会说："这样快乐是不对的。"因为他们已经十分习惯往日的忧郁与悲伤，反而不习惯幸福与快乐的心情。他们依然沉湎在以前那些沮丧、悲伤及不愉快的心境。

墨菲博士指出："如果你希望幸福快乐，重点在于你必须真诚地渴望幸福快乐。"

有一名农夫似乎时时刻刻都在唱歌、吹口哨，并且充满幽默感。有人问他，他的快乐秘诀究竟是什么，他的回答是这样的："快快乐乐，是我的习惯。"

我们敢说，这个农夫同大多数人并没有太大的不同，只是他把快乐当乐成了一种习惯，而感觉不到幸福之人的习惯却是无休无止的抱怨。

因此，如果你想获得幸福，首先要养成幸福的习惯。在内心微笑，并使这种感觉成为你的一部分。同时为自己创造一个幸福世界，盼望着每一天的到来。即使有时乌云会遮住了阳光，那也是暂时性的，不久仍然会晴空万里。

当问题来临时，与其坐在那冥思苦想，怨天怨地，不如焕发精神一面吹着口哨，一面寻求解决问题的方法。

养成快乐的习惯，还要学会开怀大笑。有太多的人已经忘掉如何开怀大笑，有时甚至忘了以前是否这样笑过。

开怀大笑能给人以轻松自在的感觉。真正的开怀大笑，能洗涤心中的杂念。它是你的成功本能的一部分，能够使你迅速感受到生活中的快乐。

有时候，当你对某件失败的事情感到沮丧时，不妨想想过去的成就，以及发生在别人身上的一些有趣的事，再把头往后仰起——不要害怕——然后哈哈大笑，把你的全部感情投入笑声中，或许你会觉得好过些。

（2）心中想到幸福眼前就会充满幸福

金钱是好东西，但金钱并不能买到幸福，没有钱的你却一样可以获得快乐。

只要你想获得快乐，你便会发现整个世界充满了幸福——你将会享

受早餐的每一口，享受清晨的风带给你的神清气爽。

在我们这个不完美的世界里，也有很多美好的事物，关键是你要用寻求满足的眼光去看。

史蒂文森在诗中写道："这个世界多彩多姿，我深信，我们应该快乐如君王。"

每一个人都可以做快乐的君王，但是在通往幸福的道路上不可能是一帆风顺的，阻碍是一定会有的。如果你要抱怨的话，你应该想想自己有没有资格去抱怨。我想这个世界上最有资格抱怨的应当是海伦·凯勒了。她一生下来便是聋、哑、盲，世上所有的不幸似乎全都降临到她一个人的身上了，她失去了与周围人进行正常交际的能力，只有她的触觉帮助她把手伸向别人，体验爱人与被爱的幸福。但是她却说："这个世界真美好。"

如果你喜欢对自己说：

"事情进行得不顺利。"

"我总是这样不顺。"

"倒霉的事为什么总落在我头上。"

如此一来，你一定会变得"不幸"。相反，如果常对自己说：

"事情进行得非常顺利。"

"生活也相当舒适。"

"我的生活真幸福。"

这样一来，你将得到自己所选择的幸福，所谓幸福的感觉完全在于自己的心态。

有人说儿童是幸福的专家，成年人每每羡慕他们的天真无邪，无忧无虑。那么，我们成年人为什么不能像儿童那样，虽然无法天真，但却可以选择无邪、无忧、无虑，如果我们能学会儿童这种特有的幸福精神，我们的精神就不会衰老、迟钝或疲倦，我们就会永葆幸福。

（3）消除悲观消极的思想

如果有一群蚊子闯入你的家中，你肯定要想尽办法驱除它们，绝对不会同意它们与你同住，吸你的血，骚扰你的安宁。消极思想如悲观、恐惧、忧虑、憎恨等就如同蚊子一样必须从你的大脑中驱除，你才会感到舒适、幸福。

就像人可以通过美容手术来获得外表的美丽一样，人也可以用乐观积极的思想取代头脑中的忧虑、恐惧、憎恨等悲观消极的思想，以获得幸福的人生。

美国前总统艾森豪威尔每遇压力，就以打高尔夫球来松弛紧张的情绪。

著名画家摩西婆婆活了一百多岁，她在八十多岁时才决定以绘画作为消遣。

消除悲观消极的思想，不妨从以下几方面做做：

①做事可以令你感到快乐——只要你选择自己喜欢的活动，并且不是为了获取别人的称赞才这样做。没有人能够告诉你做什么，只要你自己喜欢什么就做什么。

②不要让不实际的忧虑侵蚀了你。当消极思想侵入你脑中时，即刻向它们宣战。问问你自己，为什么拥有天赋幸福权利的你，却必须在清醒时刻受到恐惧、忧虑与怨恨的苦恼。向这些狡诈的邪恶思想宣战，并要战胜它们。

③强化你的自我心像，想象自己正处于最佳的状态中，并对自己稍加赞赏。同时想想你以前的快乐时光与引以为豪之处。幻想将来愉快的经验，重视你自己。这些对于消除悲观消极的思想都有一定的作用。

如果你希望生活得幸福快乐，首先要真诚地渴望幸福快乐，就这么简单。

7. 醉卧古藤阴下，了不知南北

——安心享受自己的生活

【出处】

秦观《好事近·春路雨添花》

【原文】

春路雨添花，花动一山春色。行到小溪深处，有黄鹂千百。

飞云当面舞龙蛇，夭矫转空碧。醉卧古藤阴下，了不知南北。

【译文】

一场春雨，给山路上增添了许多鲜花，鲜花在风中摆动，又给满山带来了盎然春色。我走到小溪深处，无数黄鹂飞跃啼鸣。

天空中飞动的云彩在眼前千变万化宛如奔腾的龙蛇，在碧空中屈伸舒展，十分自如。这时，我正醉卧古藤阴下，朦胧迷离，全然不知南北东西。

【注释】

龙蛇：似龙若蛇，形容天空云彩变化多端，快速移动。

夭矫：屈伸貌。

了不知：全不知。

【赏析】

这首词如题所示，是写梦境。这是秦观当年寓居处州择山下隐士毛氏故居文英阁所作，词中生动形象地描写了一次梦中之游的经过。该词上阕写梦中漫游在一条铺满鲜花的山路上，春雨过后，满山的鲜花好像是春雨给添上去的，花枝摇曳，让人感到满山的春色。走到小溪深处，惊起一群黄莺在林间清脆地鸣叫。下阕接着写向上望去，只见碧空如洗，云彩在身边飘飞，云雾升腾如舒展的龙蛇飞舞到了碧空之中。这样一个美妙无比的仙境，作者不忍离去，于是醉卧于古藤阴下，完全陶

醉其中，在梦中进入无我的人生境界。在这首词中，作者把复杂的生活体验和内心感受升华为一种奇特的景象，反映了他对社会人生的看法。后人对此词多加赞赏，认为这首词在优美的艺术形象中含有深刻的哲理。当然，不同的人对此会有不同的理解。在这里，我们不妨借用此词来描绘到达人生完美境界的美妙和恬淡自适的心境。

不断地拿自己与别人相比，是一种不可取的心态，它将会对你的自我形象、自信以及你取得成功的能力产生负面影响。毕竟人与人之间能力有大小、学问有高低、财富有多寡，当我们比不过别人的时候，就会在心理产生失落和不满，俗话说："人比人气死人。"我们应当摒弃这种攀比心理，过自己的生活。

很多人都有和人攀比的习惯，比能力、比地位、比才学，好像没有比较，就不知道自己有多重，没有比较，一切成功都是枉然一样。

有一个爱和别人比较的妻子对丈夫说："我们绝对不能输给别人，你看你的同事小李，他职位不比你高，能力你们旗鼓相当，因此他有什么我们也一定要有。记住了吗？我问你，你知不知道他家最近又添了什么？"

丈夫回答："他最近换了一套新家具。"

太太说："那我们也要换套新家具。"

丈夫又说："他最近买了一辆新车。"

于是太太又说："那你也应该马上买一辆啊！"

丈夫接着又告诉太太："小李他最近……最近……算了，我不想说了。"

太太马上大声追问："为什么不说，怕比不过人家呀！快点说！"

丈夫便小声地跟妻子说："小李他最近换了一个年轻漂亮的妻子："

太太没有话说了。

这个太太是很可笑的，什么都要和人家攀比，直到最后，听说人家把太太也换了，她才不再攀比了。生活中，很多人都习惯了和别人做比较，但事实上，每个人都有自己的长处，每个人都有自己的短处，人和人之间其实是没有太大的可比性的，盲目地和人家攀比，只会给自己增加一些无谓的烦恼。

许多时候，我们感到不满足和失落，仅仅是因为觉得别人比我们幸运！

如果我们安心享受自己的生活，不和别人比较，在生活中就会减少许多无谓的烦恼。

下面这则寓言就生动地诠释了这个道理：

有一天，一个国王独自到花园里散步，使他万分诧异的是，花园里所有的花草树木都枯萎了，园中一片荒凉。后来国王了解到，橡树由于没有松树那么高大挺拔，因此轻生厌世死了；松树又因自己不能像葡萄那样结许多果子，也死了；葡萄哀叹自己终日匍匐在架上，不能直立，不能像桃树那样开出美丽可爱的花朵，于是也死了；牵牛花也病倒了，因为它叹息自己没有紫丁香那样芬芳；其余的植物也都垂头丧气，没精打采，只有细小的心安草在茂盛地生长。

国王问道："小小的心安草啊，别的植物全都枯萎了，为什么你却这么勇敢乐观，毫不沮丧呢？"

小草回答说："国王啊，我一点也不灰心失望，因为我知道，如果国王您想要一棵橡树，或者一棵松树、一丛葡萄、一株桃树、一株牵牛花、一棵紫丁香等，您就会叫园丁把它们种上，而我知道您对我的希望就是要我安心做小小的心安草。"

这则寓言告诉我们，不要因为盲目地和人攀比，而忘了享受自己的生活。很多时候我们感到不满足和失落，仅仅是因为觉得别人比我们幸运！如果我们不去和别人比较，那么生活就会快乐得多。

我们知道，每片雪花都是独一无二的，没有任何两朵雪花是同样的。我们的指纹、声音和DNA也是如此，我们每一个人都是独一无二的个体。人各有所长，也各有所短。我们既不要专门以己之长，比人之短；也不要以己之短，比人之长。

第二章

知足境界：懂得知足，方能常乐

第三章

脱俗境界：淡泊名利，是真谛

"天下熙熙，皆为利来；天下攘攘，皆为利往。"我们知道想要摆脱名利的束缚是不可能的，但是却能修炼出名利淡泊的心态。其实，淡泊名利就是保持自我的本真，宠辱不惊，不卑不亢地活着。

1. 一齐都打碎，放出大圆光

——依靠自身的力量去解脱烦恼

【出处】

朱敦儒《临江仙·信取虚空无一物》

【原文】

信取虚空无一物，个中著甚商量。风头紧后白云忙。风元无去住，云自没行藏。

莫听古人闲语话，终归失马亡羊。自家肠肚自端详。一齐都打碎，放出大圆光。

【译文】

既然大千世界不过是廓然无物的空幻之象，那么尘世上的是非功过又有什么值得计较的呢？风儿一阵猛吹，白云随风飘荡，看来好不热闹。殊不知这风和云并没有动和静、行和止的变化，人们眼中所见的不过是众生所妄见的幻象而已。

不要把古人圣贤的言语奉为神明，羊毕竟丢了，马毕竟跑了，一切雄辩，无济于事。自己的心腹事，应由自己来审度处置，不要被古人的议论所桎梏，不要在圣贤的书籍中去寻求慰藉。只有打翻一切陈言与说教，跳出三界外，不在五行中，才能悟得真知，超凡成佛。

【注释】

信取：即相信了的意思。"取"字助词，意近于"得"。

虚空：佛学名词，本指无任何质碍可以容纳一切色相的空间，这里有四大皆空的意味。

失马：即塞翁失马焉知非福之意，典出《淮南子》。

亡羊：即亡羊补牢，语出《战国策》。

大圆光：指佛菩萨头上的祥光。

【赏析】

　　这首《临江仙》以禅语入词，通篇说理，贵理趣之通脱，有一种虚空之美。最后几句主张自己的苦闷烦恼应该由自己动手来解决，只有打翻一切陈言与说教，才可以"放出大圆光"。这首词尽管有消极的因素，但词中同时表达出对人生要采取超脱宁静的态度，依靠自身的力量去解脱人生的烦恼，还是对人有启发的。

　　生活中的许多痛苦和烦恼实际上都来源于自身，就是人们所说的自己跟自己过不去。在生活中，忘掉一些本该不存在的烦恼，心中就会轻松很多，自己也会快乐很多。

　　生活是快乐的源泉，有了生活，快乐就不会枯竭。

　　幸福快乐的秘密在每个人的心中，每个人都具备使自己幸福快乐的资源，只是许多人没有把这些幸福快乐的资源运用好而已。

　　传说在天堂上的某一天，上帝和天使们召开了一个头脑风暴会议。上帝说："我要人类在付出一番努力之后才能找到幸福快乐，我们把人生幸福快乐的秘密藏在什么地方比较好呢？"

　　有一位天使说："把它藏在高山上，这样人类肯定很难发现，一定要让他们付出大的努力。"

　　上帝听了摇摇头。

　　另一位天使说："把它藏在大海深处，人们一定发现不了。"

　　上帝听了还是摇摇头。

　　又有一位天使说："我看哪，还是把幸福快乐的秘密藏在人类的心中比较好，因为人们总是向外去寻找自己的幸福快乐，而从来没有人会想到在自己身上去挖掘这幸福快乐的秘密。"

　　上帝对这个答案非常满意。

　　从此，幸福快乐的秘密就藏在了每个人的心中。

　　快乐就像是一种魔方，能给任何年龄的人带来勃勃生机和活力，能

让萎靡者发现生命的动力，让默默耕耘者在无意中收获，让脆弱者变得坚强，让强者更富有韧性，让智者在哲理中享受。

从前，田野里住着田鼠一家。

秋天来临时，田鼠们开始忙着储藏过冬的食物。只有一只叫托雷的田鼠例外。它不但收藏食物，还收藏其他东西。其他田鼠问："托雷，你怎么收集其他不相干的东西呀？"

托雷说："这些也是过冬必须储藏的！"

"那么，你还收藏了什么东西过冬呢？"

"我收藏阳光、色彩和单词。"

其他田鼠听后都大笑起来，以为托雷是在开玩笑，也不理会它，继续干活。

托雷也不在意其他田鼠的嘲笑，继续工作。

冬天很快就来了，天气也开始越来越冷了。田鼠们躲在家里很无聊。这时有只田鼠想起了托雷，它们准备到托雷家看看。

田鼠们问："托雷，你怎么过冬的，你不是说你收藏了其他东西，给我们看看好吗？"

托雷说："那你们先闭上眼睛。"

田鼠们虽然觉得有些奇怪，但还是闭上眼睛。

托雷拿出第一件收藏物品，说："这是我收藏的阳光。"顿时，黑暗的洞穴变得明朗起来，田鼠们都感觉到了一丝温暖。

田鼠们又问："还有色彩呢？"

托雷开始给它们描述红色的花朵，绿色的树叶，蓝色的大海，金色的稻谷，说得惟妙惟肖，田鼠们仿佛真的看到了五彩缤纷的世界。

田鼠们又问："那么托雷，还有什么能给我们拿出来看的？"

于是，托雷给田鼠们讲了许多故事，田鼠们都听得入了迷。

听完托雷的故事后，田鼠们都兴高采烈，欢呼雀跃，它们说：

"托雷，你真是一个诗人！"

收藏阳光、色彩和单词，收藏夏季最美丽的景象，等到严冬来临之际以此温暖我们的身心，这是多么简单的道理，却又是多么实在！

对于生存来说，精神力量和物质储备都同样重要。

让心情开朗最简单的办法就是打开自己郁闷的心房，让阳光进来。

少年时的华罗庚因生活拮据，求学时经常仅以一碗面条来充饥，别的同学问他："一碗面条怎么够吃呢？"华罗庚笑着说："这哪是一碗面条，这是几百根面条哩！"

凡事只需换一个角度，我们的生活就会充满阳光。

一碗面条可以等同几百根面条，那些苦差事、累事、烦心事难道没有美好的另一面吗？

没有严冬，如何能体会夏季的美丽？没有小人，我们的品行有何夸耀之处？妻子不耍小脾气，如何体现男人的大度？丈夫不爱偷懒，如何体现女人不可或缺的地位？

总是盯着事物的负面，等于将阳光关在心灵的窗外。

永远相信和理解生活中美好的东西，永远保持充沛的活力和乐观的情绪，那么快乐就会永远围绕着你。

快乐并不是遥不可及的东西，重要的是在你的心里留给快乐一块田地。

2. 功名浪语

——不要被名利牵着鼻子走

【出处】

晁补之《摸鱼儿·东皋寓居》

【原文】

买陂塘、旋栽杨柳,依稀淮岸江浦。东皋嘉雨新痕涨,沙觜鹭来鸥聚。堪爱处最好是、一川夜月光流渚。无人独舞。任翠幄张天,柔茵藉地,酒尽未能去。

青绫被,莫忆金闺故步。儒冠曾把身误。弓刀千骑成何事,荒了邵平瓜圃。君试觑。满青镜、星星鬓影今如许。功名浪语。便似得班超,封侯万里,归计恐迟暮。

【译文】

买到池塘,在岸边栽上杨柳,看上去好似淮岸江边,风光极为秀美。刚下过雨,鹭、鸥在池塘中间的沙洲上聚集,很是好看。而最好看的是一川溪水映着明月,点点银光照着水上沙洲。四周无人,翩然独舞,自斟自饮。头上是浓绿的树幕,脚底有如茵的柔草,酒喝光了还不忍离开。

不要留恋过去的仕宦生涯,读书做官是耽误了自己。自己也曾做过地方官,但仍一事无成,反而因做官而使田园荒芜。您不妨看看,从镜子里可发现鬓发已经白了不少。所谓"功名",不过是一句空话。连班超那样立功于万里之外,被封为定远侯,但归故乡时已经年岁老大,也是太晚了。

【注释】

摸鱼儿:本为唐教坊曲,后用为词牌。又名"摸鱼子"。双调一百一十六字,前片六仄韵,后片七仄韵。

东皋：即东山。作者在贬谪后退居故乡时，曾修葺了东山的归来园。

寓居：寄居。

陂（bēi）塘：池塘。

旋：很快，不久。

依稀：好像是。

嘉雨：一场好雨。

沙觜（zuǐ）：即沙嘴，突出在水中的沙洲。觜，同"嘴"。

渚（zhǔ）：水中的小洲（岛）。

翠幄（wò）：绿色的帐幕，指池岸边的垂柳。

柔茵：柔软的褥子。这里指草地。

藉：铺垫。

青绫被：汉代制度规定，尚书郎值夜班，官供新青缣白绫被或锦被。这里用来代表做官时的物质享受。

金闺：汉朝宫门的名称，又叫金马门，是学士们著作和草拟文稿的地方。这里泛指朝廷。晁补之曾做过校书郎、著作佐郎这样的官。

"儒冠"句：说读书、做官耽误了自己。这里借用杜甫《奉赠韦左丞丈二十二韵》"纨绔不饿死，儒冠多误身"诗句。儒冠，指读书人。

弓刀千骑（jì）：指地方官手下佩带武器的卫队。

邵平瓜圃：邵平是秦时人，曾被封为东陵侯。秦亡，在长安城东种瓜，瓜有五色，味很甜美。世称东陵瓜。

觑（qù）：细看，细观。

青镜：青铜镜。古代镜子多用青铜制成，故称青镜。

星星：指头发花白的样子。如许：这么多。

浪语：空话，废话。

班超：东汉名将，在西域三十余年，七十余岁才回到京都洛阳，不久即去世。

迟暮：晚年，此指归来已晚。

【赏析】

这首《摸鱼儿》，是晁补之的代表作。此词不仅描写了东山"归去来园"的园中景色，还叹恨自己为功名而耽误了隐居生涯。其主旨是表示对官场生活的厌弃，对美好的田园生活的向往。

上片写景，描绘出一幅冲淡平和、闲适宁静的风景画，表现了归隐的乐趣：陂塘杨柳，野趣天成，仿佛淮水两岸，湘江之滨的青山绿水。东皋新雨，草木葱茏，山间溪水的涨痕清晰可辨，沙州上聚集着白鹭、鸥鸟，一片静穆明净的景色。然而最令人神往的，莫过于满山明月映照着溪流，将那一川溪水与点点沙洲裹上了一层银装。下片即景抒情，词人直陈胸臆，以为做官拘束，不值得留恋，儒冠误身，功名亦难久持，这一句是从杜甫《奉赠韦左丞丈》"儒冠多误身"句化出。他深感今是昨非，对自己曾跻身官场、虚掷时日表示后悔。词人开函对镜，已是白发种种，益见功名如过眼云烟，终为泡影。末句说显赫如班超，也只能长期身居西域，到了暮年才得还乡。作者通过此句来表现厌弃官场、急流勇退的情怀。

名利是场，名利是网，人活世上，没有人能摆脱名利的纠缠与吸引。利欲熏心，争名逐利，把名利看得高于一切，就会迷失自我。人不能把名利当作自己的主宰，否则就会被名利牵着鼻子走，心灵就会痛苦不堪。对于名利，我们应该采取淡泊的态度。晁补之在这首《摸鱼儿·东皋寓居》词里就告诉我们淡泊名利的人生境界。

《菜根谭》中说："富贵名誉，自道德来者，如山村中花，白是舒徐繁衍；白功业来者，如盆槛中花，便有迁徙兴废。若以权力得者，如瓶钵中花，其根不植，其萎可立而待矣。"意思是：一个人的荣华富贵，如果是因为施行仁义道德而得来的，就会像生长在大自然中的花一样，不断繁衍生息，没有绝期；如果是从建立的功业中得来的，就会像

栽在花钵中的花一样，因移动或环境变化而凋谢；若是靠权力霸占或谋私所得，那这富贵荣华就会像插在花瓶中的花，因为缺乏生长的土壤，马上就会枯萎。这就告诉我们，没有道德修养，仅靠功名、机遇或者是非法手段求得的福，千万要警惕，它们是不能长久的，转瞬即逝，就是意味着灾难，伴随着毁灭。只有那些德行高尚的人，才能领悟个中道理，保住一生平安。

唐朝郭子仪爵封汾阳王，王府建在首都长安。汾阳王府自落成后，每天都是府门大开，任凭人们自由进进出出，而郭子仪不允许其府中的人对此加以干涉。有一天，郭子仪帐下的一名将官要调到外地任职，来王府辞行。他知道郭子仪府中自无禁忌，就一直走进了内宅。恰巧，他看见郭子仪的夫人和他的爱女正在梳妆打扮，而王爷郭子仪正在一旁侍奉她们，她们一会儿要王爷递手巾，一会儿要他去端水，使唤王爷就好像奴仆一样。这位将官当时不敢讥笑郭子仪，回家后，他禁不住讲给他的家人听，于是一传十，十传百，没几天，整个京城的人们都把这件事当成笑话来谈论。郭子仪听了没有说什么，他的几个儿子听了倒觉得大丢王爷的面子。他们决定对自己的父亲提出建议。他们相约一起来找父亲，要他下令，像别的王府一样，关起大门，不让闲杂人等出入。郭子仪听了哈哈大笑，几个儿子哭着跪下来求他，一个儿子说："父王您功业显赫，普天下的人都尊敬您，可是您自己却不尊重自己，不管什么人，您都让他们随意进入内宅。孩儿们认为，即使商朝的贤相伊尹、汉朝的大将霍光也无法做到您这样。"

郭子仪听了这些话，收敛了笑容，对他的儿子们语重心长地说："我敞开府门，任人进出，不是为了追求浮名虚誉，而是为了自保，为了保全我们全家人的性命。"

儿子们感到十分惊讶，忙问其中的道理。郭子仪叹了一口气，说道："你们光看到郭家显赫的声势，而没有看到这声势有丧失的危险。

我爵封汾阳王，往前走，再没有更大的富贵可求了。月盈而蚀，盛极而衰，这是必然的道理。所以，人们常说要急流勇退。可是眼下朝廷尚要用我，怎肯让我归隐；再说，即使归隐，也找不到一块儿能够容纳我郭府一千余口人的隐居地呀！可以说，我现在是进不得也退不得。在这种情况下，如果我们紧闭大门，不与外面来往，只要有一个人与我郭家结下仇怨，诬陷我们对朝廷怀有二心，就必然会有专门落井下石、妨害贤能的小人从中添油加醋，制造冤案，那时，我们郭家的九族老小都要死无葬身之地了。"

郭子仪所以让府门敞开，是因为他深知官场的险恶，正因为他具有很高的政治眼光又有一定的德行修养，善于忍受各种复杂的政治环境，必要时牺牲掉局部利益，才确保了全家安乐。

淡泊名利、无求而自得才是一个人走向成功的起点。促使人追求进取的是金钱名利，阻碍人向前迈进的是金钱名利，使人坠入万丈深渊的也是金钱名利。所以，人生在世，千万不要把金钱名利看得太重，方能超然物外，活得轻松快乐。

3. 起来搔首，梅影横窗瘦

——宁静致远，淡泊明志

【出处】

汪藻《点绛唇·新月娟娟》

【原文】

新月娟娟，夜寒江静衔山斗。起来搔首，梅影横窗瘦。

好个霜天，闲却传杯手。君知否？乱鸦啼后，归兴浓于酒。

【译文】

一弯秀美的新月高高悬挂在夜空中。寒夜里，江流澄静，听不到一点波涛的声音，北斗星斜挂在山头。我辗转难眠，心绪不宁，披衣而起，只见窗纸上映现着疏落的几枝梅影。

如此寒冷的霜天，本是众人相聚推杯换盏的时候，可现在，这双手却闲下来了。你知道吗？宦海中的"乱鸦"叫人痛恨，我思归的念头比霜天思酒还要浓厚。

【注释】

点绛唇：《清真集》入"仙吕调"，元北曲同，但平仄句式略异。四十一字，前片三仄韵，后片四仄韵。调名取自江淹《咏美人春游》中的句"白雪凝琼貌，明珠点绛唇"，《词谱》以冯延巳词为正体。又名《南浦月》《点樱桃》《沙头雨》《十八香》《寻瑶草》等。

娟娟：明媚美好的样子。

山衔斗：北斗星闪现在山间。斗：北斗星座。

闲却：空闲。

传杯：互相传递酒杯敬酒，指聚酒。

乱鸦啼：明指鸟雀乱叫，暗喻朝中小人得志。

归兴：归家的兴致。

【赏析】

这首词构思别致，语言晓畅，婉转含蓄，情景相生。但一般认为这首词不是通常的写景抒情，而是寄托着作者厌倦仕宦生涯、渴望回归田园生活的情怀。上阕首两句写景，勾勒出一幅新月江山图：一弯秀媚的新月，被群星簇拥，山顶与星斗相连；月光照耀下，江流澄静，听不到波声。这两句是作者中夜起来遥望所见，倒置前，写的是静的环境。他本来就心事重重，床上不能成眠，于是披衣而起，想有所排遣。结句"梅影横窗瘦"，静中见动，月影西斜时才看得出梅影横窗。下阕转

向抒情。严冬的打霜天气，本来正是饮酒驱寒的好时光，可是却没有饮酒的兴致。此处"闲却传杯手"，联系词人身世，可知此时他正被迫迁调，官场失意时。末两句，作者"归兴"之萌生是由于"乱鸦啼后"，并且这番思归的意念比霜天思酒之兴还浓，可见他已非常厌倦宦海生涯。

这首词上阕写初春霜夜，词人内心激动，耿耿不寐，中夜起身，搔首踟蹰；下阕写闲愁难耐，委婉含蓄地表现了内心的苦闷。作者借霜天月夜图抒发了厌恶官场、乐于归隐的清峻高洁之志。整个作品借景抒情，写法含蓄，深有寄托，有感而发。

古人讲求宁静致远，淡泊明志，古人常常讲的是真性与妄心，所谓真性就如空中皎洁的明月，所谓妄心就如同遮掩明月的乌云，圣人之心经常平静如水，凡夫之心容易轻起妄念。

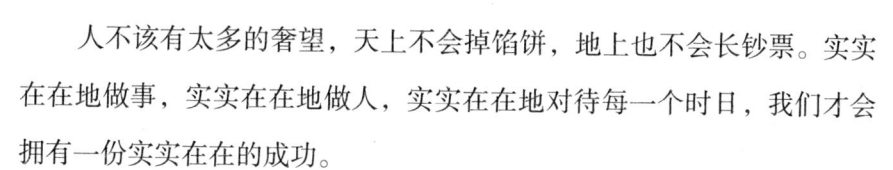

人不该有太多的奢望，天上不会掉馅饼，地上也不会长钞票。实实在在地做事，实实在在地做人，实实在在地对待每一个时日，我们才会拥有一份实实在在的成功。

一个人生活在大千世界，终日忙忙碌碌，来不及对生命的意义进行仔细思考，难免会产生非分的念头，以致丧失了纯真的本性，只有当精心回首时才会真正感悟到人生的真谛，也才会感觉到保持心灵宁静的那种幸福。

日本作家川端康成自获诺贝尔奖之后，受盛名之累，常被官方、民间，包括电视广告商人等拉着去做这做那。文人难免天真，不擅应酬，又心慈面薄，不会推托；做事也过于认真，不懂敷衍。于是陷入忙乱的俗事重围，不知如何解脱，最后用自杀方式了此一生。据报道，川端临终前，曾为筹措笔会经费而心力交瘁，情绪十分低落，这可能是促使他厌世自杀的原因之一，这当不是妄测之词。

固然，对一位作家来说，能获得诺贝尔奖，这口井已经算是凿得够深了。但如果他不被卷入烦倦不堪的琐事，而能依然宁静度日，以他的智慧，或许会有更具哲理的创作留传于世。

《湖滨散记》的作者梭罗，为了要写一本书，而去森林中度过两年隐士生活。自己种豆和玉蜀黍为食，摆脱了一切剥夺他时间的琐事俗务，专心致志，去体验林间湖上的景色和他心灵所产生的共鸣。他从中发现许多道理，从而完成了这本名著。

一个人的精力有限，时间有限，在有生之年，把握住自己真正的志趣与才能所在，专一地做下去，才可能有所成就。

不但要有魄力，而且要有判断力，摆脱其他外务的干扰和诱惑，不为一切名利权位等虚荣而中途改道。这样，才能促成一个人事业的辉煌。

每个人都有失望和不满的时候，不是你的希望没有实现，就是他的欲望没有满足。每当这时，我们不是怨天尤人，便是破罐子破摔，却很少坐下来，仔细地想一想，我们为什么一定要有不满和失望。活着，我们不要祈求太多。

我们来到这世上时，本来就是赤条条的，一无所有，是上苍赋予了我们生命、亲友以及思想和财物等，上苍待我们何其厚？使我们拥有了这么多，又占据了这么多。可是我们却从来也没有满足过，依然在祈求着上苍为我们降下更多的甘霖。

然而，生活不可能也不会按照我们的需求来十足地供应我们，于是，我们便失望了，我们便不满了。

世界对于每一个活生生的人来说，都是公平无二的。有耕耘才有收获，有奋斗才有成功，有付出才有得到。如果我们想花一分的代价去换回十分的成果，那是永远也不可能的。所以，我们永远都不应该祈求这世界平白无故地就给我们太多。

生命在于奋斗，人生在于积累。不要祈求，只有一点点就已经足够

了。每天一点点，每月一点点，每年一点点，几年下来，我们就已经得到了很多很多，那么一辈子下来，我们不就已经变成了一个拥有整个世界的大富翁！

不要祈求太多，太多了，生命就会显得过于沉重，自己就会感到人生因缺少遗憾而懒于去追求；不要祈求太多，太多了，人生就会显得过于臃肿，我们就会感到自己所拥有的一切都是负累，因无法带得动而终生不能轻松。

这世间，美好的东西实在数不过来了，我们总是希望得到的太多，让尽可能多的东西为自己所拥有。

人生如白驹过隙，在感叹拥有和失去之间，生命已经不经意地流走了。

拥有时，倍加珍惜；失去了，就权当是接受生命的考验，权当是坎坷人生奋斗诺言的承付。

不论修身养性，还是成就事业，都需要坚强的意志和高洁的心志，如果私心杂念过重，名利思想过浓，不仅事业无成，甚至还会身败名裂。"宁静以致远，淡泊以明志"，这是一句意义深长的座右铭。只有不求名利的人，过着自己朴实无华的生活，与人为善，与人无争，才会悠闲快乐。

4. 忍把浮名，换了浅斟低唱

——宠辱不惊是一种境界

【出处】

柳永《鹤冲天·黄金榜上》

【原文】

黄金榜上，偶失龙头望。明代暂遗贤，如何向。未遂风云便，争不恣狂荡。何须论得丧？才子词人，自是白衣卿相。

烟花巷陌，依约丹青屏障。幸有意中人，堪寻访。且恁偎红倚翠，风流事，平生畅。青春都一饷。忍把浮名，换了浅斟低唱！

【译文】

在金字题名的榜上，我只不过是偶然失去取得状元的机会。即使在政治清明的时代，君王也会一时错失贤能之才，我今后该怎么办呢？既然没有得到好的机遇，为什么不随心所欲地游乐呢！何必为功名患得患失？做一个风流才子为歌姬谱写词章，即使身着白衣，也不亚于公卿将相。

在歌姬居住的街巷里，有摆放着丹青画屏的绣房。幸运的是那里住着我的意中人，值得我细细地追求寻访。与她们依偎，享受这风流的生活，才是我平生最大的欢乐。青春不过是片刻时间，我宁愿把功名，换成手中浅浅的一杯酒和耳畔低回婉转的歌唱。

【注释】

黄金榜：指录取进士的金字题名榜。

龙头：旧时称状元为龙头。

如何向：向何处。

风云：际会风云，指得到好的遭遇。

争不：怎不。

恣：放纵，随心所欲。

得丧：得失。

堪：能，可以。

饷：片刻，极言青年时期的短暂。

【赏析】

"黄金榜上，偶失龙头望"，考科举求功名，他并不满足于登进士第，而是把夺取殿试头名状元作为目标。落榜只认为"偶然"，"见遗"只说是"暂"，由此可见柳永狂傲自负的性格。他自称"明代遗贤"是讽刺仁宗朝号称清明盛世，却不能做到"野无遗贤"。但既然已落第，下一步该怎么办呢？"风云际会"，施展抱负是封建时代士子的奋斗目标，既然"未遂风云便"，理想落空了，于是他就转向了另一个极端，"争不恣狂荡"，表示要无拘无束地过那种为一般封建士人所不齿的流连坊曲的狂荡生活。"偎红倚翠"、"浅斟低唱"，是对"狂荡"的具体说明。柳永这样写，是恃才负气的表现，也是表示抗争的一种方式。科举落第，使他产生了一种逆反心理，只有以极端对极端才能求得平衡。所以，他故意要造成惊世骇俗的效果以保持自己心理上的优势。柳永的"狂荡"之中仍然有着严肃的一面，狂荡以傲世，严肃以自律，这才是"才子词人"、"白衣卿相"的真面目。柳永把他内心深处的矛盾想法抒写出来，说明落第这件事情给他带来了多么深重的苦恼和多么繁杂的困扰，也说明他为了摆脱这种苦恼和困扰曾经进行了多么痛苦的挣扎。写到最后，柳永得出结论："青春都一饷。忍把浮名，换了浅斟低唱！"谓青春短暂，怎忍虚掷，为"浮名"而牺牲赏心乐事。所以，只要快乐就行，"浮名"算不了什么。

古语说："宠辱不惊，看庭前花开花落；去留无意，望天上云卷云舒。"这仅有的22个字，创造的是一种悠远美妙的意境，道出的却是处世时难得的开阔心境。人生本就有荣辱相随，悲欢离合亦在所难

免。倘若处处留心，时时在意，那岂不是与黛玉同命？因此，虽为红尘人，却须让自己有一份超凡心，糊涂心。让一切顺其自然，宠辱不惊，去留无意。

人生无坦途，在漫长的道路上，谁都难免会遇上厄运和不幸。人类科学史上的巨人爱因斯坦，在报考瑞士联邦工艺学校时，竟因三科不及格而落榜，被人耻笑为"低能儿。"小泽征尔这位被誉为"东方卡拉扬"的日本著名指挥家，在初出茅庐的一次指挥演出中，曾被中途"轰"下场来，紧接着又被解聘。为什么厄运没有摧垮他们？因为在他们眼里始终把荣辱看作人生的轨迹，是人生的一种磨炼，假如他们对当时的厄运或耻笑，不能泰然处之，也许就没有日后绚丽多彩的人生。

许多年前，美国有个叫菲尔德的实业家，他率领工程人员用海底电缆把欧美两个大陆连接起来。为此，他成为美国当时最受尊敬的人，被誉为"两个世界的统一者。"在举行盛大的接通典礼上，刚被接通的电缆传送信号突然中断，人们的欢呼声立刻变为愤怒的狂涛，都骂他是"骗子""白痴"。可是菲尔德对于这些毁誉只是淡淡地一笑，不作解释，只管埋头苦干，经过多年的努力，最终通过海底电缆架起了欧美大陆之桥。在庆典会上，他没上贵宾台，只远远地站在人群中观看。

菲尔德不仅是"两个世界的统一者"，而且是一个理性的战胜者，当他遭遇到常人难以忍受的厄运时，通过自我心理调节，做出正确的抉择，从而在实际行为上显示出强烈的意志力和自持力，这就是一种理性的自我完善。

世上有许多事情的确是难以预料的，成功伴着失败，失败伴着成功，人生本来就是失败与成功的统一体。人的一生，有如簇簇繁花，既有火红耀眼之时，也有暗淡萧条之日，面对成功或荣誉，要像菲尔德那样，不要狂喜，也不要盛气凌人，而是要把功名利禄看轻些，看淡些；

面对挫折或失败，要像爱因斯坦、小泽征尔那样，不要忧悲，也不要自暴自弃，而是要把厄运羞辱看远些，看开些。

做人有时就必须糊涂一点，这种糊涂不仅仅是在受辱时要糊涂一点，同时在受宠时也该糊涂一点。因为，无论宠辱，都有尽时，看得太重反而会成为一种负累。

日本有一位白隐禅师，他的故事在世界各地广为流传。故事讲的是：有一对夫妇，在住处的附近开了一家食品店，家里有一个漂亮的女儿。无意间，夫妇俩发现女儿的肚子无缘无故地大起来，女儿做了这种见不得人的事，让她的父母异常震怒。在父母的一再逼问下，她终于吞吞吐吐地说出"白隐"两个字。

她的父母怒不可遏地去找白隐理论，但这位大师对此不置可否，只若无其事地答道："就是这样吗？"孩子生下来就被送给白隐。此时，他虽已名誉扫地，但他却并不以为然，只是非常细心地照顾孩子——他向邻居乞求婴儿所需的奶水和其他用品，虽不免横遭白眼，冷嘲热讽，但他总是能处之泰然，仿佛他是受托抚育别人的孩子一样。

事隔一年之后，这位未婚的妈妈，终于不忍心再欺瞒下去了。她老老实实地向父母吐露真情：孩子的生父是一个卖鱼的青年。她的父母立即让她到白隐那里道歉，请求原谅，并将孩子带回。白隐仍然是淡然如水，他只是在交回孩子的时候，轻声说道："就是这样吗？"仿佛不曾有什么事发生过；即使有，也只像微风吹过耳畔，瞬时即逝。

白隐为了给邻居的女儿以生存的机会和空间，代人受过，牺牲了为自己洗刷清白的机会，虽然受到人们的冷嘲热讽，但是他始终处之泰然。"就是这样吗？"这平平淡淡的一句话，就是对"宠辱不惊"最好的解释，如果白隐当初不能糊涂地对待受辱，事情的结果就可能成为另一种样子。

5. 世路如今已惯，此心到处悠然
——让自己活得轻松一些

【出处】

张孝祥《西江月·问讯湖边春色》

【原文】

问讯湖边春色，重来又是三年。东风吹我过湖船，杨柳丝丝拂面。

世路如今已惯，此心到处悠然。寒光亭下水如天，飞起沙鸥一片。

【译文】

问候这湖中的春水，岸上的春花，林间的春鸟，你们太美了，这次的到来距前次已是三年了。东风顺吹，我驾船驶过湖面，杨柳丝丝拂面，似对我的到来表示欢迎。

人生道路上的曲折、沉浮我已习惯，无论到哪里，我的心一片悠然。寒光亭下，湖水映照天空，真是天水一色，水面上飞起一群沙鸥。

【注释】

西江月：词牌名，原唐教坊曲。又名《白苹香》《步虚词》《晚香时候》《玉炉三涧雪》《江月令》。双调，五十字，上下片各两平韵，结句各叶一仄韵。

问讯：问候。湖：指三塔湖。

重来又是三年：相隔三年重游旧地。

过湖船：驶过湖面的船。

杨柳丝丝：形容杨柳新枝柔嫩如丝。

拂面：轻轻地掠过面孔。

世路：世俗生活的道路。

寒光亭：亭名。在江苏省溧阳市西三塔寺内。

沙鸥：沙洲上的鸥鸟。

【赏析】

张孝祥是一位坚决主张抗金而两度遭谗落职的爱国志士，"忠愤气填膺"是他爱国词作的主调，而在屡经波折、阅尽世态之后，也写了一些寄情山水、超逸脱尘的作品。这首小令就是如此。

上片以作者自己与风物的互相映衬，表达了重访三塔湖离岸登船之际的快意感受；下片则以世路与湖亭的强烈对比，抒发了置身寒光亭时的悠然心情。"世路"，指尘世的生活道路，那是一条政治腐败、荆棘丛生的路，与眼前这东风怡人、杨柳含情的自然之路岂能相提并论。然而，词人说是"如今已惯"，这不仅表明他已历尽世俗道路的倾轧磨难，对权奸的打击、社会的黑暗业已司空见惯，更暗寓着他已看透世事、唾弃尘俗的莫名悲哀和无比忧愤。因此，"此心到处悠然"，也就不仅在说自己的心境无论到哪儿总是悠闲安适，更包含着自己这颗备受折磨、无力回天的心只能随遇而安、自寻解脱了。

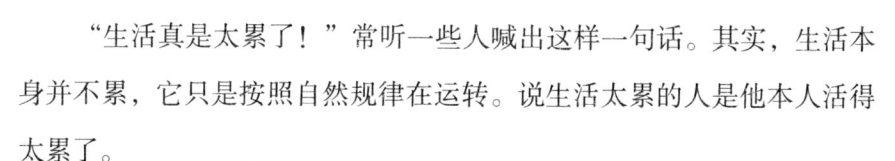

"生活真是太累了！"常听一些人喊出这样一句话。其实，生活本身并不累，它只是按照自然规律在运转。说生活太累的人是他本人活得太累了。

是啊，生活的涵盖量太大了。生活在这个世界上，你要为衣、食、住、行去奔忙，要去应付各种各样的事，要去与各种各样的人相处。可谁又能保证你所接触的事都是好事，你所遇到的人都是谦谦君子呢？所以，生活中必然要有这样或那样的事，有喜就会有悲，有幸运之神也会有不幸的降临。接触的人也是如此，有君子就有小人，有高尚之士就有卑鄙之徒。事物都是相对而生的，否则生活又怎么能称为生活呢？只有各种各样的事、各种各样的人糅合在一起，才能构成色彩斑斓的世界，也只有这样的生活才是有滋味的。

那么，在生活中，面对着各种各样不合自己心意的事，与各种各样不与自己性格相符的人相处，你会采取什么样的态度呢？是坦然、磊

落、轻松地对待，还是谨小慎微，处处设防？要告诉大家的是，不要让自己长期生活在紧张、压抑之中，不要让自己的琴弦绷得太紧，别活得那么累。必要的时候，放松一下自己，轻松地活着。

生活毕竟是公平的，对谁都是一样，没有绝对的幸运儿，更没有彻底的倒霉鬼，你有这样的不幸，他还有那样的烦心事；别人有那样的好机会，你还会有这样的好运气。所以，千万别把自己说得那么悲惨，更不要把自己缠绕在自己织的网中，挣扎不出来。

感觉生活太累的人一般都是一些胆小怕事者。每说一句话都要考虑别人会怎么看待自己，会不会因为这一句话而伤害某人；每做一件事都要瞻前顾后，生怕因为自己的举动给自己带来不好影响。工作中，对领导、同事小心翼翼；生活中对朋友、邻居万分小心。其实，你的周围有那么多人，而每个人的脾气都不一样，你不可能做到使每个人都满意。即使你样样谨小慎微，还是有人对你有成见。所以只要不违背常情，不失自己的良心，那么挺起胸膛来做人做事，效果恐怕会好一些。

感觉活得太累的人往往不能很好地调整自己，每遇不幸之事发生时，不能辩证、乐观地去看待。而且容易对生活产生悲观想法，似乎世界末日就要来临了。夜里不得安睡，总是疑心地球要爆炸了，说不定哪天自己就上西天了。这不是杞人忧天吗？

如果长此以往，总是生活在心情沉重、感情压抑之中，那将是非常可怕可悲的事。这将对身心产生极大的损害。

感觉生活太累的人，看不到生活中光明的一面，更感觉不到生活的乐趣。因为他的时间统统用来盯住自己周围狭小的一点空间，而无暇顾及他事。而且，他的生活是非常被动的，因为他不愿主动去做什么，生怕做错什么事，得罪了什么人。这样的生活怎会是幸福的，怎会是快乐的？这样的生活只能是沉重的。

活得累的人很少有幽默感，更不会去放松一下自己，唯恐别人以为

自己对生活不严肃；活得累的人就像身上穿着一件厚重的铠甲，既不能活动自如，又不愿脱去它；活得累的人就像永远戴着一副面具，这副面容在人前谨小慎微，在人后愁眉苦脸。这种累人的、让人喘不过气来的生活，既然使人如此痛苦，既然生命对我们来说又是那么宝贵、那么短暂，我们何不换一种活法，活得轻松、幽默一点，努力去感受生活中的阳光，把阴影抛在后头。即使生活给人压力很重，也要抽出一点时间来放松一下自己，那样会对你的人生更有益处。

林肯的书桌角上总有一本诙谐的书放在那里，每当他抑郁烦闷的时候，便翻开来读几页，不但可以解除烦闷，而且还能使疲倦消除。乐观地对待生活，将使你充满自信。美国富翁柯克在51岁那年，把财产全部用完了，他只得又去经营、去赚钱。没多久，他果然又赚了许多钱。他的朋友因此很奇怪，问他道："你的运气为什么总是这样好呢？"柯克回答说："这不是我的幸运，而是我的秘诀。"朋友急切地说："你的秘诀可以说出来让大家听听吗？"柯克笑了："当然可以，其实这也是人人都可以做到的事情：我是一个快乐主义者，无论对于什么事情，我从来不抱悲观态度。就是人们对我讥笑、恼怒，我也从不变更我的主意。并且，我还努力让别人快乐。我相信，一个人如果常向着光明和快乐的一面看，一定可以获得成功的。"

是的，乐观、豁达可以使人信心百倍，即使是天大的困难，也能够克服。

多一点幽默感，那将使你觉得生活乐趣无穷。做人就应该多培养点幽默感，这是人类的特性之一。人生中有那么多不如意的事，能够有点幽默感，日子将会好过得多。

笑对人生，万事都能泰然处之。这样，你就能活得轻松多了。走自己的路，做自己的事，没必要看人家脸色过活，更无须抱怨生活。放松心态，别让自己活得太累。

6. 蜗角虚名，蝇头微利，算来著甚干忙

——享受人生是一种智慧

【出处】

苏轼《满庭芳·蜗角虚名》

【原文】

蜗角虚名，蝇头微利，算来著甚干忙。事皆前定，谁弱又谁强。且趁闲身未老，尽放我、些子疏狂。百年里，浑教是醉，三万六千场。

思量、能几许？忧愁风雨，一半相妨，又何须，抵死说短论长。幸对清风皓月，苔茵展、云幕高张。江南好，千钟美酒，一曲满庭芳。

【译文】

微小的虚名薄利，有什么值得为之忙碌不停呢？名利得失之事自有因缘，得者未必强，失者未必弱。赶紧趁着闲散之身未老之时，抛开束缚，放纵自我，逍遥自在。即使只有一百年的时光，我也愿大醉它三万六千场。

沉思算来，一生中有一半日子是被忧愁风雨干扰。又有什么必要一天到晚说长说短呢？不如面对这清风皓月，以苍苔为褥席，以高云为帷帐，宁静地生活。江南的生活多好，一千盅美酒，一曲优雅的《满庭芳》。

【注释】

满庭芳：词牌名。又名"锁阳台"，《清真集》入"中吕调"。双调九十五字，前片四平韵，后片五平韵。过片二字，亦有不叶韵连下为五言句者。

蜗角：蜗牛角。比喻极其微小。

蝇头：本指小字，此取微小之义。

些子：一点儿。

"百年里"三句：语本李白《襄阳歌》有"百年三万六千日，一日须倾三百杯。"

浑：整个儿，全部。

"能几许"三句：意谓计算下来，一生中日子有一半是被忧愁风雨干扰。

"苔茵"两句：以青苔为褥席铺展，把白云当帐幕高张。

【赏析】

这首《满庭芳》以议论为主，夹以抒情。上片由讽世到愤世，下片从自叹到自适。它真实地展现了一个失败者复杂的内心世界，也生动地刻画了词人愤世嫉俗和飘逸旷达的两个性格层次，在封建社会中很有典型意义。

词人以议论发端，用形象的艺术概括对世俗热衷的名利作了无情的嘲讽。功名利禄曾占据过多少世人的心灵，主宰了多少世人喜怒哀乐的情感世界，它构成了世俗观念的核心。而经历了人世浮沉的苏轼却以蔑视的眼光，称之为"蜗角虚名、蝇头微利"，进而以"算来著甚干忙"揭示了追名逐利的虚幻。这不仅是对世俗观念的奚落，也是对蝇营狗苟尘俗人生的否定。

活着的人，都应该记住，生命是美丽的，也是短暂的。紧紧抓住它吧！珍爱生命，享受生活。可是现实生活中，有很多人不懂得去享受生活，常常为了自己想要的东西争得你死我活。

人生应该有两种目标：一种是追求功效的有用性；一种是享受它，享受拥有它的每一分钟。

一个樵夫上山去砍柴，看见一个人正躺在树下乘凉。樵夫见状忍不住问那人："你怎么躺在这儿，为什么不去砍柴呢？"那人不解地问："为什么非要砍柴呢？"

樵夫说："砍来的柴可以卖钱呀！"

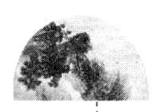

那人又问:"卖了钱又有什么用呢?"

樵夫满怀憧憬地说:"有了钱就可以享受生活了。"

那人听后笑了,说:"那你认为我此刻在做什么?"

人类的欲望没完没了,尽管在某些方面可能得到片刻满足,但当另一个新的欲望生成时,又会义无反顾跳进另一个大陷阱中。

假如太阳在我们的生命中只出现一次,那么每个人都不会放弃这唯一的观望。我们会提早准备,绝不会错过。

只因太阳每天都会升起、落下,所以我们就纵容自己几个月都不去抬头关注它一次。

罗丹曾说过:"生活中不是缺少美,而是缺少发现美的眼睛。"

想一想,早上还没有起床时,你就开始担心起床后的寒冷而错失掉享受被窝里最后几分钟的温暖;走出家门你又开始担心路上可能会塞车;坐在办公室里,你又开始设想下班后是该去看场电影,还是与朋友约会;刚刚领完薪水,你又开始盼望下一个月发薪的日子赶快来临。

我们就是这样,总是生活在下一个时刻。

我们总是急着等周末来临、节日来临。我们总是盼望孩子快快长大,自己赶快退休在家待着。等我们真的老了时,又随时担心生命会在下一分钟结束。我们总是忙不迭地过日子,一刻也不停地瞎转。

我们总是把拥有物质的多少,外表形象的好坏看得过于重要,用金钱、精力和时间换取别人可能会有的好评,根本没有时间享受生活的轻松。

在一次大地震中,刘家兄弟俩死里逃生,都是从废墟中被挖出来的。政府帮他们盖了新房,解决了温饱。哥哥念念不忘失去的一切,整天念叨着死去的妻呀,儿呀,猪呀,鸡呀。弟弟不但失去了妻子、女儿和全部家财,还失去了左腿。但他总在想:我还活着真是幸运,我不愁吃,不愁喝,感谢政府给我盖了新房,感谢上苍给我留下了一条腿和一

双完好的手，我能给自己做饭、穿衣，还能帮他人干活。哥哥常把得到的东西抛置一边，对失去的东西总是念念不忘，整天陷入忧郁痛苦之中，不久便患上了胃溃疡和心脏病，不到三年便病死在医院里。弟弟能珍视自己现有的一切，学会了用心去享受已追求到的幸福。他虽然失去了一条腿，但他会修鞋。当他看到别人穿上他修好的鞋子，向他投来满意的目光时，他便情不自禁地对自己说："活着真好！"

兄弟俩有着相同的遭遇，又同样幸而得救，过着相似的生活。弟弟总觉得自己活得很幸福，哥哥却对已经失去的东西念念不忘，对拥有的东西很难去想它。弟弟不去想已经失去的东西，却常记着现在拥有的东西。会享受人生的人，不在于拥有多少的财富，不在于住房大小、薪水多少、职位高低，也不全在于成功或失败，而在于会数数。"不要计算已经失去的东西，多数数现在还剩下的东西"。这个十分简单的数数法，就是享受人生的一种智慧。

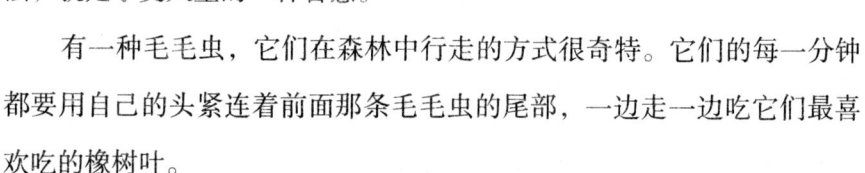

有一种毛毛虫，它们在森林中行走的方式很奇特。它们的每一分钟都要用自己的头紧连着前面那条毛毛虫的尾部，一边走一边吃它们最喜欢吃的橡树叶。

生物学家为了测试这种毛毛虫的盲目特性究竟有多强，曾将一串毛毛虫放在花盆旁，让它们首尾相连。只见毛毛虫开始围着花盆绕圈子，一只接着一只地走着相同的路。虽然它们的食物近在咫尺，但是这一群绕成圆圈的毛毛虫，却因为只会盲目地跟着其他毛毛虫的脚步而行动，竟然就这么一圈一圈地绕下去，直至饿死为止。

有些人也像这种毛毛虫一样，一辈子都在盲目地跟着别人的脚步走，一点也不清楚自己要的是什么，直到生命终了的时刻，才发现原来自己并不曾真正活过。

人要切忌盲从，别人觉得好的，未必就适合你，过自己想要的生活才是活着的根本。

《伊索寓言》里有这样一个故事：

城市老鼠和乡下老鼠是好朋友。有一天，乡下老鼠写了一封信给城市老鼠，信上写道："城市老鼠兄，有空请到我家来玩儿，在这里，可以享受乡间的美景和新鲜空气，过着悠闲的生活，不知意下如何？"

城市老鼠接到信后，高兴得不得了，立刻动身前往乡下。到那里后，乡下老鼠拿出很多大麦和小麦，放在城市老鼠面前。城市老鼠不以为然地说："你怎么能够总是过这种清贫的生活呢？住在这里，除了不缺食物，什么也没有，多么乏味呀！还是到我家玩儿吧，我会好好招待你的。"

于是乡下老鼠就跟着城市老鼠进城去了。

乡下老鼠来到那么豪华、干净的房子，非常羡慕。想到自己在乡下从早到晚，都在农田上奔跑，以大麦和小麦为食物，冬天还在那寒冷的雪地上搜集粮食，夏天更是累得满身大汗，和城市老鼠比起来，自己实在太不幸了。

过了一会儿，他们就爬到餐桌上开始享受美味的食物。突然，"砰"的一声，门开了。有人走了进来。他们吓了一跳，飞也似的躲进墙脚的洞里。

乡下老鼠吓得忘了饥饿，想了一会儿，戴起帽子对城市老鼠说："乡下平静的生活，还是比较适合我。这里虽然有豪华的房子和美味的食物，但每天都紧张兮兮的，倒不如回乡下吃麦子来得快活。"说罢，乡下老鼠就离开城市回乡下去了。

其实，每一个人对生活的看法都是不同的。有的喜欢富足，有的崇尚自由，自己想要什么样的生活完全由自己来决定。不要让别人的思想左右了你，只要你自己喜欢，只要你能为自己的快乐而满足，你就可以享受属于你的生活。如果你一直觉得不满，那么即使你拥有了整个世界，也会觉得伤心。

还有一则讲小白兔和大灰狼的童话故事。

小白兔的生活观念简单而实际，守住萝卜，好好生活。为此，她每天都忙忙碌碌的，播种、耕耘、收获、储存，她单纯得近乎发傻。而大灰狼则又懒又馋，不爱劳动，只图享受。

有一天，大灰狼去小白兔家做客，他淋漓尽致地描述一番尝过的口福，并对小白兔说："我们一起出去吃现成的吧！我看你一年到头忙得累死累活，多没意思呀！"

小白兔听了大灰狼的描述，的确感到自己的生活过得很艰苦，自己的岁月过得很可怜。但是，她认为，自己在艰苦的劳动中得到了一份快乐，在自食其力中得到了一份安慰，在别的地方是很难找到这份快乐和安慰的。

于是，她对大灰狼说："你还是一个人去吧，我不去了。我还是喜欢守着自己的萝卜过日子。"

冬天来了，大灰狼再也找不到食物了，这时他才由衷地渴望，即使身边有个萝卜也是好的。而此时，小白兔正在她的窝里，品尝着萝卜的鲜美，以及生活的恬静。

一个个童话故事似乎都揭示了人类的生活。面对这个物欲横流的社会，一头扎进享受物质、追求刺激的旋涡，只能被激流卷走，后悔不迭。若是坚定自己的生活态度，甘心在平稳的小河里游弋，即使有怎样的危机，也能够平稳如初。

7. 浮生长恨欢娱少，肯爱千金轻一笑

——别为金钱丢掉快乐

【出处】

宋祁《玉楼春·春景》

【原文】

东城渐觉风光好。縠皱波纹迎客棹。绿杨烟外晓寒轻，红杏枝头春意闹。

浮生长恨欢娱少，肯爱千金轻一笑。为君持酒劝斜阳，且向花间留晚照。

【译文】

漫步东城感受到风光越来越好，船儿行驶在波纹骤起的水面上。拂晓的轻寒笼罩着如烟的杨柳，只见那红艳艳的杏花簇绽枝头。

人生总是怨恨苦恼太多欢娱少，谁惜千金却轻视美人迷人一笑？为君手持酒盏劝说金色的斜阳，且为聚会向花间多留一抹晚霞。

【注释】

玉楼春：词牌名，又名"木兰花""归朝欢令"等，双调五十六字，上下片各四句三仄韵。

东城：泛指城市之东。

縠（hú）皱波纹：形容波纹细如皱纱。縠皱：即皱纱，有皱褶的纱。

棹（zhào）：船桨，此指船。

烟：指笼罩在杨柳稍的薄雾。

晓寒轻：早晨稍稍有点寒气。

春意：春天的气象。

闹：浓盛。

浮生：指飘浮无定的短暂人生。语本《庄子·刻意》："其生若浮，其死若休。"

肯爱：岂肯吝惜，即不吝惜。

一笑：特指美人之笑。

持酒：端起酒杯。《新唐书·庶人祐传》："王毋忧，右手持酒啖，左手刀拂之。"

晚照：夕阳的余晖。南朝宋武帝《七夕》诗之一："白日倾晚照，弦月升初光。"。

【赏析】

《玉楼春·春景》是宋代词人宋祁的词作。此词赞颂明媚的春光，表达了及时行乐的情趣。上阕描绘春日绚丽的景色。"东城"句，总说春光渐好；"縠皱"句专写春水之轻柔；"绿杨烟"与"红杏枝"相互映衬，层次疏密有致；"晓寒轻"与"春意闹"互为渲染，表现出春天生机勃勃的景象。下阕直抒惜春寻乐的情怀。"浮生"二字，点出珍惜年华之意；"为君"两句，明为怅怨，实是依恋春光，情极浓丽。全词收放自如，井井有条，用语华丽而不轻佻，言情直率而不扭捏，着墨不多而描景生动，把对时光的留恋、对美好人生的珍惜写得韵味十足，是当时誉满词坛的名作。

人生的压力、郁闷和不快乐并不是因为你拥有得太少，只是欲望太多，总想着更多的物质财富和享受，所以内心永远在疲惫的追逐中憔悴沉重。

即使费尽心力得到了想要的，新的欲望又会接踵而至。于是，还来不及休息，就开始了新的追逐……

心灵没有了闲暇安逸，快乐当然就不再光顾。

不要为金钱丢掉快乐，物质财富的确能给心灵带来一时的快乐，但也剥夺了人们快乐的美好时光。

俗话说："人为财死，鸟为食亡。"钱财确实给人带来了不少快乐，但也给人带来不少烦恼。记得有首歌的歌词是："钱啊！大姑娘为你走错了路，小伙子为你累弯了腰，钱啊！你是杀人不见血的刀。"

对于有些人来说，把钱财看得太重，自己无钱财时眼红别人，不择手段、千方百计地得到钱财；自己有钱财时又非常吝啬，亲兄弟之间甚至于对父母也是分厘必争。对这些人来说钱财不仅是烦恼，而且可能使其丧命。当然不会给他们带来快乐。

邹韬奋（1895—1944），中国现代新闻记者、政论家和出版家。1926年，他在上海主编《生活周刊》。

1931年，有位读者写信给《生活周刊》，揭露国民政府交通部部长王伯群贪污腐化，穷奢极侈，吃喝嫖赌，无恶不作。信中还揭露，王伯群利用贪污的金钱和手中的权势，诱逼一名大学女生做他的小老婆，而大办婚礼的奢华不亚于蒋介石和宋子文。主编邹韬奋看完信十分气愤，他提笔一口气写了一篇编者按，指出高级官员如此腐败，实为国家的罪人，人民的公敌。

稿子正在排印时，王伯群闻知此事，急忙派了两名心腹，携10万元巨款直奔《生活周刊》报社。来人见了邹韬奋，假仁假义地说："王部长一向关心报界诸人，最近拨下巨款，慰劳上海各大小报馆的编辑、记者。王部长说《生活周刊》是份非常好的刊物，他几乎每期必读。所以，专门嘱咐我们，送给《生活周刊》的慰劳经费要特别多些，以补助你们经费不足，请邹先生笑纳。"说毕，捧上10万元。

邹韬奋拒绝道："我们《生活周刊》一向自力更生，从不接受任何方面的津贴补助，请带回去还给王部长吧！"来人见这招无效，急忙改口道："这笔钱不算津贴补助。如果邹先生认为名不正的话，我们就将这笔款子作为股金向《生活周刊》投资好了。请邹先生一定收下，我们也好回去交差。"

邹韬奋见他们还要死缠，便冷冷地说："王部长既然如此慷慨，那就请你们二位将这笔款捐赠给苏北地区几百万饥寒交迫的灾民吧！"两个人见邹韬奋这么一介书生，竟不为这10万元所动，只好悻悻退出。

"人为财死，鸟为食亡"，看来这话只有一半是正确的，动物无信仰，无操守，为食而亡，不计利害。人则不同，唯财是贪，唯色是渔，此种人动物性没有脱尽。君子爱财，取之有道，不义之财不取，那样的人，就脱离了低级的动物性了。

大作家易卜生对金钱的认识可谓精辟。他指出："钱能买来食物，却买不来食欲；钱能买来药品，却买不来健康；钱能招来熟人，却招不来朋友；钱能带来奉承，却带不来信赖；钱能使你每天开心，却不能使你得到幸福。"有一句西方谚语也道："金钱是走遍天下的通行证——除了到天堂之路；金钱也能买到任何东西——除了幸福。"是的，金钱可以换来舒适的生活，却很难换到幸福。我们不可把单纯的物质享受，口腹之欲的满足同幸福混为一谈。我们很难说历史上那些帝王、位极人臣者以及家资巨万者就比一般老百姓拥有更多的幸福。吃得久了，山珍海味也味同嚼蜡；女人多了，也只是情欲的满足。历史上有一个著名的命题，即有枪杆子保护的人和手拿锄头的人谁更安全，谁更有安全感，谁更满足，回答是手拿锄头的人。当一个人不得不为过多的金钱而提心吊胆，要以枪杆子来保护自己的人身安全时，这个人就陷入了无穷无尽的恐惧和烦恼之中。那么，我们便不难理解"钱多了不是好事"的古训。

明代魏大中在42岁上中了进士随即被授予官职时，不久便准备归隐。他想起贫困时代同慈母娇妻爱子享受天伦之乐，想起与师友赓歌互答的欢乐场面，慨然叹道："试问位高金多者还识此乐否？"

历史上有那么多达观的人放弃荣华富贵而甘愿过恬淡的生活，甚至退隐山林，无拘无束，他们才是生活真谛的领悟者。

在我们的现实生活中，也需要有一种放得下的清醒。其实，在物欲横流的今天，摆在每个人面前的诱惑实在太多，这就需要保持清醒的头脑，勇于放得下。如果抓住想要的东西不放，甚至贪得无厌，就会带来无尽的压力、痛苦不安，甚至毁灭自己……

我们常说一个人要拿得起，放得下。而在付诸行动时，"拿得起"容易，"放得下"难。所谓"放得下"，是指心理状态，就是遇到"千斤重担压心头"时能把心理上的重压卸掉，使之轻松自如。

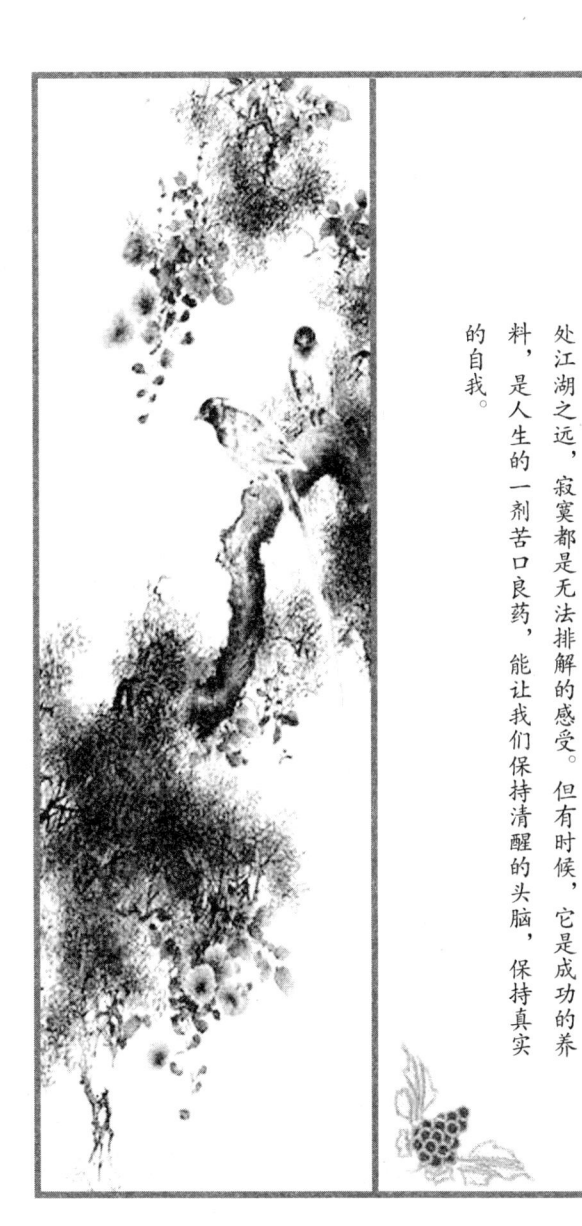

第四章

寂寞境界：孤寂，是无法排遣的愁

"古来圣贤皆寂寞"，每个人在生命中都逃不脱孤独寂寞的纠缠，无论身处闹市，还是独居山林，无论身在庙堂之高，还是身处江湖之远，寂寞都是无法排解的感受。但有时候，它是成功的养料，是人生的一剂苦口良药，能让我们保持清醒的头脑，保持真实的自我。

1. 看他们，得人怜，秦吉了

——远离趋炎附势的小人

【出处】

辛弃疾《千年调·卮酒向人时》

【原文】

卮酒向人时，和气先倾倒。最要然然可可，万事称好。滑稽坐上，更对鸱夷笑。寒与热，总随人，甘国老。

少年使酒，出口人嫌拗。此个和合道理，近日方晓。学人言语，未会十会巧。看他们，得人怜，秦吉了。

【译文】

有些人就像那装满酒就倾斜的酒卮，处处是一副笑脸，见人就点头哈腰。他们最要紧的是唯唯诺诺，对什么事都连声说好。就像那筵席上滑稽对着鸱夷笑，它们都擅长整天旋转把酒倒。不管是寒是热，总有一味药调和其中，这就是那号称"国老"的甘草。

我年轻时常常饮酒任性，说起话来剔人总嫌执拗。这个和稀泥的处世哲学直到近来我才慢慢知晓。可惜我对那一套应酬语言，还没有学得十分巧妙。瞧他们真会讨人喜欢，活像那跟人学舌的秦吉了！

【注释】

卮：古时一种酒器，酒满时就倾斜，无酒时就空仰着。

然然：对对。

可可：好好。

滑稽、鸱（chī）夷：古时的酒器。杨雄《酒赋》："滑稽鸱夷，腹如大壶。"

甘国老：指中药甘草。《本草纲目》称其性平味甘，能调和众药，治疗百病，故享有"国老"之名。

使酒：喝酒任性。

拗（ào）：别扭，指不合世俗。

秦吉了：鸟名。《唐会要》载，林邑国有结辽鸟（秦吉了），能言尤胜鹦鹉，黑色，黄眉。

【赏析】

据考证，此词是辛弃疾第一次落职在江西上饶乡居，因友人居第蔗庵阁名"卮言"有感而作。"卮"是古代的一种圆形酒器，酒满则倾，空则仰。词的上阕作者先用"卮"俯仰随人这一特点来比喻那种没有固定信仰，只会随声附和的势利小人。这种人善于"向上"献媚，"和气"拜倒，点头称是，逢人说好。下面的"滑稽"是一种流酒器，据说能转注吐酒，终日不止。"鸱夷"是古代盛酒的皮制口袋，容量大，可随意伸卷。词人说它们在酒席上发出会心的微笑，扬扬得意。"甘国老"，是指中药甘草，其味甘平，可以调和众药。在这里，词人用来讽刺那种寒热随人、八面玲珑、专和稀泥的伪善者。词的下阕则写自己的体验和感受。说自己年少气盛，使酒任性，说话直来直去，不讨人喜欢。直到近日才懂得做"和事佬"的道理。但自己毕竟不是此中人，故始终学不到家。只有像上面说的那些人才精通此道，就像会学人说话的"秦吉了"（鹩哥、八哥）惹人怜爱。此词运用了几种特征相似的事物作为比喻，对不分正义是非、一味趋炎附势的小人做了辛辣嘲讽，同时表达了自己的高尚节操。

俗话说：羊有跪乳之恩，鸦有反哺之义。兽犹如此，何况人乎？但问题的关键在于：小人"做人"重于做事，"谋人"多于谋事，把大部分精力放在划圈子、抱团子、傍大款、攀高枝上。他们交友是以利益为原则，如果得不到实惠，就会忘恩负义，甚至恩将仇报。他们奉行的是"有奶便是娘"的信条，你今天帮了他的大忙成了他的恩人，如有人贿之以大利拉他来攻击你，他那副嘴脸马上变样想方设法打击你。

小人遇到恩人的帮助和提携，他日日思夜夜想的不是感恩，不是把事情做好，而是如何才能尽快地超越恩人的地位。恩人的肩膀能靠一靠的，他会踩着上；如果不可，恩人成了他往上爬的绊脚石，那就对不起了，一脚踹开，毫不怜惜和犹豫。

魏忠贤进入了最有权势的部门，窃居了最核心的位置，贪欲和野心也随着膨胀起来。客魏勾结，首先为其掌握更大的权力而扫除障碍。他们采取的震撼朝野的第一动作是谋杀魏朝和王安，保证在太监的二十四衙中树立其不可动摇的地位。

其实魏朝和王安都曾经是魏忠贤昔日的好友和恩人，是魏朝将魏忠贤这一乡间农夫引荐入宫，后来，又是他不时地向主持宫事的王安好言荐举，魏忠贤才日益得以重用。故此，二魏曾结为兄弟。在魏朝发现他与客氏勾搭后，二人发生了矛盾，兄弟变成了仇敌。熹宗即位后，魏朝被赐名为王国臣，位掌兵仗局，一时成了实力派人物。这样魏朝在生活和事业上都成了魏忠贤的主要竞争对手，魏忠贤决心除掉这个心腹之患。

一次，二魏在一起饮酒，为争客氏斗骂起来，深夜惊动了熹宗。客氏自然支持魏忠贤，结果魏朝被勒令告病出宫。魏忠贤将其赶出了皇宫仍不放心，矫旨将其发往凤阳，并在路上派人将其生生绞死。魏忠贤除掉魏朝之后，又将矛头指向位在自己之上的王安。

王安是明代比较正直的太监，并且在朱由校登基皇位的斗争中，他立有不可代替的功劳，所以熹宗对他还是信任有加的。在熹宗即位后就有意让他按任掌印太监，王安心里自然十分高兴，但依照惯例要上表辞谢。而魏忠贤与客氏密谋乘机向嘉宗进言，准了王安的辞谢，立即把这一要职给了一贯依照客魏意愿行事的王体乾。

魏忠贤轻而易举地搬倒了王安，念他日前对其不薄，本想放他一马，可阴毒的客氏进言，不能留此后患！这样魏忠贤就指使私党参奏王

安，熹宗也不问青红皂白就稀里糊涂地把为大明朝忠心耿耿卖命一生的王安降职到南海子充军。王安一腔冤屈无处诉说，当他匆匆赶到南海子后，按照魏忠贤的部署，王安竟然被断绝饮食，三天后没饿死，却被一刀斩杀了。

正直的王安被除，王安手下的太监也被魏忠贤即刻驱逐殆尽，同时拼凑以王体乾、李永贞等宦官为羽翼，暗中拉拢大学士沈㴶为帮手，迅速在宫中形成新的权力集团。他还劝说熹宗在宫中选拔一批身强力壮的宦官组成军队，以备后用。魏忠贤自己同时掌握东厂大权，这样宫中的实权尽收手中，为他实现更大的野心和贪欲创造了条件。

魏忠贤勾结客氏，一朝得势，翻脸无情，对妨碍自己的同伙狠下毒手，一一扫除，这不但暴露出他篡权的野心，也表明了这个阴谋家品质的卑劣，真所谓"子系中山狼，得志便猖狂！"

一般畜生，天天追着母娘跑，为的是要吃它的奶；一到断奶之后，便各自东西了。"小人"极势利，奉行"有奶便是娘"，只要有利，哪管是否会背上投敌叛国的罪名。

宋钦宗不率领军民抗战，却相信了无赖郭京说他能请"神兵"退敌的鬼话，下令撤去城上守军，大开城门。结果金军趁机涌入城内，汴京沦陷。宋徽宗、宋钦宗父子俩赶忙向金军投降，北宋王朝就此灭亡。

金兵进入汴京后，奸淫掳掠，无恶不作，繁华的汴京城被洗劫一空，城中居民经受了一次空前的灾难。金兵在第二年（公元1127年）四月撤退时，不仅抢走了北宋国库中全部的金银财物，而且还掳走了徽宗、钦宗、皇后、妃子、文武百官等3000多人。

金兵决定北撤时，为了防止赵宋王朝的复兴，把北宋奸相张邦昌立为皇帝，以楚为国号，让他充当傀儡，代金统治中原。金的这一举动，激起了人民的愤恨，也遭到了北宋许多官员的反对。此时，秦桧也站在了反对派官员的一方，但他又淋漓尽致地发挥了其见风使舵的本性，他

阿谀地给金军统帅粘罕写了一封信：信的开头首先声明自己反对张邦昌并不是想复辟赵宋王朝，完全是为了金的利益考虑。他提醒金统治者注意，赵宋王朝的统治已达一百多年，在中原的百姓中影响相当大，而张邦昌是一个趋炎附势之徒，名声很臭，百姓对他早就非常痛恨。如果由他来统治北宋的旧地，对金的统治将大大不利。他最后建议金还是保留赵宋王朝，关键是要能够操纵这个朝廷。

从此信中，我们可以看到秦桧之所以反对立张邦昌为帝，一方面可蒙蔽一些不明真相的官员，另一方面又可充分表达为金人献策的真正心意。他的建议虽未被粘罕采纳，但粘罕对秦桧能为金考虑大为赏识，并对他产生了好感。因此金兵北撤时，粘罕点名要秦桧作为"俘虏"前往，表面上是因他反对立张邦昌为帝，实际上是为了准备利用他这条走狗。

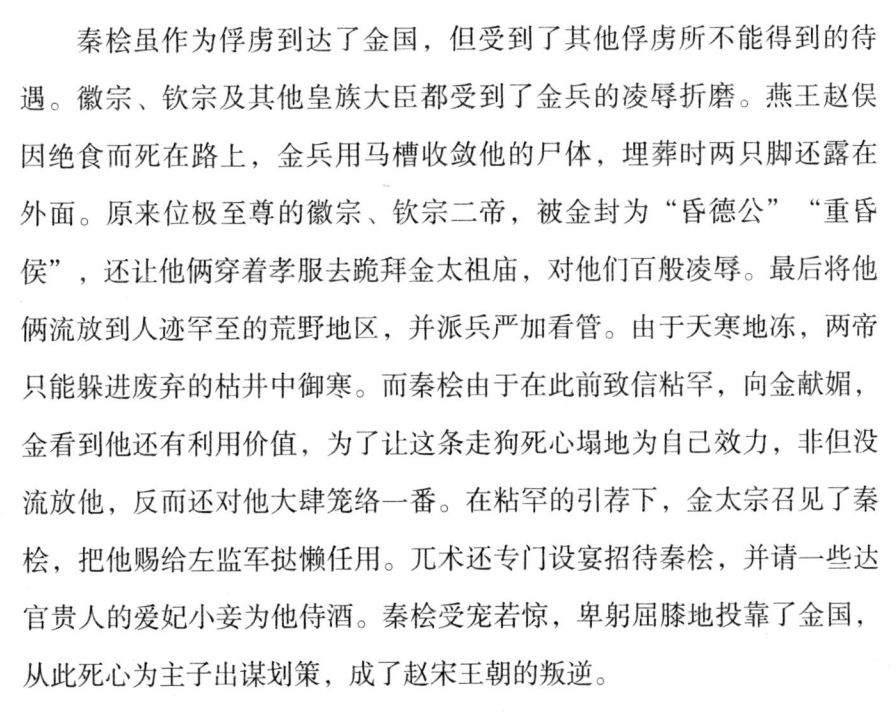

秦桧虽作为俘虏到达了金国，但受到了其他俘虏所不能得到的待遇。徽宗、钦宗及其他皇族大臣都受到了金兵的凌辱折磨。燕王赵俣因绝食而死在路上，金兵用马槽收敛他的尸体，埋葬时两只脚还露在外面。原来位极至尊的徽宗、钦宗二帝，被金封为"昏德公""重昏侯"，还让他俩穿着孝服去跪拜金太祖庙，对他们百般凌辱。最后将他俩流放到人迹罕至的荒野地区，并派兵严加看管。由于天寒地冻，两帝只能躲进废弃的枯井中御寒。而秦桧由于在此前致信粘罕，向金献媚，金看到他还有利用价值，为了让这条走狗死心塌地为自己效力，非但没流放他，反而还对他大肆笼络一番。在粘罕的引荐下，金太宗召见了秦桧，把他赐给左监军挞懒任用。兀术还专门设宴招待秦桧，并请一些达官贵人的爱妃小妾为他侍酒。秦桧受宠若惊，卑躬屈膝地投靠了金国，从此死心为主子出谋划策，成了赵宋王朝的叛逆。

官场的小人对于政治气候的变幻是敏感的，他们往往对形势有敏锐的判断，对他人心理变化的领悟能力往往使小人轻易便能博取别人的欢心和信任。见风使舵的性情增强了小人在复杂形式下的适应能力。风向一变,想的不是先正己身而是如何转变献媚对象,采取的往往不是正当的措施而是卑下的手段,一般人往往成为他的牺牲品。

在历史上,卖国、背主求荣的政客不少,但卖国容易,求荣往往不可得,因为背叛者的行径不仅为本国人民所不齿,即便敌人也照样看不起,时时提防,一时的荣华富贵更难抵一辈子的良心不安,故而求荣终不能长久。

现实生活中,有些占有欲很强的人,他们的价值取向是非常现实的,任何时候,他们都会更注重现实的、经济的利益。只要有机会捞好处就会不顾一切地去做,有时候甚至为了得到自己想要的东西,而恶意地背叛朋友。这样的人实在可怕。假若你身边有这样的人,你也只能在知道他要怎么样的时候应对他,不知道他要怎么样的时候提防他。

2. 拣尽寒枝不肯栖,寂寞沙洲冷
——人生要耐得住寂寞

【出处】

苏轼《卜算子·黄州定慧院寓居作》

【原文】

缺月挂疏桐,漏断人初静。时见幽人独往来,缥缈孤鸿影。

惊起却回头,有恨无人省。拣尽寒枝不肯栖,寂寞沙洲冷。

【译文】

残月高挂在稀疏的梧桐树梢,滴漏声断人群开始安静了。谁能见幽居人独自往来,仿佛那缥缈的孤雁身影。

它突然惊起又回首匆匆,心里有恨却无人能懂。它拣遍了寒冷的树枝不肯栖息,却躲到寂寞的沙洲甘愿受苦。

【注释】

漏断：即指深夜。漏，指古人计时用的漏壶。

幽：其义为幽囚。引申为幽静、优雅。

省：理解。"无人省"，犹言"无人识"。

【赏析】

苏轼此词为元丰五年（1082）十二月或元丰六年（1083）初作于黄州。定慧院在今天的湖北黄冈市东南，是苏轼初贬黄州寓居定慧院时所作。

苏轼被贬黄州后，虽然自己的生活很有问题，但他是乐观旷达的，能率领全家通过自身的努力来渡过生活难关。但内心深处的幽独与寂寞是他人无法理解的。在这首词中，作者借月夜孤鸿这一形象托物寓怀，表达了孤高自许、蔑视流俗的心境。

这首词的境界高妙，黄庭坚说："语意高妙，似非吃烟火食人语，非胸中有万卷书，笔下无一点尘俗气，孰能至此！"这种高旷洒脱、绝去尘俗的境界，得益于高妙的艺术技巧。作者"以性灵咏物语"，取神题外，意中设境，托物寓人；对孤鸿和月夜环境背景的描写中，选景叙事均简约凝练，空灵飞动，含蓄蕴藉，生动传神，具有高度的典型性。

孤独寂寞是午夜梦回时的失落，是"夜静酒阑人散后"的满地狼藉，是思念无端涌上心头的酸涩无奈，是繁华过后的凄凉萧瑟，是灯火阑珊处单薄的身影，是众人皆醉我独醒。

每个人在生命中都逃不脱孤独寂寞的纠缠，无论身处闹市，还是独居山林，无论身在庙堂之高，还是身处江湖之远，寂寞都是无法排解的感受。

"古来圣贤皆寂寞"，虽然我们不是圣贤，虽然我们寂寞的理由也不尽相同，但寂寞却是共同的感受。

不要试图逃避寂寞，因为它是心灵的声音，是成功的养料，是人生

的一剂苦口良药，能让我们保持清醒的头脑，保持真实的自我。

这是一个寂寞流行的时代，曾几何时，"寂寞"成了网络上流行的高频用词。每天都会有成千上万的人在寂寞中迷茫、痛苦。他们因不懂得如何与他人沟通而心碎，不知如何面对生活中的挫折而悲观，有的人因耐不住寂寞而误入歧途，有的人甚至对人生失去了信心，对未来失去了希望……

寂寞是一节无人相伴的旅程，是一方没有星光的夜空，是一段没有歌声的时光。它使空虚的人孤苦，使浅薄的人浮躁，使睿智的人深沉。

其实，寂寞不是踯躅街头的惆怅，也不是徘徊巷尾的颓废，更不是借酒消愁的沉沦；寂寞不是百无聊赖、无所事事的散淡与停滞，更不是真正的孤独或寂灭，而是一种不凑热闹、不赶时髦、不追风潮的生活境况和生存方式。耐得住寂寞是生命真正成熟的重要标志。寂寞是成功前的蓄积，只有沉得住气、耐得住寂寞，才有时间和精力去刻苦钻研，认真陶冶。

古往今来，无数成大事者都不是一帆风顺的，都经历过艰难曲折。司马迁在《报任安书》中就举出许多例子："文王拘而演周易；仲尼厄而作春秋；屈原放逐，乃赋离骚；左丘失明，厥有国语；孙子膑脚，兵法修列；不韦迁蜀，世传吕览。"就连司马迁本人，也是在遭遇宫刑之后发愤著书，才有了"史家之绝唱，无韵之离骚"的《史记》传唱于世。如果他们在面对这些困难挫折时不能沉住气，那么如何能在中国历史上留下光辉篇章呢？

没有人能够一辈子交好运，也没有人会一辈子走背运，每个人都不可能随随便便就收获成功，失败、打击、痛苦都是成功前必须要经历和承受的。在面对黑暗的时候只有沉住气，才能等到日出。

公元前100年，苏武受汉武帝之命，以中郎将的身份为特使，拿着汉武帝亲手交给他的"旄节"，与副使张胜以及助手常惠和百余名士

兵，携带着送给单于的礼物，护送以前扣留下来的全部匈奴使者回匈奴去。

当苏武在匈奴完成任务准备返汉时，一件意外的事情发生了。前些时候投降匈奴的汉使卫律有个部下叫虞常，他想要谋杀卫律归汉。这个虞常在汉朝时与张胜私交甚好，就把整个计划跟张胜说了，张胜赠送钱物以示支持，没想到虞常的计划还没实施就泄露了。苏武因张胜而受牵连，他怕受审公堂给汉朝丢脸，想拔刀自杀，被张胜、虞常制止。虞常受审，经受不住酷刑供出了张胜，因为张胜是苏武的副使，单于命令卫律去叫苏武来受审，苏武不愿受辱，又一次拔刀欲自杀，被卫律抱住夺下刀来，但苏武已受重伤晕死过去。

苏武视死如归，单于佩服他的勇气，希望苏武能够投降为他效力，早晚派人来问候，企图软化苏武，但苏武不肯屈服。

苏武恢复健康后，单于命令卫律提审虞常和张胜，让苏武旁听。在审讯过程中，卫律当场杀死虞常以此威胁张胜。张胜跪下投降，卫律又威胁苏武并举起宝剑向苏武砍来，苏武面不改色地迎上前去。卫律看软化威胁都不能使苏武屈服，就报告了单于。

单于听说苏武这样坚强，就更加希望苏武投降。他下命令把苏武囚禁在一个大窖里，不给一点吃喝。这时天上正下着大雪，苏武就躺在那里，嚼着雪团和毡毛一起咽到肚里，几天以后，仍顽强地活着。

单于一计不成，又命令人把苏武迁移到北海没有人烟的地方，让他独自放牧公羊，说是等公羊生子才让他归汉。在荒无人烟的北海，苏武白天拿着汉朝的旄节放羊，晚上握着它睡觉。没有口粮，他就挖掘野鼠洞里藏的草籽充饥。当单于又派人劝降，并告知他母亲已死，兄弟自杀，妻子改嫁，儿女下落不明、死活不知的消息，想以此达到动摇他的信念的目的，但又一次被他斩钉截铁地拒绝了。

苏武在荒凉酷寒的北海边上，忍饥挨饿、受尽苦难，但仍以坚强的

毅力，度过了漫长的、艰苦的岁月。

一直到公元前81年的春天，经几度交涉，苏武、常惠等9人才终于回到了久别的首都长安。

苏武出使的时候是个40岁左右的壮汉，他在匈奴过了19年非人的生活，归汉时已是个须发皆白的老人。

后来，苏武坚忍不屈、不怕磨难、永不失节的事迹轰动了朝野上下，被编成歌曲在百姓中间广泛流传。

从自杀到顽强地活下来，苏武的所作所为都是在逆境中向敌人显示大汉朝人的一种尊严。

两次自杀是怕大堂受审给祖国丢脸，说明他根本就是个将生死置之度外的刚强汉子。后来又在极其恶劣的非人生活条件下坚持了19年之久，却是在向敌方示威——我虽无力反抗，但我决不投降。

他抱定了"我顽强地活给你看"和"不回汉朝，死不瞑目"的信念，克服所有的困难，承受着非人的折磨，终于坚持到返家归国。坚定的信念创造了奇迹。他在不可能的条件下生存了19年，实现了自己的夙愿！

摆脱厄运的办法是不向它低头。当你遭遇厄运的时候，坚强与懦弱是成败的分水岭。

一个生命能否战胜厄运、创造奇迹，取决于你是否赋予它一种信念的力量。一个在信念力量驱动下的生命即可创造人间奇迹。

人生自有沉浮，当我们遇到突发事件时，要沉住气，做到猝然临之心不惊，以冷静的态度应对；当目标没有达成时，要沉住气，学会忍耐，等待机遇，继续努力；当遇到挫折或者失利时，要沉住气，心态平和，靠毅力咬紧牙关。记住：能够沉住气，才能成大器。

做人要沉得住气，做事才能稳住阵脚。沉稳就是你生存的重要法宝，在这时候，成大事者，能审时度势，不把那些小耻小辱放在心

上，而是在暗地里积蓄力量，积极行动，以图后起。另外，低调做人本身就不能张扬，而是要沉得住气，才能隐藏自己的信心和实力，最终站稳脚跟。

沉得住气是一种素质，耐得住寂寞是一种优秀的习惯。一个人只有沉得住气，踏踏实实做好每一件小事，沉稳沉着，并逐渐内化为一种素质、一种能力，才能一步一个脚印，不断迈向成功；才能不断提高自己的修养，保持内心的平衡和稳定，保持气度上的从容淡定，宁静致远。

3. 自是人生长恨水长东
——烦恼不是个好东西

【出处】

李煜《相见欢·林花谢了春红》

【原文】

林花谢了春红，太匆匆。无奈朝来寒雨晚来风。

胭脂泪，相留醉，几时重。自是人生长恨水长东。

【译文】

姹紫嫣红的花儿转眼已经凋谢，春光未免太匆忙。也是无可奈何啊，花儿怎么能经得起那凄风寒雨昼夜摧残呢？

着雨的林花娇艳欲滴好似那美人的胭脂泪。花儿和怜花人相互留恋，什么时候才能再重逢呢？人生令人遗憾的事情太多，就像那东逝的江水，不休不止，永无尽头。

【注释】

相见欢：原为唐教坊曲名，后用为词牌名。又名"乌夜啼""秋夜月""上西楼"。三十六字，上片三平韵，下片两仄韵两平韵。

谢：凋谢。

无奈朝来寒雨：一作"常恨朝来寒重"。

胭脂泪：原指女子的眼泪，女子脸上搽有胭脂，泪水流经脸颊时沾上胭脂的红色，故云。在这里，胭脂是指林花着雨的鲜艳颜色，指代美好的花。

相留醉：一本作"留人醉"。

几时重：何时再度相会。

【赏析】

这首词作于北宋太祖开宝八年（975）李煜被俘之后。待罪被囚的生活使他感到极大的痛苦。他给金陵（今江苏南京）旧宫人的信说"此中日夕，只以眼泪洗面"。

"林花谢了春红，太匆匆！无奈朝来寒雨晚来风。"起笔"林花"，但不是重点，重点是"谢了春红，太匆匆"：林花凋谢，遍地落红。花开花落几时许？春去太匆匆。无奈啊，娇艳的花儿怎么能经得起那朝来的寒雨晚来凄风？春季是最美好的季节，"春红"是最美好的物品，"红"是最美丽的颜色。这样美好的事物突然间竟自"谢了"，而且是"太匆匆"，多么令人惋惜感叹！以"春红"二字代花，乃至极美好可爱之花，既是修饰，更是艺术；随手拈来，直写事物，乃天巧人工之笔。作者以花比喻一切美好的事物（当然也包括人的美好生命），这就具有更丰富的内容。下片写惜春、恋春、恋春红，叹不能再复重。

"胭脂泪，留人醉，几时重？自是人生长恨水长东。"风雨后满地的落红，像是美人脸上和着胭脂流淌的眼泪；见花泪，人心碎，悲伤凄惜心迷醉；相问何时能重会？叹，人生从来怨恨多，恰似长江东逝水！面对美好事物之陨落，而又爱莫能助，其情该是何等痛苦难堪。所以接着便由写花的零落，转到写人思想感情之痛苦。

人生多愁苦，这个世上无论是君王、贵族、还是乞丐、穷人，愁

苦都是难免的，正如德国悲观主义哲学家叔本华所言：人生即痛苦，当"欲望满足不了是痛苦，满足了又是无聊，人生就是在痛苦和无聊之间摇摆，"德国著名作家歌德也曾说过：人生就好像古希腊神话中终身服苦役的西西弗斯，"堆一块石头上山，石头不停地滚下来又推上去。"人生仇恨何能免，这就是李煜这首《相见欢》词阐释的人生哲理。

一个把大量精力耗费在无谓的烦恼上的人，是不能最大限度地发挥自己固有的能力的。世界上能够摧残人的活力、阻碍人的志向、降低人的能力的东西，莫过于烦忧这一毒素。这也是导致人生挫败的病菌！

有一个美国商人，因经商失败而负债累累，后来几经拼搏，虽然成了大富翁，却常常情绪不稳，因为他心里总是提防着周围的任何人，包括自己的助手和家人，于是他的心里就会产生许多莫名其妙的忧愁和痛苦。

有一天，他的一位好朋友真诚地对他说："你何必为此而烦恼呢？相信一个人，会比怀疑一个人更能让人心绪安宁。"

这句话打动了这个富翁，他这样做了，从相信这位朋友开始，他发现自己的忧愁每天都在减少。

印第安人酋长对他的臣民说，上帝给每一个人一杯水，于是你从里面体味生活。人生在世，该有多少人为了让自己的这杯水色、香、味俱佳而无谓地往里面加着各种各样的佐料，诸如金钱、欲望、烦恼、痛苦等。于是生活在这个世界上的人都感觉活得非常累。然而，只要你适度地、有选择地放入调料，你的生活便会过得有滋有味。

没有人能估计清楚烦忧到底造成了多少人类灾祸与损失，它会使天才变得平庸，使成功归于失败，它能破灭一个人的希望，在这方面它比任何因素都要厉害。

世界上有无数人受着烦恼的压迫，为了摆脱这个使人心灵沉重、压力重重的恶魔，许多人竟然成了醉汉和烟鬼，甚至付出了生命。

没有哪个人的智慧能够计算出由于烦恼而给个人与社会所造成的损失的总量。由于烦恼的缘故，使一些天才做着极其平庸的工作。要说什么能引起失败、伤心和失望，人世间莫过于烦恼了。

一个把大量的精力和思考耗费在无谓的烦恼上的人，不可能发挥出他固有的全部能力，而落得一副庸庸碌碌的境地。烦恼这个东西会泄漏一个人的精力，阻碍一个人的志向，减弱一个人真正的力量，并损害人们的健康。

世界上没有一个人因烦恼而获得好处，也没人因烦恼而改善自己的境遇，但烦恼却在随时随地损害人们的健康，消耗人们的精力，减少工作效能。如果一个商店里的职员利用自己职务上的便利，今日拿一点金钱，明日偷一点东西，这样，久而久之，他自己也知道，一旦被店主发觉这种行为，他就没脸面见人了。于是，所偷窃的这一点点东西会在他的心里变为一个更凶恶的窃贼——烦恼，烦恼便会劫夺他的体力，消耗他的精力，损坏他的一切。

烦恼对工作质量会有十分明显的影响。思想散乱的时候，在自己的工作上也决无出色的表现。因为思维紊乱，会使人失去清楚思考、合理规划的能力，脑细胞中一旦灌注了烦闷的毒汁以后，注意力便不再能够集中。

许多孩子的母亲在孩子们身上因无谓的愤怒所耗的精力要远远超过用在日常工作上的精力。每到晚上，她们是那么疲劳，但她们却从来没想到，自己的大部分精力是浪费在不必要的烦恼中了。

人整天处在烦恼之中，生命便消磨得很快，有些人未到中年已经略显老态。有些年方三十岁正当青春的女子们，面容已布满了皱纹，这倒不是由于她们做了苦工或者遭遇了困难，而是因为日常的愤怒。这愤怒给予她们家庭的是不和谐和不快乐，给予她们自己的是衰老。

有人说，烦恼好似一把凿子，在人的面孔上凿出无情的皱纹来。烦

恼不但使人的面容衰老，还会使人的心灵衰老。我曾亲眼见过一个人，由于数星期的烦恼忧虑，面容上完全改变，甚至在他自己看来，也好像变成了另一个人。

很多妇女为了除去面容上的皱纹，便去用按摩术、电疗法、运动和其他各种方法来补救。但她们却不知道，对皱纹和衰老最好的补救办法、最好的万灵药却在一个人的思想里。最愚不可及的是，她们竟然为怎样消除面上的皱纹而不停地恼烦着——结果衰老越来越快。

驱除烦恼最好的方法，就是常常保持一种愉快的态度，而不要总想着生活与工作的不幸方面。

维持身体的健康，也是驱除烦恼的重要条件。良好的胃口、充足的睡眠和清爽的神智都能够消灭许多烦恼。在病态的情况下，烦恼才最容易发生。那些身体强健的人，往往就没有烦恼侵入的缝隙；但在体质衰弱、健康不佳的人群中，烦恼最能生根滋长。

你一察觉到恐惧、忧虑的思想要侵入你心中，你须立刻把勇敢、希望和自信放进自己的思想里，那么这些会在你的内心种植烦恼的思想种子，自然无法播植。

要医治烦恼之病，你无须寻访医生，更无须入药房，你完全可以自己医治。这药就在自己的思想里，在烦恼的时候，你只要用希望来代替失望，用勇敢来代替沮丧，用乐观来代替悲观，用宁静来代替烦躁，用愉快来代替烦闷就够了，那样的话，烦恼在你的心灵中就无从生存了。

4. 山桃溪杏两三栽，为谁零落为谁开

——人情冷暖，世态炎凉

【出处】

王安石《浣溪沙·百亩中庭半是苔》

【原文】

百亩中庭半是苔。门前白道水萦回。爱闲能有几人来。

小院回廊春寂寂，山桃溪杏两三栽。为谁零落为谁开。

【译文】

百亩大的庭院有一半是青苔，门外沙子铺满了整条路，还有蜿蜒的小溪流。喜欢悠闲，有空来的人有几个呢？

春天到了，院子里曲折的回廊非常安静。山上的桃花、溪边的杏树，三三两两地种在一起。不知道它们是为谁凋零，为谁开放？

【注释】

"百亩"句：句出刘禹锡《再过游玄都观》"百亩中庭半是苔，桃花净尽菜花开。"百亩：概数，形容庭园极大。半是苔：一半长满了青苔。

白道：洁白的小道。唐人李商隐《无题》有"白道萦回入暮霞，斑骓嘶断七香车。"

"小院"句：句出杜甫《涪城县香积寺官阁》"小院回廊春寂寂，浴凫飞鹭晚悠悠。"

"山桃"句：语本唐人雍陶《过旧宅看花》"山桃野杏两三栽，树树繁花去复开。"山桃溪杏：山中的桃，溪畔的杏。暗喻身处山水之中。

"为谁"句：句出唐人严恽《落花》"尽日问花花不语，为谁零落为谁开？"

【赏析】

这首词以轻浅的色调、幽渺的意境，描绘女子在春阴的怀抱里所生发的淡淡哀愁和轻轻寂寞。构思精巧，意境优美，犹如一件精致小巧的艺术品，境怅静悠，含蓄有味，令人回味。

词的上片写自己寓居的环境，表现词人归隐生活的冷清寂寞。下片寓情于景，词人对生长在寂寞环境中的桃杏发出深沉的慨叹，寄托着自己内心的惆怅与不平。

这首词深刻地向我们展示了王安石晚年在山中的生活，是如此的孤独寂寞，虽然身处美景之中，却是孤身一人，没有知音。尽管如此，王安石还是用写景来表达自己的心情，寓情于景，对山中的美景颇为喜爱。

总的来说，《浣溪沙》反映了王安石晚年的生活情趣，表达出他晚年"人走茶凉"的寂寞之情，此情颇为深沉、悲凉。

人走了，茶凉了，这又何妨呢？茶凉了就倒掉，冲上新的茶叶，自会有袅袅茶香。何必要留恋那杯凉掉的旧茶，迟迟不肯喝清香怡人的新茶呢？

沧桑变化转眼事，世上千年如走马。人生不过百年，多么的短暂啊！所以，对于人情的冷暖、世态的炎凉，要有超然的态度，能够潇洒地面对人生，才算得上大彻大悟。人生在世，酸甜苦辣都要尝遍，才能算是完整的人生。所以，我们不要为痛苦而哭，不要为幸福而笑，如何来就如何去。

春秋时期，列子穷困潦倒。郑相子阳的宾客向子阳荐举列子，子阳就派人送他数十车的谷子，列子再三拜谢而拒绝了。

使者走后，列子的妻子对他捶胸顿足地埋怨说："听说有道的人的家室，生活都能安乐幸福，可现在我饿得面黄肌瘦。相国让人送给你粮食，你却不接受，这岂不是命中注定要穷困一辈子吗？"

列子却笑着对妻子解释说:"我之所以拒收相国的粮食,是因为相国并不是自己真正了解我,而是听信了别人的话才给我送谷子。以后,他也会因听信别人的话怪罪于我。这是我不接受的原因。况且接受别人的供养,却不为别人排忧解难,是不义;为他效命,替相国这种无道的人去牺牲,哪里算是义呢?"

后来,郑国人民果然发难,杀了子阳。

世事无常,人情冷暖依旧。从古至今,有多少人嫌贫爱富、趋炎附势。一个人享受过别人的爱,经历过别人的恨,做过显达的事情,也做过失意的事情,一切都经历了,一切人情都感受过了,还有什么可以让我们触目惊心的呢?看透了人情世故也就能做到无动于衷了。

小张和小李是好朋友,也是相处不错的同事。他们公司的新经理制定了一个奖励措施,谁创效益最多将得一个特别奖,金额颇为可观。小张非常希望获得这笔钱,因为他的孩子上自费大学急需一笔钱;小李也对这笔钱看得很重,因为他爱人整天向他嘀咕谁的老公又挣了辆小车谁的老公又升了一个职位……小李极其希望借着新经理的改革举措,让自己在夫人面前扬眉吐气。小张疯狂地跑业务,绞尽脑汁地联系客户,有时,也将自己的情况说给小李。小张不相信同事之间会失去真诚和友谊,他认为几年来他俩已相处得挺好了。忽然间,小张发现自己的一些客户都支支吾吾、言而无信了。他不明白为什么。有人告诉他,他的客户听说他是品行恶劣的人,喜欢擅自将商品掺假,自己从中获取非法利益……总之,关于他的谣传很多。年底的时候,小李获得了特别奖。小张从小李的业绩单上顿悟过来了。他的嘴里不断地喃喃自语:怎么会这样?怎么会这样?

小张的失误在于他没有认清这种对立矛盾的现状,反而盲目信任同事。在没有竞争的日子,也许的确能做到大家彼此相悦,其乐融融,一旦进入角斗场,角色就变成了有"对立矛盾"的人。

在竞争中，除非一方自愿放弃，否则，必然有刀光剑影的闪烁、明枪暗箭的中伤，令人防不胜防、难以回避。

有些单位里面山头林立、关系复杂；利益冲突是根深蒂固的，因而暗地里的较量也往往剑拔弩张。身处其中唯有洞察内情方能明哲保身，但若一个人天生大大咧咧，不屑尔虞我诈，一旦被暗箭射中又当如何？

有些人天生就是软骨头，他们要生存，就要不断选择去依附别人，不然他们就寸步难行。他们不能感情用事，该出手时就出手，所谓"只闻新人笑，哪闻旧人哭。"

A君他有个和他同时进这个单位的同事，性格内向，每天就看他低着头，皱着眉，好像有天大的事急待他思考拍板一样。

而A君天生开朗，每个同事和A君关系都很好，大概是两人性格相差太大了，所以他们的关系并不怎么好。因为A君的工作表现突出，人缘也特别好，领导准备提拔A君当市场部经理，于是找A君谈话。也不知道这次谈话内容怎么被他知道了，他就开始冷嘲热讽，意思是A君很会拍马屁什么的，他也不顾忌什么，有时就当着所有同事的面讽刺A君，A君特别尴尬。A君也不和他一般见识，就等着正式任命下来。正式任命如期下来，但他们单位有这样的规定，就是还要在原岗位里待一段时间，征求大家的意见，一般这都只是走走形式而已，没什么问题的。

但过了一个星期，上级领导来找A君谈话了，很严肃的样子。领导说单位收到了匿名信，说A君生活作风有问题，还极其详细地写到"某年某月某日有某个女人进了A君的家"。看到这样的诬陷，A君差点吐血，这一老掉牙的招，现在居然还在使用，大概是觉得A君刚离婚，有被怀疑的理由，信的署名是"一个伸张正义打抱不平的同事"。A君立刻就想到这个人就是他，因为平时嫉妒排挤抢功总少不了他的份，而他在一开始的表现也实在让A君怀疑。幸好A君和领导的关系特好，几位领导对A君都特别了解，也对这种匿名告状的形式很不屑，最后这件事就

不了了之了，A君还是如愿以偿地当上了市场部经理。在A君升职之后没几天，那个同事就递交了辞呈，这样A君就更确信是他了，虽然A君对匿名信事件只字未提，但做坏事的人总是会心虚的。

虽然被他很阴险地在背后"戳"了一下，但A君并不生气，也不会给他小鞋穿，其实他完全没必要走的。

用郑板桥的"难得糊涂"作挡箭牌来对付明枪暗箭，不失为一个很有成效的明智之举。对此，一些人曾试过多次确实有用。那些放暗箭的射手，大多是出于妒忌之心，目的是为了贬低你，如果你对那些小人耿耿于怀，从而影响了工作，那就正好中了他的箭。

被一个人放"暗箭"，可以不当一回事，因为要么是他在嫉妒，要么是他心理有问题；但如果被很多人放"暗箭"，那就要检讨自己了，很可能是你的为人处世确实讨人嫌。

小人是最善于伪装的，他们能够在自己最痛恨的人面前露出最甜蜜的微笑，而当自己的异己还迷惑于他的微笑时，他就会对他们毫不留情地下毒手，"口蜜腹剑"是小人品格真实的写照。"口蜜"只是为了麻痹对方，而"腹剑"才是他真正的目的。

对付这类人，一定要做到"害人之心不可有，防人之心不可无"，多留意一下身边的小人，尽可能地免遭他们的伤害。但如果不幸你没能躲过那些射来的暗箭，只要我们不把这种欺骗和伤害梗塞入心，就会摒弃许多个人的痛苦和烦恼。

5. 愁无比，和春付与东流水

——放弃痛苦，选择快乐

【出处】

朱服《渔家傲·小雨纤纤风细细》

【原文】

小雨纤纤风细细，万家杨柳青烟里。恋树湿花飞不起，愁无比，和春付与东流水。

九十光阴能有几？金龟解尽留无计。寄语东阳沽酒市，拼一醉，而今乐事他年泪。

【译文】

绵绵的细雨微微的风，千家万户掩映在杨柳密荫青烟绿雾中。淋湿的花瓣贴在树枝上不再飞。心中愁无穷，连同春色都付与江水流向东。

九十天的光阴能够留多久？解尽金龟换酒也无法将春光挽留。告诉那东阳城里卖酒人，而今只求拼个一醉方休，不管今日乐事成为他年热泪流。

【注释】

渔家傲：词牌名。

纤纤：细小，细微，多用以形容微雨。

和春：连带着春天。

九十：指春光三个月共九十天。

金龟：唐三品以上官佩金龟。此处"金龟解尽"意即彻底解职。

东阳：今浙江省金华市，宋属婺（wù）州东阳郡。

沽酒：卖酒。

拼（pīn）：豁出去，甘冒。

【赏析】

此词是作者早年出知婺州（亦称东阳郡，治所在今浙江金华）期间的作品。《乌程旧志》云："朱行中坐与苏轼游，贬海州，至东郡，作《渔家傲》词。"这首词风格俊丽，是作者的得意之作。原题为"春词"。

开头两句"小雨纤纤风细细，万家杨柳青烟里"，写暮春时节，好风吹，细雨润，满城杨柳，郁郁葱葱，万家屋舍，掩映在杨柳的青烟绿雾之中。正是"绿暗红稀"时候，春天快要悄然归去了。次三句："恋树湿花飞不起，愁无比，和春付与东流水"，借湿花恋树寄寓人的恋春之情。"恋树湿花飞不起"是个俊美的佳句。"湿花"应上"小雨"，启下"飞不起"。"恋"字用拟人法，赋落花以深情。花尚不忍辞树而留恋芳时，人的心情更可想而知了。春天将去的时候，落花有离树之愁，人也有惜春之愁，这"愁无比"三字，尽言二愁。如此深愁，既难排遣，故而词人将它连同春天一道付与了东流的逝水。

"九十光阴能有几？金龟解尽留无计。"感叹春来春去，虽然是自然界的常态，然而美人有迟暮之思，志士有未遇之感，这九十日的春光，也极短暂，说去也就要去的，即使解尽金龟换酒相留，也是留她不住的。词句中的金龟指所佩的玩饰，唐代诗人贺知章，曾经解过金龟换酒以酬李白，成为往昔文坛上的佳话。作者借用这个典故，表明极意把酒留春。"寄语东城沽酒市。拚一醉，而今乐事他年泪。"虽然留她不住，也要借酒浇愁，拚上一醉，以换取暂时的欢乐。"寄语"一句，谓向酒肆索酒。结句"而今乐事他年泪"，一语两意，乐中兴感。

这首词袭用传统作词法：上片写景，下片写情。结句"而今乐事他年泪"，一意化两，示遣愁不尽，无限感伤。

学会放弃一件不愉快的事情，是一种保持快乐的能力。快乐与痛苦是一棵并蒂莲，如果我们放不下痛苦，那就永远也不会看到另一

边的快乐。"放下就是快乐"是一颗开心果，是一粒解烦丹，是一道欢喜禅。只要你心无挂碍，什么都看得开、放得下，何愁没有快乐的春莺在啼鸣，何愁没有快乐的泉溪在歌唱，何愁没有快乐的白云在飘荡，何愁没有快乐的鲜花在绽放！事事都看得开、放得下，才会心无挂碍，轻松快乐。

有时候，"放下问题"或许就是"解决问题"。

一个青年背着个大包裹千里迢迢跑来找无际大师，他说："大师，我是那样的孤独、痛苦和寂寞，长期的跋涉使我疲倦到极点；我的鞋子破了，荆棘割破了双脚；手也受伤了，流血不止；嗓子因为长久地呼喊而喑哑……为什么我还不能找到心中的目标？"

大师问："你的大包裹里装的什么？"青年说："它对我可重要了。里面装的是我每一次跌倒时的痛苦，每一次受伤后的哭泣，每一次孤寂时的烦恼……靠它，我才走到您这儿。"

于是，无际大师带着青年来到河边，他们坐船过了河。上岸后，大师说："你扛了船赶路吧！""什么？扛了船赶路？"青年很惊讶，"它那么沉，我扛得动吗？""是的，孩子，你扛不动它。"大师微微一笑，说："过河时，船是有用的。但过了河，我们就要放下船赶路，否则，它会变成我们的包袱。痛苦、孤独、寂寞、灾难、眼泪，这些对人生都是有用的，它能使生命得到升华，但须臾不忘，就成了人生的包袱。放下它吧！孩子，生命不能太负重！"

青年人放下包袱，继续赶路，他发觉自己的步子轻松而愉悦，比以前也快得多了。

原来，生命是可以不必如此负重的。其实，人这一生能得到什么呢？只有过程，只有注满在这个过程中的心情。所以，一定要注满好心情。既然失败已经无可挽回，何不将注意力转移开来。将自身的强烈痛苦化为永恒的美好，何必苦苦执着于那些令自己不快的事物，坚持做一

个可歌可泣的悲剧英雄?

　　林肯说过:"大部分人只要下定决心,就能获得快乐。"这句话是非常正确的,快乐就应该是来自内心,而不是存在于外在。人生是有限的,摆在我们面前的是许多要我们去完成的事情,而且想做的事更多。在这有限的时间里,如果把时间都浪费在微不足道的小事上,或是无谓的人际关系里,想一想,这是多么可惜的事啊!既然你认为与对方来往已没有什么价值,那么就应该像快刀斩乱麻一样,断然斩断情丝,为新的目标而努力奋斗。以前的经历可以成为我们以后的借鉴,但我们不可因此背上包袱,我们还有很长的路要走。丢掉那些失败、哭泣、烦恼,轻轻松松上路,你会越走越快,越走越欢愉,路也越走越宽。

　　一个人越是能够放得下很多事,他越是快乐。很多时候,问题就像个包袱,挡着你的出路,不如暂且把它搁置一旁,积蓄起新的力量,采取一个新的姿势去实现目标。试想,一个全身挂满了包袱的人,挪一步都会非常吃力,怎么能够奔跑起来呢?一味地用过去的事折磨自己,并痛苦不堪,只会错上加错。

　　在生活中我们要懂得放弃,有时候放弃不仅是一种勇气,而且也是一种智慧。不要抱着旧的思维模式固步不前,时代的发展对我们提出了新的要求。人生有尽,精力有限,如果我们把名誉、财富、权势、地位、爱情等统统抓在手中,就无法腾出手脚去创造,负重太多,就难以远行。为了达到我们更远大的目标,充分实现我们的人生价值,我们要有所放弃,寻求一片属于自己放飞心灵的天空。

6. 不如随分尊前醉，莫负东篱菊蕊黄

——忧虑不能改变现实

【出处】

李清照《鹧鸪天·寒日萧萧上琐窗》

【原文】

寒日萧萧上琐窗，梧桐应恨夜来霜。酒阑更喜团茶苦，梦断偏宜瑞脑香。

秋已尽，日犹长，仲宣怀远更凄凉。不如随分尊前醉，莫负东篱菊蕊黄。

【译文】

深秋惨淡的阳光渐渐地照到镂刻着花纹的窗子上，梧桐树也应该怨恨夜晚来袭的寒霜。酒后更喜欢品尝团茶的浓酽苦味，梦中醒来特别适宜嗅闻瑞脑那沁人心脾的余香。

秋天快要过去了，依然觉得白昼非常漫长。比起王粲《登楼赋》所抒发的怀乡情，我觉得更加凄凉。不如学学陶渊明，沉醉酒中以摆脱忧愁，不要辜负东篱盛开的菊花。

【注释】

萧萧：凄清冷落的样子。原为象声词，如风声、雨声、草木摇落声、马蹄声。

琐窗：镂刻连锁纹饰之窗户。

酒阑：酒尽，酒酣。阑：残，尽，晚。

瑞脑：即龙涎香，一名龙脑香。

仲宣：王粲，字仲宣，汉末文学家，"建安七子"之一。其《登楼赋》抒写去国怀乡之思，驰名文坛。

随分：随便，随意。

尊前：指宴席上。尊：同"樽"。

东篱菊蕊黄：化用陶渊明《饮酒二十首》的"采菊东篱下"句。

【赏析】

这首词写秋景，寄乡愁，通篇从醉酒写乡愁，悲慨有致，凄婉情深。上片叙事，主写饮酒之实"秋已尽，日犹长"写作者个人对秋的感受。下片写饮酒之因，是对上片醉酒的说明：本来是以酒浇愁，却又故作达观之想，而表面上的达观，实际隐含着无限乡愁，词中表露的乡愁因和故国沦丧、流离失所的悲苦结合起来，其中的忧愤更深。

结句是为超脱语。时当深秋，篱外丛菊盛开，金色的花瓣光彩夺目，使她不禁想起晋代诗人陶潜"采菊东篱下，悠然见南山"的诗句，自我宽解起来：归家既是空想，不如对着杯中美酒，随意痛饮，莫辜负了这篱菊笑傲的秋光。

当你对生活中的不如意感到烦恼时，你会沉湎于过去，在回忆往事中消磨掉自己的时光吗？当你对未知的世界充满沮丧时，你会无休止地考虑将来的事情吗？对我们每个人来讲，无论是沉湎过去，还是忧虑未来，忧虑的结果都是相同的：不能改变现实。

在漫长的岁月里，我们难免会遇到一些令人不愉快的事情，如果它们是这样，就不可能是别样。当然，我们也可以有所选择：我们可以把它们当作不可避免的情况而加以接受，并且适应它们。不要让忧虑来摧毁我们的生活，我们要记住这句话："对不可避免之事，轻松地去承受。"

一个商人的妻子不停地劝慰着她那在床上翻来覆去，折腾了足有几百次的丈夫道："睡吧，别胡思乱想了。"

可是丈夫却说道："你是不知道我现在有多遭罪啊！几个月前，我借了一笔钱，明天就到了还钱的日子了。可你知道，咱家哪儿有钱啊！你也知道，借给我钱的那些邻居们最近逼得紧，我要是还不了

钱，他们能饶得了我吗？为了这个，我能睡得着吗？"他接着又在床上继续翻来覆去。

妻子只好劝他，说道："睡吧，等到明天，总会有办法的，我们说不定能弄到钱还债的。"

"不行，一点儿办法都没有了。"丈夫沮丧着说。

最后，他的妻子忍耐不住了，爬上房顶，对着邻居家高声喊道："你们知道，我丈夫欠你们的债明天就要到期了。现在我告诉你们一些不知道的事：我丈夫明天没有钱还债！"她跑回卧室，对丈夫说："这回睡不着觉的就不是你而是他们了。"

其实，忧虑是一种流行的社会通病，几乎每个人都要花费大量的时间为未来而担忧。忧虑既然是如此消极而无益，既然你是在为毫无积极效果的行为浪费自己宝贵的时光，那你就完全没有必要为未知的世界而忧虑。

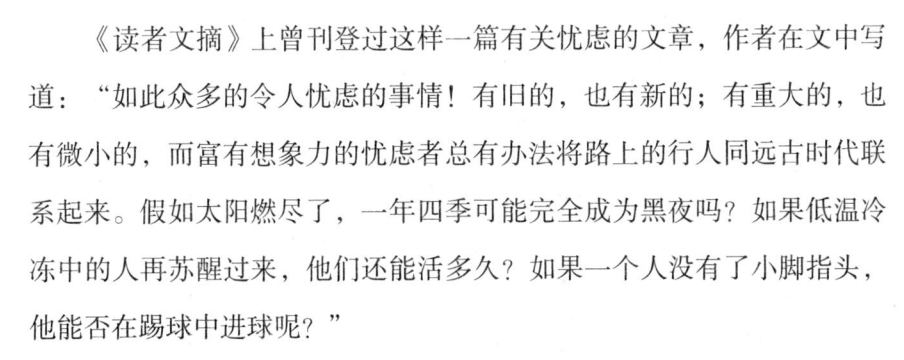

《读者文摘》上曾刊登过这样一篇有关忧虑的文章，作者在文中写道："如此众多的令人忧虑的事情！有旧的，也有新的；有重大的，也有微小的，而富有想象力的忧虑者总有办法将路上的行人同远古时代联系起来。假如太阳燃尽了，一年四季可能完全成为黑夜吗？如果低温冷冻中的人再苏醒过来，他们还能活多久？如果一个人没有了小脚指头，他能否在踢球中进球呢？"

请记住一点，在生活中，不管你怎样对未知的世界充满忧虑，都是于事无补的！你可以让自己的一生在对未来的忧虑中度过，然而无论你多么忧虑，甚至抑郁而死，你也无法改变自己的现实。

当你对未知的世界充满忧虑时，不妨做一次深呼吸，一切由他去！睁开眼睛，再轻松地闭起来，告诉自己，别怕！明天会更好！这样，你的烦恼，你的忧愁就像雨后的晴空一样，万里无云。

7. 零落成泥碾作尘，只有香如故

——孤芳自赏，活出自己的个性

【出处】

陆游《卜算子·咏梅》

【原文】

驿外断桥边，寂寞开无主。已是黄昏独自愁，更著风和雨。

无意苦争春，一任群芳妒。零落成泥碾作尘，只有香如故。

【译文】

驿站外断桥旁。梅花寂寞地开放，孤孤单单，无人来欣赏。黄昏里独处已够愁苦，又遭到风吹雨打而飘落四方。它花开在百花之首，却无心同百花争享春光，只任凭百花去忌妒。即使花片飘落被碾作尘泥，也依然有永久的芬芳留在人间。

【注释】

驿（yì）外：指荒僻、冷清之地。驿：驿站，供驿马或官吏中途休息的专用建筑。

寂寞：孤单冷清。

无主：自生自灭，无人照管和玩赏。

更：副词，又，再。

更著：又遭到。

无意：不想，没有心思。自己不想费尽心思去争芳斗艳。

苦：尽力，竭力。

争春：与百花争奇斗艳。此指争权。

一任：全任，完全听凭；

群芳：群花、百花。百花，这里借指诗人政敌——苟且偷安的主和派。

妒（dù）：嫉妒。

零落：凋谢，陨落。

碾（niǎn）：轧烂，压碎。

作尘：化作灰土。

香如故：香气依旧存在。

【赏析】

孤芳自赏往往被人视为自命清高，偏执孤傲，不合群，是被批评、遭贬斥的一种人生态度。其实孤芳自赏只是一种自我欣赏，当全世界都不懂得你、不赏识你时，至少还有自己，还能自赏。懂得孤芳自赏，知道欣赏自己，知道"芳"在哪里，才能更好地将芳香呈现出来，从而让周围的人都能感受到你的芳香。活出自己的个性，孤芳自赏又何妨，这就是陆游这首咏梅的千古绝唱所流露的人生智慧。

人性的美丽在于那迷人的个性。你的个性就是你的风格。凡是高情商的人都有其突出的个人魅力，这种魅力即来源于他的个性，而他的个性又表现在他做人的方式、做事的风格上。他的一举一动、一言一行，无不体现着他的个人魅力，表现着他个人的风格。

我们知道，世界上的所有生物都有其自身的特点，正是依靠着这些特点，他们才得以在这个星球上生存。在现代社会，知名的商品都讲究"品牌战略"，有了品牌，这种商品才可以走得更远。我们人自然也不例外。我们要在社会中生存、立足，要与别人相处、共事，要发展自己，使自己也踏上成功之路，就要靠我们的特点、个性、风格和"品牌"。

如何打造一个健康的性格呢？

（1）个性的倾向性

个体在形成个性的过程中，时时处处都表现出每个个体对外界事物的特有的动机、愿望、定式和亲合力，从而发展为各自的态度体系和内

心环境，形成了对人、对事、对自己的独特的行为方式和个性倾向。

（2）个性的复杂性

个性是由多种心理现象构成的，这些心理现象有些是显而易见的，别人看得清楚，自己也觉察得很明显，如热情、健谈、直爽、脾气急躁等；有些非但别人看不清楚，就连自己也感到模模糊糊。

（3）个性的独特性

每个人的个性都具有自己的独特性，即使是同卵双生子甚至连体婴儿长大成人后，也同样具有自己的独特性。

（4）个性的稳定性

人的个性是逐渐形成的，一旦形成某种个性，包括它的组成部分，都具有相对的稳定性。没有特殊的事件是不会改变的。

（5）个性的完整性

个性是个完整的统一体。一个人的各种个性倾向、心理过程和个性心理特征都是在其标准比较一致的基础上有机地结合在一起的，绝不是偶然性的随机凑合。人是作为整体来认识世界并改造世界的。

（6）个性的积极性

个性是个动力倾向系统的结构，不是被客观环境任意摆布的消极个体。个性具有积极性、能动性，并统率全部心理活动去改造客观世界和主观世界。

你的个性是你的特点与你的外表的总和，这些也就是你所以为你、区别于他人的地方。你所穿的衣服，你脸上经常出现的表情，你脸上的线条，你的声调、语气乃至于你的思想，以及你由这些思想所发展出来的品德，所有的这一切就构成了你的个性，而你的个性在生活中较稳定地表现出你自己的风格。

你的风格或者个性，即使是你自己也很难用语言来概括。你的风格体现于你生命的整体，从你做人、做事、行为举止等各个部分都能体现出来，但又不是特指某个部分。

　　在生活当中，一些人被人拒绝之后，就会变得垂头丧气，认为自己被整个世界拒绝。但是，高情商的人，就会在被拒绝中继续寻找机会，表现自己独具特色的风格。其实，我们只要想一下，即使是最差劲的人也会有一两个值得别人赞美的优点，所以，我们就应当在适当的时候展示自己的魅力和长处。这也是你的风格之所在。良言一句三冬暖，世界上没有哪一个人不喜欢别人由衷的赞美。如果你能够把最真诚的赞美送给别人，别人自然也会回赠你许多成功的机会。人，作为一个社会动物，对于人情世故是很讲究的。人们之所以喜欢找朋友聊天，是因为在这里能够得到一种被尊重、不被欺骗的感觉。

　　每一个人都是一个世界，都有自己独特的个性和风格，但是，人类灵魂深处却有着一根共同的弦，那就是人类的情感。对于高情商的人来说，我们需要做的，就是找到这一根弦，并将它轻轻拨响。

　　中国有一句古话：宰相肚子能行船。说的是领导者的胸怀之大。一个高情商的人的胸怀与人格决定了它能够承担或包容的程度，正如佛语所说：海纳百川，有容则大。

　　真诚的笑容应该是从心底里发出的，所以，一个高情商的人，应该常常怀有一颗感恩的心。感恩，本来是基督教徒常用的字眼，它是一种深刻的感受，能够增强你的个人魅力，开启神奇的力量之门，发掘出无穷的智慧。

　　一个人要想拥有迷人的魅力，语言才能是一个硬件，能说会道也是一个高情商者所应该具备的能力。因为语言表达能力是构成个人魅力的重要组成部分。如果我们想在紧张激烈的人生竞技场上做一个常胜将军，就必须培养自己机智、良好的语言表达能力。

　　学会倾听也是一种风度，一种魅力。就人性而言，每一个人最为关心的无疑是自己。每一个人都喜欢讲述自己的故事，希望找一个忠实的

听众。如果你是一个高情商的人，如果你是一个优秀的对话者，那么，首先学会倾听吧！千万不要忘了，静静地倾听别人讲话，也可以展现你无穷的魅力。

打动人心的最理想方式，莫过于在了解对方的兴趣时，尽量满足他的欲望。如果你是一个高情商的人，如果你能坚持这么做的话，你就是一个受欢迎的人，就是一个有魅力的人，就是一个会取得人生成功的人。

一个人最为重要的品质是诚信，被别人信任的第一要素是诚实。诚实是树木之根，没有根，树木也就没有了生命。每一个高情商的人都要树立起诚信的优良品质。

还有，你的衣着式样，以及它们对你来说是否得体，构成了你风格中的一个重要组成部分，因为别人大多都是从你的外表获得对你的第一印象。

还有，你与别人握手的态度，也密切关系到你是否排斥或吸引跟你握手的人，它也表现着你的个性，体现着你的风格。

你眼中的神情也是你个性中的一个重要组成部分。眼睛是心灵的窗户，有些人就能通过这扇窗户看穿你的内心世界，看出你内心深处的思想，看出你最隐秘的思想。

你的身体洋溢着的活力，或者说通过你的言谈举止所体现出的个人魅力，也是你个性的一个组成部分。

当然，最重要的是，你可以通过某种方式将你的个性或者个人风格尽情地展现出来，而且，能够使你的个性永远受人欢迎。这种方式就是对其他人的生活、工作表示深切的关心与兴趣。你需要做一个无私、大度、热忱、宽容的人。

我们很难想象一个极端自私自利、狭隘、冷酷无情的人能讨人喜欢。这样的人，即使他衣冠楚楚、长相英俊，也难言有什么个人魅力。

你的内心世界决定了你的个性,你的思想品德高尚与否决定了你的风格的有无。

要活出自己的风格,表现出你受人欢迎的个性,还得从加强你的文化修养、丰富你的精神世界做起。要活出自己的风格,而且使别人也能接受、欣赏你的风格,首先要求你的风格令人喜爱。如果你自己的"风格"人见人厌,那不要这种"风格"恐怕还会好一些。再就是你要强化自己的风格,一旦发现你的某种行为深受众人喜爱,你不妨将其加强突出。这样,你的风格就会越来越突出。

有了自己的风格,还要找机会展示自己的风格,展示自己独特的人格魅力和个性魅力。对于现代人来说,展示自己风格和魅力的地方很多,比如,大学生毕业求职的时候、演说的时候、述职的时候,甚至在我们做一些日常工作以及生活当中,都有无数个展现我们个性魅力的机会。生活已经告诉我们,如果你拥有一种令人倾倒的人格魅力,那么,你在人生的旅途中就会游刃有余,这也同时意味着你拥有了一笔巨大的财富,它会使你享受人生的快乐和喜悦,它也使你赢得身边人的喜爱和信任。

8. 欲将心事付瑶琴,知音少,弦断有谁听
——千金易得,知己难求

【出处】

岳飞《小重山·昨夜寒蛩不住鸣》

【原文】

昨夜寒蛩不住鸣。惊回千里梦,已三更。起来独自绕阶行。人悄悄,帘外月胧明。

白首为功名。旧山松竹老,阻归程。欲将心事付瑶琴。知音少,弦

断有谁听?

【译文】

昨夜,寒秋蟋蟀不住哀鸣,梦回故乡,千里燃战火,被惊醒,已是三更时分。站起身,独绕台阶踽踽行。四周静悄悄,帘外,一轮淡月正朦胧。

为国建功留青史,未老满头霜星星。家山松竹苍然老,无奈议和声起、阻断了归程。想把满腹心事,付与瑶琴弹一曲。知音稀少,纵然弦弹断,又有谁来听?

【注释】

小重山:词牌名。一名《小冲山》《柳色新》《小重山令》。唐人常用此调写宫女幽怨。《词谱》以薛昭蕴词为正体。五十八字。上下片各四句,四平韵。换头句较上片起句少二字,其余各句上下片均同。另有五十七字、六十字两体,是变格。

寒蛩(qióng):秋天的蟋蟀。

千里梦:指赴千里外杀敌报国的梦。

三更:指半夜十一时至翌晨一时。

月胧明:月光不明。胧,朦胧。

功名:此指为驱逐金兵的入侵,收复失地而建功立业。

旧山:家乡的山。

付:付与。

瑶(yáo)琴:饰以美玉的琴。

知音:比喻知己,同志。

【赏析】

这首《小重山》是元帅帐内夜深人静时岳飞诉说的自己内心的苦闷——他反对妥协投降,他相信抗金事业能成功,并已取得了多少重大战役的胜利,这时宋高宗和秦桧力主和议,和金国谈判议和,使他无法

反抗。这就是绍兴八年（1138）宋金"议和"而不准动兵的历史时期。

这首《小重山》虽然没有《满江红》那么家喻户晓，但是通过不同的风格特点和艺术手法表达了作者隐忧时事的爱国情怀。上片是即景抒情，寓情于景，忧国忧民使他愁怀难遣，在凄清的月色下独自徘徊。下片写他收复失地受阻，要抗金却是"知音少"，内心郁闷焦急。

古往今来的人们一直都在追寻着能交心的知己。一生穷困潦倒的诗圣杜甫说："百年歌自苦，未见有知音。"纳兰性德说："泠泠彻夜，谁是知音者"。鲁迅说："人生得一知己足矣，斯世当以同怀视之。"

著名的"伯牙绝弦"就是讲述知音难求的一个故事，俞伯牙与钟子期是一对千古传诵的知音典范。

在春秋时期，楚国有一位著名的音乐家，他的名字叫俞伯牙。俞伯牙从小就非常聪明，天赋极高，又很喜欢音乐，他拜当时很有名气的琴师成连为老师。

学习了三年，俞伯牙琴艺大长，成了当地有名气的琴师。但是俞伯牙常常感到苦恼，因为在艺术上还达不到更高的境界。俞伯牙的老师连成知道了他的心思后，便对他说："我已经把自己的全部技艺都教给了你，而且你学习得很好。至于音乐的感受力、悟性方面，我自己也没学好。我的老师方子春是一代宗师，他琴艺高超，对音乐有独特的感受力。他现住在东海的一个岛上，我带你去拜见他，跟他继续深造，你看好吗？"俞伯牙闻听大喜，连声说好！

他们准备了充足的食品，乘船往东海进发。一天，船行至东海的蓬莱山，成连对伯牙说："你先在蓬莱山稍候，我去接老师，马上就回来。"说完，连成划船离开了。过了许多天，连成没回来，伯牙很伤心。他抬头望大海，大海波涛汹涌，回首望岛内，山林一片寂静，只有鸟儿在啼鸣，像在唱忧伤的歌。伯牙不禁触景生情，有感而发，仰天长叹，即兴弹了一首曲子。曲中充满了忧伤之情。从这时起，俞伯牙的琴

艺大长。其实，成连老师是想让俞伯牙独自在大自然中寻求一种感受。

俞伯牙身处孤岛，整日与海为伴，与树林飞鸟为伍，感情很自然地发生了变化，陶冶了心灵，真正体会到了艺术的本质，创作出了真正的传世之作。后来，俞伯牙成了一代杰出的琴师，但真心能听懂他的曲子的人却不多。

有一次，俞伯牙乘船沿江旅游。船行到一座高山旁时，突然下起了大雨，船停在山边避雨。伯牙耳听淅沥的雨声，眼望雨打江面的生动景象，琴兴大发。伯牙正弹到兴头上，突然感到琴弦上有异样的颤抖，这是琴师的心灵感应，说明附近有人在听琴。伯牙走出船外，果然看见岸上树林边坐着一个叫钟子期的打柴人。

伯牙把子期请到船上，两人互通了姓名，伯牙说："我为你弹一首曲子听好吗？"子期立即表示洗耳恭听。伯牙即兴弹了一曲《高山》，子期赞叹道："多么巍峨的高山啊！"伯牙又弹了一曲《流水》，子期称赞道"多么浩荡的江水啊！"伯牙又佩服又激动，对子期说："这个世界上只有你才懂得我的心声，你真是我的知音啊！"于是两个人结拜为生死之交。

伯牙与子期约定，待周游完毕要前往他家去拜访他。一日，伯牙如约前来子期家拜访他，但是子期已经不幸因病去世了。伯牙闻听悲痛欲绝，奔到子期墓前为他弹奏了一首充满怀念和悲伤的曲子，然后站立起来，将自己珍贵的琴砸碎于子期的墓前。从此，伯牙与琴绝缘，再也没有弹过琴。

在人生路上，得一知己相伴是每个人向往的，知己懂得欣赏你的才华，懂得慰藉你的满腹牢骚，甚至无须言语的交流，只要一个眼神就能读懂你的千言万语。

人生在世，千金易得，知己难求，如果一生中有幸遇到知己，一定要懂得珍惜。

9. 蓦然回首，那人却在，灯火阑珊处

——不落俗套，做真实的自己

【出处】

辛弃疾《青玉案·元夕》

【原文】

东风夜放花千树，更吹落，星如雨。宝马雕车香满路。凤箫声动，玉壶光转，一夜鱼龙舞。

蛾儿雪柳黄金缕，笑语盈盈暗香去。众里寻他千百度，蓦然回首，那人却在，灯火阑珊处。

【译文】

像东风吹散千树繁花一样，又吹得烟火纷纷、乱落如雨。豪华的马车满路芳香。悠扬的凤箫声四处回荡，玉壶般的明月渐渐西斜，一夜鱼龙灯飞舞笑语喧哗。

美人头上都戴着亮丽的饰物，笑语盈盈地随人群走过，身上香气飘洒。我在人群中寻找她千百回，猛然一回头，不经意间却在灯火零落之处发现了她。

【注释】

青玉案：词牌名。"案"读wan，第三声，与"碗"同音。

元夕：夏历正月十五日为上元节，元宵节，此夜称元夕或元夜。

"东风"句：形容元宵夜花灯繁多。花千树，花灯之多如千树开花。

星如雨：指焰火纷纷，乱落如雨。星，指焰火。形容满天的烟花。

宝马雕车：豪华的马车。

"凤箫"句：指笙、箫等乐器演奏。凤箫，箫的美称。

玉壶：比喻明月。亦可指灯。

鱼龙舞：指舞动鱼形、龙形的彩灯，如鱼龙闹海一样。

"蛾儿"句：写元夕的妇女装饰。蛾儿、雪柳、黄金缕，皆古代妇女元宵节时头上佩戴的各种装饰品。这里指盛装的妇女。

盈盈：声音轻盈悦耳，亦指仪态娇美的样子。

暗香：本指花香，此指女性身上散发出来的香气。

他：泛指第三人称，古时包括"她"。

千百度：千百遍。

蓦然：突然，猛然。

阑珊：零落稀疏的样子。

【赏析】

这首词写元宵之夜的盛况。"蓦然回首，那人却在灯火阑珊处"：偶一回头，却发现自己的心上人站立在昏黑的幽暗之处。同时，还有一种说法认为：站在灯火阑珊处的那个人，是对他自己的一种写照。根据历史背景可知，当时的他不受重用，文韬武略施展不出，心中怀着一种无比惆怅之感，所以只能在一旁孤芳自赏。也就像站在热闹氛围之外的那个人一样，给人一种清高不落俗套的感觉，体现了受冷落后不肯同流合污的高士之风。

人生如戏，戏如人生。每个人都喜欢站在舞台上受人拥戴，那会让人觉得自己身份特殊，高高在上。然而，大多数站在舞台上的人，为了维护既定的形象，往往都被迫戴上了面具为自己伪装，且在"假象"的遮盖下丧失了真性情，久而久之，甚至忘了自己是谁！

美国著名影星玛丽莲·梦露就是最具代表性的例子。她因身为偶像明星，所以必须努力维持大家喜爱的特定形象。然而这些形象都是电影塑造出的魅力，并非真实的梦露。于是，她为了维持这个形象，导致精神衰弱，必须经常服用安眠药，最后竟落得自杀殒命的悲剧而收场。

梦露的无奈，其实不就是许多人的心境写照吗？

明明伤心，仍要装着笑脸；明明想爱，却裹足不前；明明不想做，

却牺牲自己以迎合别人；明明满心愤怒，却不敢以真面目示人。

比利乔在《陌生人》这首歌中，生动地描述了我们是如何隐藏自己的——

我们都有脸，

却将它们永远藏起来；

等大家都走光，

我们才把脸拿出来，

留给我们自己看……

当一个人戴惯了面具后，常无法分清楚哪一个才是真正的自我。等到找回自己的时候才发现，在层层叠叠的伪装下，自我早已消失殆尽。

请比较自己在别人面前的表现，与内心真正的感觉之间的差异。请问问自己，是否为了维护形象而压抑了内心真实的感受，是否觉得自己很虚伪、很人工、很表面。

其实，没有人可以取悦所有的人，想要符合所有人的期望，势必失去某些人的尊敬。既然如此，何不潇洒地脱下面具从禁锢中解脱出来！只要自认为是对的，尝试以往为顾及形象而不敢做的事，说出从前不敢说的话呢！

其实生活中，获得幸福的最有效的方式就是脱掉伪装，潇洒地做自己。

事实上，人生活在这个世界上，不论你做得有多好，都无法取悦所有的人。人活在世界上，所追求的应当是自我价值的实现以及对自我的珍惜。不过值得注意的是，一个人是否实现自我并不在于比人优秀多少，而在于他在精神上能否得到幸福的满足。只要你能够得到他人所没有的幸福，那么即使表现得不高明也没有什么。在这方面，珍妮做得非常好。

有一天下午，珍妮正在弹钢琴时，7岁的儿子走了进来。他听了一

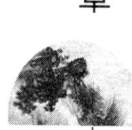

会说："妈，你弹得不怎么高明吧？"

不错，是不怎么高明。任何认真学琴的人听到她的演奏都会退避三舍，不过珍妮并不在乎。多年来珍妮一直这样不高明地弹，弹得很高兴。

珍妮也高兴进行不高明的歌唱和不高明的绘画。从前还自得其乐于不高明的缝纫，后来做久了终于做得不错。珍妮在这些方面的能力不强，但她不以为耻。因为她不是为他人而活，她认为自己有一两样东西做得不错，其实，任何人能够有一两样做得不错就应该够了。

从前一位绅士或一位淑女若能唱两句，画两笔，拉拉提琴，就足以显示身份。可是在如今竞相比拟的世界里，我们好像都该成为专家——甚至在嗜好方面亦然。你再也不能穿上一双胶底鞋在街上慢跑几圈做健身运动。认真练跑的人会把你笑得不敢在街上露面——他们每星期要跑30公里，头上缚着束发带，身上穿着昂贵的运动装，脚上穿着花样新奇的跑鞋。不过，跑步的人还没有跳舞狂那么势利。也许你不知道，"去跳舞"的意思已不再是穿上一身漂亮服装，星期六晚上陪男友到舞厅去转几圈。"跳舞"是穿上紧身衣裤，扎上绑腿，流汗做6小时热身运动，跳4小时爵士音乐课。每星期如此。

你在嗜好方面所面对着的竞争，很可能和你在职业上所遭遇的问题一样严重。"啊，你开始织毛线了，"一位朋友对珍妮说，"让我来教你用卷线织法和立体织法来织一件别致的开襟毛衣，织出12只小鹿在襟前跳跃的图案。我给女儿织过这样一件。毛线是我自己染的。"珍妮心想，她为什么要找这么多麻烦？做这件事只不过是为了使自己感到快乐，并不是要给别人看以取悦别人的。直到那时为止，珍妮看着自己正在编织的黄色围巾每星期加长5~6厘米时，还是自得其乐。

从珍妮的经历中我们不难看出，她生活得很幸福，而这种幸福的获得正在于她做到了不为了向他人证明自己是优秀的，而有意识地去索取

别人的认可。改变自己一向坚持的立场去追求别人的认可并不能获得真正的幸福，这样一条简单的道理并非人人都能在内心接受它，并按照这条道理去生活。因为他们总是认为，那种成功者所享受到的幸福就在于他们得到了我们这个世界大多数人的认可。

一只大猫看到一只小猫在追逐它自己的尾巴，于是问"你为什么要追逐你自己的尾巴呢？"小猫回答说："我了解到，对一只猫来说，最好的东西便是幸福，而幸福就是我的尾巴。因此，我追逐我的尾巴，一旦我追逐到了它，我就会拥有幸福。"大猫说："我的孩子，我曾经也注意到这些问题。我曾经也认为幸福在尾巴上。但是，我注意到，无论我什么时候去追逐，它总是逃离我，但当我从事我的事业时，无论我去哪里，它似乎都会跟在我后面。"

这则寓言很能说明了一个问题，那就是，幸福完全是一种个人的感受，因为幸福无须寻求他人的认可。

紧紧拥抱自己的快乐，好好享受自己的人生！人生苦短，没有必要让自己过得和谁一样，更不用让自己走上别人的路。做回自己，脱下一切伪装，轻轻松松开始自己的生活！拥有快乐，你就拥有了一切！

第五章

旷达境界：心若无尘，清风自来

不要为了金钱丢掉快乐，物质财富的确能给心灵带来一时的快乐，但物质繁荣，也剥夺了人们快乐的美好时光。

1. 不如意事常八九

——苦难本身是一次洗礼

【出处】

方岳《别子才司令》

【原文】

不如意事常八九,可与语人无二三。

自识荆门子才甫,梦驰铁马战城南。

【译文】

人经常会遇到不如意的事,可大多数这样的事都只能放在心里,只有少部分可以对别人说,与别人分享。

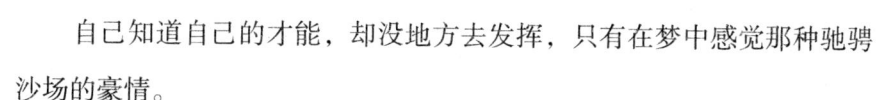

自己知道自己的才能,却没地方去发挥,只有在梦中感觉那种驰骋沙场的豪情。

【注释】

语人:同旁人说。

【赏析】

人的一生,往往会碰到许多挫折或磨难,"不如意事常八九"表现出一种人生艰难之叹,又含有一种淡淡的无可奈何之情。

"人生逆境十有八九。"对于大多数人来说,人生不会是那么顺利的,天灾人祸、生老病死、悲欢离合是人之常态。生命的日子里,有晴天也有阴天,有雨天也有雪天;人生的路上有平川坦途,但也会碰上没有舟船的渡口,没有小桥的河岸,这时候只能自己摆渡自己了。人生之中热热闹闹的场面有,但是冷冷清清的独处更多。当我们孑然一身孤独无助的时候,感到是一种难以名状的东西缠绕四周,一股不知道从何而来的涔寂滋味在心头慢慢滋长,堆积起来,压抑着你,让你心情沮丧,失魂落魄。

人生道路总是坎坷曲折，不会一马平川。洪流一泻千里，不知多少次与陡岸峡谷碰撞过，但是岸愈陡，谷愈狭，其势愈烈！雏鹰学飞，不知多少次从天空中跌落，但迎来的却是搏击长空，傲啸九天！

磨难造就人生，只有经历过磨难的人生才算是完整的。一个人的一生如果平淡无奇，便是枯燥无味的，只有经历过磨难的人生才不会觉得平庸。

没有人们的辛勤付出，哪里来的甘甜欢畅和收获成功的喜悦？没有人们辛劳的刻苦钻研，哪里来的震撼人心的累累硕果？没有风吹雨打的磨炼，哪里会有人生中的那一抹辉煌？一个人若想要获得成功，就必须得拿出勇气，付出努力、拼搏、奋斗，就必须不畏艰难，经历风雨的洗刷。

"自古名人多磨难"，名人之所以成为名人，是因为他们经历过种种磨难从逆境中走了出来。他们面对逆境，不怨人忧天，不无庸哭泣，而是咬紧牙关，奋力抗争，以不屈不挠的精神战胜困难成为胜利者。而在生活中有许多人都是"闻风而止"，面对困难不能坚持，所以在世界上名人毕竟是少数的。如命运多舛的苏轼，被当时"改革派"的有些人指控为"讥讽朝政"，"藏祸心"，遭到逮捕和审讯，几乎断送性命，先后共被贬四次，晚年过着流放生活，给苏轼一次次沉重的打击，最后满含悲愤地离开人世，结束他命运多舛的一生。然而这位伟大的诗人并没有在逆境中屈服，在被贬的逆境中他写下了许多脍炙人口的佳作，成为人们怀念的伟大诗人。

苦难对人是一种磨炼，它教会你怎样生活和奋斗，只有经得起困难考验的人，才是生活的强者。一个人平时总是一帆风顺、从未经历坎坷，并非是好事，因为他一旦遇到坎坷和曲折，难免措手不及，会跌更大的跤。相反，经历过挫折和不幸，并非是坏事，因为困难和挫折会使他变得更加成熟和老练。一个人如果不经过人生的磨难，不跟生活打交

手仗,就不可能懂得人生的意义。一位哲人说过,痛苦是人生的一部分。生活本身就是由痛苦与欢乐、成功与失败交叠而成的。人类发展至今,就是不断地从坎坷走向平坦,不断地从折磨和痛苦中获得快乐和幸福。苦和乐是相对的,生活中没有绝对的苦,也没有纯粹的乐,痛苦往往是快乐的前奏,快乐是在战胜困难和痛苦中获得的。正确的苦乐观告诉我们,人生就是挑战,就是拼搏,就是自强不息地战斗,有了这种精神,才能渡过难关,创造奇迹,赢得快乐。所以,只有当你真正懂得什么是痛苦和欢乐时,你就学会了生活,懂得了人生。

富兰克林·罗斯福于哈佛大学毕业后不久,便正式开始了政治生涯。先是于1909年参加纽约州参议员竞选获胜,继而于1912年积极为威尔逊获得民主党总统候选人的提名和为威尔逊竞选总统出力奔走。威尔逊当选为总统后,罗斯福被任命为海军助理部长。1914年7月,第一次世界大战爆发,罗斯福请假三周与民主党党阀支持的詹姆斯·杰拉尔德竞争联邦参议员职位,结果党内提名遭到失败。1917年,美国对德宣战,宣布站在协约国一方参加第一次世界大战。为了增加实战经验,作为海军助理部长的罗斯福于1918年赴欧洲战场考察,目睹战争给人民造成的生命和财产的损失,留下了终生难忘的印象。1920年,在总统选举中,他被任命为民主党副总统候选人,结果被共和党候选人柯立芝击败;同年,回到纽约重操律师旧业,暂时退出政坛,积蓄力量,准备东山再起。

正在这时,一场意外的大灾难降临到了罗斯福的头上。1921年8月10日,他在他的海滨别墅扑灭了一个小岛上的一场林火后,汗流浃背地跳入芬地湾游泳,不幸患上了小儿麻痹症。一场严峻的考验摆在了39岁的罗斯福面前,它比生死的考验更为残酷,也更叫人难以忍受。

开始,罗斯福还竭力让自己相信病能够好转,但实际情况却在不断恶化。他的两条腿完全不顶用了,瘫痪的症状在向上身蔓延。他的脖子僵直，双臂也失去了知觉。最后膀胱也暂时失去了控制。每天导尿数次，每次都痛苦异常。他的背和腿疼痛难忍，好像牙痛放射到全身，肌肉像剥去皮肤暴露在外的神经，稍一触动，就忍受不了。

但最让人受不了的还是精神上的折磨。罗斯福从一个有着"光辉前程"的年轻力壮的硬汉子，一下子成了一个卧床不起、事事都需别人照料的残疾人，他真是痛苦极了。在他刚得病的最初几天里，他几乎绝望了，以为"上帝把他抛弃了"。但罗斯福毕竟是罗斯福，他依然受着痛苦的煎熬，却又以平时那种轻松活泼的态度和妻子埃莉诺开玩笑。他理智地控制住自己，绝不把自己的痛苦、忧愁传染给妻子和孩子们。他不允许把自己得病的消息告诉正在欧洲的妈妈，以免母亲牵肠挂肚。当医生正式宣布他患的是小儿麻痹症时，妻子埃莉诺几乎昏过去，而罗斯福却只是苦笑了一下。

我就不相信这种娃娃病能够打倒一个堂堂男子汉，我一定要战胜它！罗斯福对自己说。

但罗斯福也知道这只是在说大话，不过大话使他比较容易保持勇气。为了不想自己的病情，他拼命地思考问题，回想自己走过的路，哪些是对的，哪些是错的；回想自己接触过的各种各样的政治家，谁是可资学习的导师，谁是卑鄙的政治骗子；他也想到人民，想到饱受战争创伤的欧洲人民，想到那些饥寒交迫、朝不保夕的社会下层的人们。到底今后应当怎样生活，怎样做人，他不断地思索、探求。为了总结经验，他不停地看书。他比较系统地阅读了大量有关美国历史、政治的书籍；还阅读了许多世界名人传记；还有大量的医学书籍，几乎每一本有关小儿麻痹症的书他都看了，并和大夫们进行了详细的讨论。他几乎成了这方面的一个权威。

苦难可以造就一个人，当然也可以压垮一个人。关键在于处于苦难中的人如何面对他所面临和忍受着的苦难。罗斯福面对病痛是乐观而

镇静的，虽然这并不能使他所遭受的苦痛减轻，但是，乐观的态度使他又像从前那样生气勃勃了。他虽然仍卧床不起，但他相信这场病过去之后，他定能更加胜任他所要担当的角色，重新返回政治舞台。

当母亲急匆匆来到罗斯福的床前时，他以微笑迎接母亲，宽慰母亲说："妈妈，不用担心，一切都会好的。说真的，我实在想亲自到船上去接你呢。"为了使两腿伸直，不得不打上石膏。每天他都好像在中世纪的酷刑架上一样，要把两腿关节处的楔子打进去一点，以使肌腱放松些。但是，这个曾被看成花花公子的人身上蕴藏着极大的勇气，所以不久就出现了病情好转的迹象——他的手臂和背部的肌肉逐渐强壮起来，最后终于能坐起来了。

为了重新走路，罗斯福叫人在草坪上架起了两根横杠，一条高些，一条低些。每天，他接连几个小时不停地在这两条杠子中间挪动身体。他给自己定的第一个目标就是能走到离斯普林伍德1/4英里远的邮政街。每天，他都要拄着拐杖在公路上蹒跚着朝前走，争取比前一天多走几步。他还让人在床正上方的天花板上安装了两个吊环，靠这两个吊环坚持锻炼。到第二年开春，他已经日见好转，甚至能够到楼下地板上逗孩子们玩，或者在图书馆的沙发上接见客人了。

1922年2月，医生第一次给罗斯福安上了用皮革和钢制成的架子，这副架子他以后一直戴着。架子每个重7磅，从臀部一直到脚腕。架子在膝部固定住，这样，他的两腿就像两根木棍一样。借助于这个架子和拐棍，罗斯福不仅可以凭身体和手臂的运动来"走路"，而且还能站立起来讲话了。但做到这一步也不容易，开始时经常摔倒，夹着拐棍的两臂也经常累得发疼，尽管如此，他仍然以顽强的毅力和乐观的态度坚持锻炼。

经过艰苦的锻炼，罗斯福的体力增强了。1922年秋天，他重新回到病前任职的信托储蓄公司工作。开始，他每周工作2天，又慢慢增加到3

天,最后每周4天。他的日程排得很满,每天早晨8点半在床上会见他的顾问路易斯·毫和其他来访者,这样他就开始了一天的工作。两个小时后,他来到办公室,一直工作到下午5点。午饭就在办公室里吃,上午他处理公司的事务,下午办些私事。回家后,喝点茶,活动一下身体,就又会见来访者。事情往往要到吃晚饭时才完。由于重新回到了社会,罗斯福的名字又响起来了。

病痛并没能吓倒罗斯福,甚至没有成为罗斯福的负担,他给人的印象是一个完完全全的健康人。他面对病痛所表现出来的超人的勇气和乐观向上的态度,那蓬勃的生命之光不仅增添了他个人的自信,也赢得了别人的尊敬和信任。

1924年又是总统选举年。民主党由于上届总统选举失败,所以迫切需要罗斯福出来竞选,重振士气。罗斯福表示:"在甩掉丁字形拐杖走路以前我不想竞选。"但他决定出席民主党全国代表大会,以发出他本人重新返回政界的声音。在儿子的协助下,他撑着拐杖走上讲台,这时全场响起雷鸣般的掌声。罗斯福巧妙地控制着讲演的节奏,完全把听众吸引住了。他呼吁大家团结起来,这时听众全都起立。他充满激情地号召大家:"要牢记亚伯拉罕·林肯的话:'对任何人都不怀恶意,对所有的人都充满友善。'"他的讲话受到了与会代表的热烈欢迎。这是人们对他表示的一种少有的敬意。他的心好像又长上了翅膀,他的腿被架子夹得麻木了,他的手由于把全身的重量都撑在桌上而不停地痉挛。但他全然顾不上这些,他那浑厚有力的声音在大厅里回荡着。

罗斯福最终赢得了这次选举,他的胜利在于他那非凡的毅力和超人的意志。苦难并没有使他绝望,相反,他坚强地"站"了起来,"走"了出来,并最终得到了民众的一致认可。

苦难本身是一次洗礼,是一种考验。苦难使罗斯福变得更加坚强,无论是精神上,还是肉体上都显示了杰出人物那种固有的特质。

只有经受过苦难的人，才能知艰辛，知苦痛，知冷暖，知足满足，知福惜福。只有经受过苦难的人，才能懂得生命的可贵，懂得人生的可贵，懂得自由的可贵，从而才能知发奋，知苦斗，才能兢兢业业为世界创造出丰富的物质和精神。

2. 谁羡骖鸾，人在舟中便是仙
——在旅途中忘掉忧愁

【出处】

欧阳修《采桑子·天容水色西湖好》

【原文】

天容水色西湖好，云物俱鲜。鸥鹭闲眠，应惯寻常听管弦。

风清月白偏宜夜，一片琼田。谁羡骖鸾，人在舟中便是仙。

【译文】

西湖风光好，天光水色融成一片，景物是那么鲜丽。鸥鸟白鹭安稳地睡眠，它们早就听惯了不停的管弦乐声。

那风清月白的夜晚更是迷人，湖面好似一片白玉铺成的田野，有谁还会羡慕乘鸾飞升成仙呢？这时人在游船中就好比是神仙啊！

【注释】

云物：云彩、风物。

琼田：传说中的玉田。

【赏析】

这首词写月夜泛舟西湖的感受。一开头便以喜悦之情赞美西湖水天一色，景物俱鲜。湖中的鸥鹭早已习惯了游人欢乐的管弦之声，故能安然入睡。这中间也表露出作者心怀坦然，与物有情的恬淡心境。接下来着重写月夜泛舟的感想，在风清月白的夜色中，莹碧洁白的湖水犹如神话传说中的玉田令人心旷神怡，此情此景，人在舟中便是神仙，不必再羡慕那乘骖鸾而去的仙人。这首词虽然不长，但在夜游中体会到了现实人生的美好，反映了作者乐观旷达的人生态度。在现实生活中，人们往往会被旅游途中见到的美好景物所触动，忘掉忧愁烦恼，激发起幸福人生的积极情绪体验。这便是休闲旅游的好处。

生活在城市中，我们的心灵似乎蒙上了一层厚厚的现代的尘埃。它压抑着我们的情感，遮盖了我们的心灵，使我们常常迷失了自我。这时候，你是不是需要一个宣泄的舞台呢？

让心灵去外出旅行吧，找回原来真实的自我。让自然的空气净化我们的心灵，让自然的柔风细雨洗掉我们的尘埃。出门旅游给我们带来的不只是视觉上的享受、体力上的锻炼，更多的是一种健康的生活方式。

阿明在北京一家公司做招标部主任，平时工作很累。连续加班几个月拿下了一个大项目，好不容易盼来了今年的休假，却不知道该怎么过才好。以前节假日要么加班，要么躲在家里睡觉、看电视。阿明的理论是，平时加班加点已经够忙了，放假了还不赶紧休息休息？几个死党却是忠实的"酷驴"一族，在死党的劝说下，阿明终于背着包和她一起去了云南，决定来个徒步游。

在穿行云南的日子里，阿明感觉走过的地方有太多震撼人心之处。初见玉龙雪山的惊喜，在泸沽湖所见过的最美的星空，丽江古城的醉人，虎跳峡的惊心动魄，滇藏之路的险象环生，梅里雪山的秀美雄伟，冬日澜沧江的翠绿，和顺侨乡的祥和，九龙瀑的壮观，罗平田园风光的清新迷人，元阳梯田的目瞪口呆，抚仙湖的宁静清爽……风景的美丽，大自然带给人的感触，难以用言语来描绘。

最令人难以忘怀的是沿途遇上的那些人和事。在德钦让阿明她们搭便车的那个善良的藏族司机，泸沽湖畔衣着单薄的失学儿童，外表和内

心一样美丽的傣族姑娘，西双版纳那些无私帮助她们的陌生人，让久居城市的阿明内心深处有一种时时想泪流满面的冲动。阿明感慨，这次的旅游经历让自己的生命更加完整。这才是健康的生活。

旅游之后，回到北京，一种压抑感立刻随之而来。浑浊的空气，拥堵的交通，让阿明快乐的心情完全消失了。回想曾在旅游时的那种快乐，现在怎么不见了？阿明迫不及待地给死党打电话商量，下次我们去哪里旅行？

男人总是说，女人的欲望是很难满足的。他们不知道，女人的欲望最简单，她们要的，只是一种心灵的放飞。

阿敏是个很感性的小女人。阿敏喜欢说旅游是给心灵放风筝。感觉自己累了，就和男朋友出去旅游，每到一个景点，拍几张照片，把瞬间的美景连带二人世界的欢声笑语收录记忆的仓库。过些日子心灵疲倦时，再把积存的照片倒腾出来翻阅，让生活变得有滋有味。

最近去的九寨沟旅游就是一次心灵的放飞。九寨沟的风情太迷人了。似乎总有一首无言的歌在心头激荡，阿敏真想拥抱这片神圣的土地。九寨沟那著名的"海子"，如人间琼池一般，"海子"的澄澈、玉般的情怀是那样的令人为之陶醉，为之忘情。依偎在男朋友的怀里，她觉得十分满足。阿敏想，爱情有了这种感觉，就足够了。

受到美丽的大自然的感染，心情也如山般葱茏、流水般清澈。从九寨沟回来后，那种美好的心情久久没有消退，阿敏的整个人似乎仍被一座座群山拥抱着，被千万个"海子"抚慰着。虽然天气闷热，但阿敏的心境却一片清凉，有郁郁的树林，有潺潺流水，有鸟儿在歌唱，罕有的惬意，长此以来喧腾的心灵也有了安顿。

旅游的日子里，阿敏不带相机，关掉手机，只为闭上眼睛，避开尘世的纷扰。清一清心灵中的污秽，除掉功名利禄，除却一切世俗的烦忧，什么考博、职称，统统地见鬼去吧。任思绪信马由缰，去追寻古人

的足迹，与他们做一次心灵对话。向庄子借一只大鹏，展翅翱翔，心随鹏飞，飞翔至天际，降至那青青绿草处；向陆游借一方扁舟，一叶飘然烟雨中。

此中快意，实不足为外人道也。

旅游的日子里，不用看电视，不用想着要买份当天的报纸来看看，不用关心布兰妮又找了新的男朋友没有，也没兴趣知道娱乐圈有什么新的绯闻，不担心男朋友会在中午用电话把自己从睡梦中惊醒。回来后，才知道原来这短短的两个多月，身旁发生了太大的变化：银行又减息了，油价升了又跌，布兰妮又离婚了，男朋友考博成功，如愿以偿……

阿敏淡然一笑。生活，那么美好。

人生就是一场旅行，不必在乎目的地，在乎的，是沿途的风景，及看风景的心情。

3. 日啖荔枝三百颗，不辞长作岭南人
——学会苦中求乐

【出处】

苏轼《惠州一绝·食荔枝》

【原文】

罗浮山下四时春，卢橘杨梅次第新。

日啖荔枝三百颗，不辞长作岭南人。

【译文】

罗浮山下四季都是春天，枇杷和黄梅天天都有新鲜的。

如果每天吃三百颗荔枝，我愿意永远都做岭南的人。

【注释】

罗浮山：在广东博罗、增城、龙门三县交界处，长达百余公里，峰峦四百多，风景秀丽，为岭南名山。

卢橘：橘的一种，因其色黑，故名（卢：黑色）。但在东坡诗中指枇杷。

岭南：古代被称为南蛮之地，中原人士闻之生畏，不愿到广东来。此句有三个版本。本诗为"不辞长作岭南人"，《苏东坡全集》为"不妨长作岭南人"《锦绣中华历代诗词选》为"总教长作岭南人"。

【赏析】

"日啖荔枝三百颗，不辞长作岭南人"两句最为脍炙人口，解诗者多以为东坡先生在此赞美岭南风物，从而抒发对岭南的留恋之情，其实这是东坡先生把满腹苦水唱成了甜甜的赞歌。

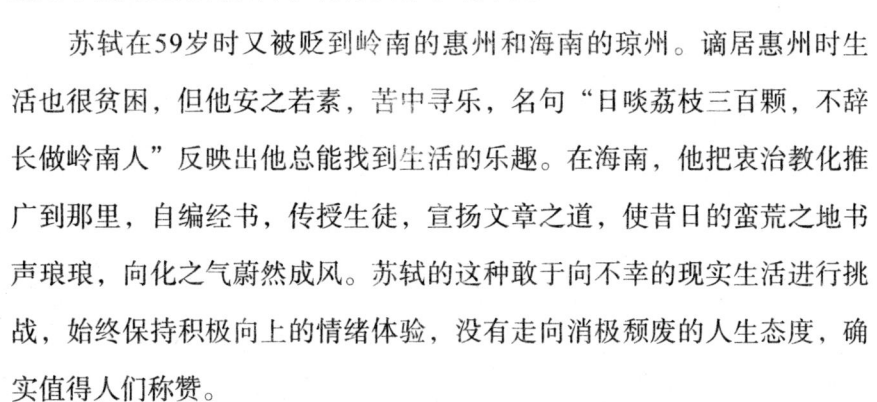

苏轼在59岁时又被贬到岭南的惠州和海南的琼州。谪居惠州时生活也很贫困，但他安之若素，苦中寻乐，名句"日啖荔枝三百颗，不辞长做岭南人"反映出他总能找到生活的乐趣。在海南，他把衷治教化推广到那里，自编经书，传授生徒，宣扬文章之道，使昔日的蛮荒之地书声琅琅，向化之气蔚然成风。苏轼的这种敢于向不幸的现实生活进行挑战，始终保持积极向上的情绪体验，没有走向消极颓废的人生态度，确实值得人们称赞。

托尔斯泰在他的散文名篇《我的忏悔》中讲了这样一个故事：一个男人被一只老虎追赶而掉下悬崖，庆幸的是在跌落过程中他抓住了一棵生长在悬崖边的小灌木。此时，他发现，头顶上那只老虎正虎视眈眈，低头一看，悬崖底下还有一只老虎，更糟的是，两只老鼠正忙着啃咬悬着他生命的小灌木的根须。绝望中，他突然发现附近生长着一簇野草莓，伸手可及。于是，这人拽下草莓，塞进嘴里，自语道："多甜啊！"生命进程中，当痛苦、绝望、不幸和危难向你逼近的时候，你是

否还能顾得上享受一下野草莓的滋味？"尘世永远是苦海，天堂才有永恒的快乐"是禁欲主义编撰的用以蛊惑人心的谎言，而苦中求乐才是快乐的真谛。

第二次世界大战期间，一位名叫伊丽莎白·康黎的女士在庆祝盟军在北非获胜的那一天收到了一份电报，她的侄儿，她最爱的一个人死在战场上了。她无法接受这个事实，她决定放弃工作，远离家乡，把自己永远藏在孤独和眼泪之中。

正当她清理东西，准备辞职的时候，忽然发现了一封早年的信，那是她侄儿在她母亲去世时写给她的。信上这样写道：我知道你会撑过去的。我永远不会忘记你曾教导我的：不论在哪里，都要勇敢地面对生活。我永远记着你的微笑，像男子汉那样能够承受一切的微笑。她把这封信读了一遍又一遍，似乎他就在她身边，一双炽热的眼睛望着她：你为什么不照你教导我的去做。

康黎打消了辞职的念头，一再对自己说：我应该把悲痛藏在微笑下面，继续生活，因为事情已经是这样了，我没有能力改变它，但我有能力继续生活下去。

人生是一张单程车票，一去无返。在荷兰首都阿姆斯特丹的一座教堂废墟上留着一行字：事情是这样的，就不会那样。藏在痛苦泥潭里不能自拔，只会与快乐无缘。告别痛苦的手得由你自己来挥动，享受今天盛开的玫瑰的捷径只有一条：坚决与过去分手。

"祸福相依"最能说明痛苦与快乐的辩证关系。贝多芬"用泪水播种欢乐"的人生体验生动形象地道出了痛苦的正面作用，传奇人物艾柯卡的经历更传神地阐明了快乐与痛苦的内在联系。

艾柯卡靠自己的奋斗终于当上了福特公司的总经理。1978年7月13日，有点得意忘形的艾柯卡被妒火中烧的大老板亨利·福特开除了。在福特工作已32年，当了8年总经理，一帆风顺的艾柯卡突然间失业了。艾柯

卡痛不欲生，他开始喝酒，对自己失去了信心，认为自己要彻底崩溃了。

就在这时，艾柯卡接受了一个新挑战——到濒临破产的克莱斯勒汽车公司出任总经理。凭着他的智慧、胆识和魅力，艾柯卡大刀阔斧地对克莱斯勒进行了整顿、改革，并向政府求援，舌战国会议员，取得了巨额贷款，重振企业雄风。在艾柯卡的领导下，克莱斯勒公司在最黑暗的日子里推出了K型车的计划，此计划的成功令克莱斯勒起死回生，成为仅次于通用汽车公司、福特汽车公司的第三大汽车公司。1983年7月13日，艾柯卡把面额高达8.13亿美元的支票交到银行代表手里，至此，克莱斯勒还清了所有的债务，而恰恰是五年前的这一天，亨利·福特开除了他。事后，艾柯卡深有感触地说：奋力向前，哪怕时运不济；永不绝望，哪怕天崩地裂。

"痛苦像一把犁，它一面犁破了你的心，一面掘出生命的新起源。"古人讲"不知生，焉知死？"不知苦痛，怎能体会到快乐？痛苦就像一枚青青的橄榄，品尝后才知其甘甜，这品尝需要勇气！其实，要让自己快乐非常简单，那就是少一份欲望，多一份自信，在身处绝境时，懂得苦中求乐，才是人生的真谛。

4. 占得人间一味愚

——适当装"傻"是一种智慧

【出处】

苏轼《南乡子·自述》

【原文】

凉簟碧纱厨。一枕清风昼睡馀。睡听晚衙无一事，徐徐。读尽床头几卷书。

搔首赋归欤。自觉功名懒更疏。若问使君才与术，何如。占得人间一味愚。

【译文】

簟席生凉，碧纱橱帐，白日里闲眠醒来，枕边轻风拂过。躺在床上听闻向晚的衙门里没什么公事，慢慢地，把床头的几卷书给看完了。

搔着脑袋吟诵起归隐的诗句来，自己感到对功名利欲已经没多少兴趣。假如有人问起我的能耐如何，只不过是一个愚字罢了。

【注释】

南乡子：词牌名。

自述：题目一作《和杨元素》。

簟（diàn）：竹席。

碧：绿色。

纱厨：古人挂在床的木架子上，夏天用来避蚊蝇的纱帐。

一枕清风：是苏轼非常喜欢用的意象。如"一枕清风值万钱，无人肯买北窗眠。"

晚衙：古时官署治事，一日两次坐衙。早晨坐衙称"早衙"，晚间坐衙称"晚衙"。

归欤：即归去。据《论语·公冶长》载，孔子在陈国的时候，曾发

"归欤"的感叹。

懒更疏：即懒散，不耐拘束。

使君：太守，此系作者自指。作者当时任徐州太守。

占得：拥有。

一味：所有，全部。

【赏析】

当别人问及"使君"的才学时，苏轼能通达、释然而略带自嘲地说自己是"占得人间一味愚"。言外之意，在他看来，是否有才学并不重要，但自己到现在才看破功名，这才是真的"一味愚"。整个下片议论，表面上看都是自嘲，在贬低自己，实际却是在表达一种摆脱尘世功名束缚的愿望，同时也是在庆幸自己已经慢慢摆脱了这些束缚。

古语云：大智若愚，大巧若拙。这句话的大概意思是拥有大智慧的人往往都表现很愚钝，身手很灵敏的人往往都表现得很笨拙。其实，这是一种境界。人生中适当的"傻"是一种美德，也是一种智慧。

真正的聪明人往往是揣着明白装糊涂，给人的印象是表面混沌无知、糊里糊涂，实则冰雪聪明、心里透亮。

春秋时期，楚王请了很多臣子们喝酒吃饭，席间歌舞妙曼，美酒佳肴，烛光摇曳。同时，楚王还命令两个他最宠爱的美人许姬和麦姬轮流向各位敬酒。

忽然一阵狂风刮来，吹灭了所有的蜡烛，漆黑一片，席上一位官员乘机揩油，摸了许姬的玉手。许姬一甩手，扯了他的帽带，匆匆回到座位上并在楚王耳边悄声说："刚才有人乘机调戏我，我扯断了他的帽带，你赶快叫人点起蜡烛来，看谁没有帽带，就知道是谁了。"

楚王听了，连忙命令手下先不要点燃蜡烛，却大声向各位臣子说："我今天晚上，一定要与各位一醉方休，来，大家都把帽子脱了痛快饮一场。"

众人都没有戴帽子，也就看不出是谁的帽带断了。

后来，楚王攻打郑国，有一健将独自率领几百人，为三军开路，斩将过关，直通郑国的首都，而此人就是当年揩许姬油的那一位。他因楚王施恩于他，而发誓毕生效忠于楚王。

楚王具备豁达大度、宽容大度的素质。当时有人调戏自己的妃子时，楚王却做出了令那位调戏者也没有想到的决定。楚王之所以当时能够顺利地平定内乱，夺取霸业，后来成为"春秋五霸"之一，这与他的宽容大度、小事糊涂、善于笼络部属是紧密相关的。

大智若愚实在是一种人生的最高修养，也是一种做人的谋略。

所谓愚，是指有意糊涂。该糊涂的时候，就不要顾忌自己的面子、自己的学识、自己的地位、自己的权势，一定要糊涂。而该聪明、清醒的时候，则一定要聪明。由聪明而转糊涂，由糊涂而转聪明，则必左右逢源，不为烦恼所扰，不为人事所累，这样的人总有更多的成功机会。

曹操焚烧他的下属私通袁绍书信的故事，在中国历史上就是非常有名的一个"糊涂事"。公元200年，袁绍在官渡决战曹操，袁绍被打得大败。曹操在收缴袁绍往来书信中，得到自己军中有些将领写给袁绍的信。在别人看来，这正是一个查明内部有什么人是不稳定因素的最佳时机。但是如果查出了这些人员，对曹操的事业来说又没有任何的好处。袁绍被击败了，那些不稳定的因素也已经断掉了想法和希望。而此时的曹操正处于起步阶段，很是需要人手。

如果要查的话，肯定会引起这些人的惊慌和恐惧，内部会更加不稳定。所以，曹操在这个问题上表现得非常"糊涂"，他把收缴来的信全部付之一炬，说："当绍之强，孤犹不能自保，况众人乎！"对不稳定的人，表示理解。事实证明，不知道不需要知道的事，下属会因此而受到信任，原本摇摆不定的人很可能因受到信任而忠心耿耿，一心一意为

事业服务。

在现实生活中，装傻也是需要的，并不是说你要对所有的事情视而不见，而是那些你难以预料后果的事情如果没有能力解决，该糊涂的时候还是要糊涂的。装糊涂甚至是一种需要，不光你需要装糊涂，就是别人也希望你装糊涂，在一些与你干系不大的事情上住嘴。这样你自己平安无事，别人也开心，因为毕竟没有几个人愿意别人干涉自己的事情。当然，装糊涂也是有界限的，在大是大非面前，我们当然要站稳立场，所谓小事糊涂大事不糊涂，才是糊涂的境界。

装傻是一种人生境界，并不是人人都能达到的。当你具备了相当的品性，有了一定的修养，才能达到那种境界。装傻不等于真傻，有很多外表看上去聪明得很，做事也很精明的人实际上是真傻，因为他已把自己的优劣长短暴露得一览无余。装傻的人实际上很多是极聪明的，尽管他们也许比那些公认的聪明者不知要高明多少，但他们深知不必要的锋芒毕露有害无益，因此才装起糊涂来。

常言说"聪明难，糊涂更难"，是说我们在处理事情的时候要保持清醒的头脑很难，但要在适当的时候糊涂更难。因此，装傻不仅是一种艺术，更是一种真正的人生大智慧，是真正的聪明。

5. 城中桃李愁风雨，春在溪头荠菜花
——最后的笑声才是最甜的

【出处】

辛弃疾《鹧鸪天·陌上柔桑破嫩芽》

【原文】

陌上柔桑破嫩芽，东邻蚕种已生些。平冈细草鸣黄犊，斜日寒林点

暮鸦。

山远近,路横斜,青旗沽酒有人家。城中桃李愁风雨,春在溪头荠菜花。

【译文】

田间小路边桑树柔软的新枝上刚刚绽放出嫩芽,东面邻居家养的蚕种已经孵出了小蚕。平坦的山岗上长满了细草,小黄牛在哞哞地叫,落日斜照春寒时节的树林,树枝间栖息着一只只乌鸦。

青山远远近近,小路纵横交错,飘扬着青布酒旗那边有一户卖酒的人家。城里的桃花李花最是害怕风雨的摧残,最明媚的春色,正是那溪边盛开的荠菜花。

【注释】

鹧鸪天:小令词调,双片五十五字,上片四句三平韵,下片五句三平韵。唐人郑嵎诗"春游鸡鹿塞,家在鹧鸪天",调名取于此。又名《思佳客》《思越人》《剪朝霞》《骊歌一叠》。

些:句末语助词。

平冈:平坦的小山坡。

暮鸦:见王安石《题舫子》"爱此江边好,留连至日斜。眠分黄犊草,坐占白鸥沙。"这里隐括其句。

青旗:卖酒的招牌。

荠菜:二年生草本植物,花白色,茎叶嫩时可以吃。

【赏析】

选择坚强方能笑傲人生,宋词中不乏对坚强人生态度的讴歌。辛弃疾在一首《鹧鸪天》词中写道:"自从一雨花零落,却爱微风草动摇。"当他发现鲜花虽然美丽娇艳,但风雨过后就零落成泥,而小草不畏风雨,不会被风雨摧折时,他就爱上了坚强的小草。而在另一首《鹧鸪天》词中,辛弃疾又写道:"要知烂漫开时节,直待西风一夜霜。"

盛赞菊花凌霜怒放、不畏严寒的坚强风姿。还有苏轼在《望江南》词中写道："百舌无言桃李尽，柘林深处鹁鸪鸣。春色属芜菁。"与辛弃疾这句"城中桃李愁风雨，春在溪头荠菜花"意思几乎相同，都表现出对坚强的讴歌与赞美。

人在奋斗的过程中吃尽了苦头，而最后的笑声才是最甜的，最后的成功才是具有决定意义的成功，起初的成就和痛苦只不过都是为后来而设的奠基石。选择坚强，它会引领我们走向成功，将我们的人生从旧有的模式引向一个更新、更好、更理想的航程。

黄文涛，1970年出生于上海，他生下来就双目失明。他从小就上盲校，离开父母的怀抱，养成了自己照顾自己的习惯，懂得了自立、自信、自尊、自强。1985年，黄文涛加入了盲童学校田径队，开始了他的体育生涯。

他的主攻方向是短跑和跳远，可想而知，残疾人搞体育会给他带来多少无法想象的困难和意外。当时使用的是非常落后的助跑器，踏脚板用一根细长的铁钉支着。一次训练中，铁钉斜伸出来，如果是正常人，可以很轻易地看出来，但他却什么也看不见。一脚踏上去，一股钻心的疼痛便从脚底下传出，他一下昏了过去。后来才知道，铁钉穿过了跑鞋底和他的脚掌，又从鞋面扎了出来。因为先天的缺陷，残疾人搞体育运动要付出许多在正常人看来非常无谓的代价。教练员的示范动作，他看不清，只能"盲人摸象"似的一步步分解、揣摩，一遍遍练习。

1992年，黄文涛参加了巴塞罗那残奥会。沉着冷静的黄文涛超水平发挥，以3厘米之差打败了西班牙的胡安，赢得了冠军。当他站在领奖台上，聆听庄严的国歌奏响的时候，心中充满了自豪感。

如果黄文涛对自己悲观失望，如果踩到钉子后就向命运认输，放弃追求，如果……在挫折、失败面前一旦意志涣散，人就会很快并永远地沉沦下去，命运就会把你踩在脚下。只有摔倒了再爬起，失败了再坚

持，不停地努力，困难也会怕你的。

生活中，每个人都会面临失败的考验，考验他们的意志、他们的心态。不必否认，成功者也会失败，但他们之所以能够成功，就在于他们失败了以后，不是为失败而哭泣流泪，不是消极厌世，而是从失败中总结教训，并勇敢地站起来，抚平伤痕继续前行……

1864年9月3日这天，寂静的斯德哥尔摩市郊，突然爆发出一阵震耳欲聋的巨响，滚滚的浓烟霎时间冲上天空，一股股火花直往上蹿。仅仅几分钟时间，一场惨祸发生了。当惊恐的人们赶到出事现场时，只见原来屹立在这里的一座工厂已荡然无存，无情的大火吞没了一切。火场旁边，站着一个三十多岁的年轻人，突如其来的惨祸和过分的刺激，已使他面无人色，浑身不住地颤抖着……这个大难不死的青年，就是后来闻名于世的阿尔弗莱德·诺贝尔。

诺贝尔眼睁睁地看着自己所创建的硝化甘油炸药的实验工厂化为灰烬。人们从瓦砾中找出了五具尸体，其中一个是他正在读大学的活泼可爱的弟弟，另外四人也是和他朝夕相处的亲密助手。五具烧得焦烂的尸体，令人惨不忍睹。诺贝尔的母亲得知小儿子惨死的噩耗，悲痛欲绝。年老的父亲因太受刺激引起脑溢血，从此半身瘫痪。然而，诺贝尔在失败和巨大的痛苦面前却没有动摇。

惨案发生后，警察当局立即封锁了出事现场，并严禁诺贝尔恢复自己的工厂。人们像躲避瘟神一样避开他，再也没有人愿意出租土地让他进行如此危险的实验。困境并没有使诺贝尔退缩，几天以后，人们发现，在远离市区的马拉仑湖出现了一只巨大的平底驳船，驳船上并没有装什么货物，而是摆满了各种设备，一个青年人正全神贯注地进行一项神秘的实验。他就是在大爆炸中死里逃生、被当地居民赶走了的诺贝尔。大无畏的勇气往往令死神也望而却步。在令人心惊胆战的实验中，诺贝尔没有连同他的驳船一起葬身鱼腹，而是碰上了意外的机遇——他

发明了雷管。雷管的发明是爆炸学上的一项重大突破，随着当时许多欧洲国家工业化进程的加快，开矿山、修铁路、凿隧道、挖运河都需要炸药。于是，人们又开始亲近诺贝尔了。他把实验室从船上搬迁到斯德哥尔摩附近的温尔维特，正式建立了第一座硝化甘油工厂。接着，他又在德国的汉堡等地建立了炸药公司。一时间，诺贝尔生产的炸药成了抢手货，源源不断的订单从世界各地纷至沓来，诺贝尔的财富与日俱增。

然而，获得成功的诺贝尔并没有摆脱灾难。

不幸的消息接连不断地传来：在旧金山，运载炸药的火车因震荡发生爆炸，火车被炸得七零八落；德国一家著名工厂因搬运硝化甘油时发生碰撞而爆炸，整个工厂和附近的民房变成了一片废墟；在巴拿马，一艘满载着硝化甘油的轮船，在大西洋的航行途中，因颠簸引起爆炸，整个轮船葬身大海……一连串骇人听闻的消息，再次使人们对诺贝尔望而生畏，甚至把他当成瘟神和灾星。如果说前次灾难还是小范围内的话，那么，这一次他所遭受的已经是世界性的诅咒和驱逐了。诺贝尔又一次被人们抛弃了，不，应该说是全世界的人都把自己应该承担的那份灾难给了他一个人。面对接踵而至的灾难和困境，诺贝尔没有一蹶不振，他身上所具有的毅力和恒心，使他对已选定的目标义无反顾，永不退缩。在奋斗的路上，他已习惯了与死神朝夕相伴。

炸药的威力曾是那样不可一世，然而，大无畏的勇气和矢志不渝的恒心最终激发了他心中的潜能，最终征服了炸药，吓退了死神。诺贝尔赢得了巨大的成功，他一生共获专利发明权355项。他用自己的巨额财富创立的诺贝尔科学奖，被国际科学界视为一种崇高的荣誉。

不经历风雨就不会见到彩虹，任何一个人在走向成功的过程中，都不会是一帆风顺、平平坦坦的，都会走一些弯路，经历一些坎坷，在一次又一次地跌倒之后才能为成功找到出路和方向。

6. 一点浩然气，千里快哉风
——坦然地面对生活中的不幸

【出处】

苏轼《水调歌头·黄州快哉亭赠张偓佺》

【原文】

落日绣帘卷，亭下水连空。知君为我，新作窗户湿青红。长记平山堂上，欹枕江南烟雨，杳杳没孤鸿。认得醉翁语，山色有无中。

一千顷，都镜净，倒碧峰。忽然浪起，掀舞一叶白头翁。堪笑兰台公子，未解庄生天籁，刚道有雌雄。一点浩然气，千里快哉风。

【译文】

落日中卷起绣帘眺望，亭下江水与碧空相接，远处的夕阳与亭台相映，空阔无际。为了我的到来，你特意给窗户上涂上了朱漆，色彩犹新。这让我想起当年在平山堂的时候，靠着枕席，欣赏江南的烟雨，遥望远方天际孤鸿出没的情景。今天看到眼前的景象，我方体会到欧阳醉翁词句中所描绘的，山色若隐若现的景致。

广阔的水面十分明净，山峰翠绿的影子倒映其中。忽然江面波涛汹涌，一个渔翁驾着小舟在风浪中掀舞。见此不由得想起了宋玉的《风赋》，像宋玉这样可笑的人，是不可能理解庄子的风是天籁之说的，硬说什么风有雄雌。其实，一个人只要具备至大至刚的浩然之气，就能在任何境遇中都处之泰然，享受到无穷快意的千里雄风。

【注释】

水调歌头：词牌名，又名"元会曲""台城游""凯歌""江南好""花犯念奴"等。双调，九十五字，平韵（宋代也有用仄声韵和平仄混用的）。

湿青红：谓漆色鲜润。

平山堂：宋仁宗庆历八年（1048）欧阳修在扬州所建。

欹枕：谓卧着可以看望。

醉翁：欧阳修别号。

"山色"句：出自欧阳修《朝中措·平山栏槛倚晴空》。

倒碧峰：碧峰倒影水中。

一叶：指小舟。白头翁：指老船夫。

兰台公子：指战国楚辞赋家宋玉，相传曾作兰台令。

庄生：战国时道家学者庄周。

天籁：发于自然的音响，即指风吹声。

刚道：硬说的意思。

"一点"两句：谓胸中有"浩然之气"，就会感受"快哉此风"。《孟子·公孙丑上》有"吾善养吾浩然之气"，"其为气也至大至刚，以直养而无害，则塞于天地之间。"指的是一种主观精神修养。

【赏析】

这首词又名《快哉亭作》，是苏轼豪放词的代表作之一。全词熔写景、抒情、议论于一炉，既描写了浩阔雄壮、水天一色的自然风光，又灌注了一种坦荡旷达的浩然之气，展现出词人身处逆境却泰然处之、大气凛然的精神风貌，抒发了作者旷达豪迈的处世精神。

"天有不测风云，人有旦夕祸福。"不幸常像幽灵般地降临到人间，它能将你摧残得支离破碎，心神俱疲。往往一场不幸，就能毁掉你的前程和事业。面对不幸该如何处理呢？

格林夫妇带着两个儿子在意大利旅游，不幸遭劫匪袭击。如一场无法醒转过来的噩梦，7岁的长子尼古拉死于劫匪的枪下。就在医生证实尼古拉的大脑确实已经死亡的半小时内，孩子的父亲格林立即做出了决定，同意将儿子的器官捐出。4小时后，尼古拉的心脏移植给了一个患先天性心脏畸形的14岁孩子；一对肾分别使两个患先天性肾功能

不全的孩子有了活下去的希望；一个19岁的濒危少女，获得了尼古拉的肝；尼古拉的眼角膜使两个意大利人重见光明。就连尼古拉的胰腺，也被提取出来，用于治疗糖尿病……尼古拉的脏器分别移植给了亟须救治的6个意大利人。

"我不恨这个国家，不恨意大利人，我只是希望凶手知道他们做了些什么。"格林，这位来自美洲大陆的旅游者说，嘴角的一举微笑掩不住内心的悲痛。而他的妻子玛格丽特的庄重、坚定、安详的面容，和他们四岁幼子脸上大人般的表情，尤令意大利人灵魂震撼！他们失却了自己的亲人，但事件发生后他们所表现出来的自尊与慷慨大度，令全体意大利人深感羞愧。

假如你遇到了格林夫妇这样的不幸，你该如何呢？是抓住不幸不放，终日萎靡不振呢，还是也能如格林夫妇这样坦然处之呢？事业受挫也是如此，即便是宽怀大度，也会有一个挣扎的过程，这就要看你是否具备这种良好的心理素质了。

当然，我们不是圣人，不是英雄。但我们没有理由不努力向圣人和英雄靠近一点。倘不是有意回避或者矫饰，就得承认，我们很多时候的沉沦，是因为我们自甘沉沦；我们很多时候远离着崇高，是因为我们拒绝崇高。

"人人皆可为尧舜"，这其实是真理，比如格林夫妇，他们原不过是居住在加利福尼亚伯德加海湾的普通公民，一场横祸，使他们人性中崇高美好的一面，爆出了照耀人寰的光辉。沐浴着这样的光辉，我们有理由对人类的未来充满信心，并且我们也有责任，让自己的生命放出一分光来。哪怕它似流萤般微弱，不能照亮别人，也要照亮自己；不能照得远，也要照出自己脚下的路。

如果抓住不幸不放，那么痛苦和消沉就会侵害你的灵魂。所以，我们应敞开胸怀，学会释解不幸的压力。

当一个具有积极心态的人面对着一个严重的个人问题时，自我激励语句就会从下意识心理闪现到有意识心理去帮助他。在紧急情况中，特别当死亡的大门即将开启的时候，这一点就显得尤为真实。澳大利亚昆斯兰省图屋姆巴市的拉尔夫·魏卜纳的情况就是这样。

这是午夜1点30分。在医院的一间小屋里，两位女护士正在拉尔夫身旁守夜。在头天下午4点半钟时，一个紧急电话打到拉尔夫的家里，要他的家人赶到医院来。当他们到了拉尔夫的床边时，他已处于昏迷状态，这是严重心脏病发作的结果。那一家人现在都待在外面走廊上。每个人都呈现出特殊的样子，有的在担心，有的在祈祷。

在这灯光暗淡的病房里，两位女护士焦急地工作着——每人各抓住拉尔夫的一只手腕，力图摸到脉搏的跳动。因为拉尔夫在这整整六小时期间都未能脱离昏迷状态。医生已经做了他所能做的一切事情，然后离开了这个病房，给其他病人看病去了。

拉尔夫不能动弹、谈话或抚摸任何东西。然而，他能听到护士们的声音。在昏迷时期的某些时间里，他能相当清楚地思考。他听到一位护士激动地说："他停止呼吸了！你能摸到脉搏的跳动吗？"

回答是："没有。"

他一再听到如下的问题和回答："现在你能摸到脉搏的跳动吗？"

"没有。"

"我很好，"他想，"但我必须告诉他们。无论如何我必须告诉他们。"

同时他对护士们这样近于愚蠢的关切又觉得很有趣。他不断地想："我的身体良好，并非即将死亡。但是，我怎么能告诉他们这一点呢？"

于是他记起了他所学过的自我激励的语句：如果你相信你能够做这件事，你就能完成它。他试图睁开眼睛，但失败了。他的眼睑不肯听他

的命令。事实上，他什么也感觉不到。然而他仍努力地睁开双眼，直到最后他听到这句话："我看见一只眼睛在动——他仍然活着！"

"我并不感觉到害怕，"拉尔夫后来说，"我仍然认为那是多么有趣啊！一位护士不停地向我叫道：'拉尔夫先生，你在那里吗？'对这个问题我要以闪动我的眼睑来作答，告诉他们我很好我仍然在世。"

这种情况持续了相当长的一段时间，直到拉尔夫通过不断的努力睁开了一只眼睛，接着又睁开另一只眼睛。恰好这时候，医生回来了。医生和护士们以精湛的技术、坚强的毅力，使他起死回生了。所以，积极的自我暗示能阻止许多悲剧的发生。面对不幸，我们要从容坦然地生活。

7. 回首暮云远，飞絮搅青冥

——兴趣爱好可以陶冶情操

【出处】

苏轼《水调歌头·昵昵儿女语》

【原文】

昵昵儿女语，灯火夜微明。恩怨尔汝来去，弹指泪和声。忽变轩昂勇士，一鼓填然作气，千里不留行。回首暮云远，飞絮搅青冥。

众禽里，真彩凤，独不鸣。跻攀寸步千险，一落百寻轻。烦子指间风雨，置我肠中冰炭，起坐不能平。推手从归去，无泪与君倾。

【译文】

乐声初发，仿佛静夜微弱的灯光下，一对青年男女在亲昵地窃窃私语。弹奏开始，音调既轻柔、细碎而又哀怨、低抑。曲调由低抑到高昂，犹如气宇轩昂的勇士，在镇然骤响的鼓声中，跃马驰骋，不可阻

挡。乐曲就如远天的暮云,高空的飞絮一般,极尽缥缈幽远之致。

百鸟争喧,明媚的春色中振颤着婉转错杂的啁啾之声,唯独彩凤不鸣。瞬息间高音突起,好像走进悬崖峭壁之中,寸步难行。这时音声陡然下降,宛如突然坠入深渊,一落千丈,之后弦音戛然而止。弹者好像能兴风作雨,让人肠中忽而高寒、忽而酷热,坐立不宁。弹者把琵琶一推放下,散去的听众再也没有泪水可以倾洒了。

【注释】

水调歌头:词牌名,又名《元会曲》《凯歌》《台城游》等。双调,九十五字,平韵(宋代也有押仄韵的)。

昵昵:音逆,古音尼。象声词,形容言辞亲切。

尔汝:表示亲昵。

填然:状声响之巨。

青冥:①形容青苍幽远。指青天。②形容青苍幽远。指山岭。③指海水。

跻攀:登攀。跻音机。

寻:长度单位。

【赏析】

这首词先以一系列生动的比喻正面描绘乐师高妙的弹技和音乐之美。开头四句写乐声初起的轻柔哀怨,仿佛静夜灯火微明之处一对青年男女在昵昵谈情说爱,琵琶声拌和着恩恩怨怨的眼泪。忽然间,乐曲由低抑变为高昂,犹如气宇轩昂的勇士在战鼓隆隆中跃马驰骋,不可阻挡。随之曲调变化,回首看见暮云远去,飞絮搅动青天,缥缈幽远。听着,听着,随着乐曲,又仿佛看见除了彩凤以外百鸟合鸣,声音婉转错杂。此时,曲调高音突起,又好像在攀登悬崖峭壁,寸步艰难,正在为难之际,曲调戛然而止,犹如一下子掉落万丈深渊,让人惊心动魄。最后五句写听者的感受,"指间风雨"是写乐师技艺之高,可以兴风作雨。"肠中冰炭"，写听者感受之深，可以使听者肠中忽寒忽热，心潮起伏，坐立不宁，难以禁受。由于听弹奏时被感动得连连泪下，分手时已再无眼泪可以与友人相别了。这首词以生动的比喻和联想，描绘出了精妙演出的高超技艺和音乐对人的强烈感染力。事实证明，音乐不仅可以使人暂时摆脱生活中杂事的干扰，使人进入放松状态，而且可以改善注意力，发展和丰富想象力、创造力，净化心灵，开阔视野，陶冶情操。追求幸福的人生，就应该多培养这样的兴趣爱好。

现代人一般都有一份属于自己的工作，工作是让一个人稳定且有规律生活的保障，不应该放弃。有一份工作让你知道每天可以有什么地方去，有时候你会觉得受益于此。可是很多人都讨厌自己的工作，正所谓"干一行厌一行"。要从别人口袋里赚来钱总是不容易的，有外人不知道的难言之处。

大部分人下班后的生活其实相当乏味单调。往电视机或电脑前面一坐，时间哗哗地大段溜走。只要一看电视，你就什么也干不了。这是一种懒惰的惯性，坐在沙发上，哪怕节目十分无聊幼稚，你也会不停地换台，不停地搜寻勉强可以一看的节目，按下关闭键显得那么困难。很多人在工作以外都是这样的"沙发土豆"。黄金般的周末，多半也是在不愿意起床、懒得梳洗、不想出门中胡乱度过。同时，几乎所有人都在抱怨没有时间，真的有时间的时候又不知道该如何打发时间，只是习惯性地想到睡觉和"机械运动"——看电视、玩一款熟得不能再熟的电脑游戏。事后又觉得懊恼，心情愈加沉闷。

这就需要你在八小时以外，能够培养一种自己的兴趣爱好，在增长自己知识的同时提升自己的品位！闲暇时间说多不多，说少却也不少。为了打发时间，也应该培养一门高雅的兴趣爱好。

兴趣是一种人们喜好的情绪，不仅能够丰富人的心灵，而且还可以为枯燥的生活添加一些乐趣，同时还能借着它对社会有所贡献。所以，

一个人只要为自己的兴趣去追求和努力，兴味盎然地去做一切事情，就能把生活点缀得更加美好。

人有各种各样的爱好，这完全依个人的兴趣而定，有高雅艺术方面的，也有在生活中形成的一些习惯。总之，自己喜欢做，又有一定追求价值的都可以算，当然，这里说的兴趣不包括吃零食、睡觉、看电视之类的。

还要特别记住，爱好只是一种乐趣而不是日常工作。爱好的事物都是喜欢的，只要喜欢就做，用不着担心是否可以完成。在过程中体验乐趣，这才是爱好的真正意义。比如说画画，不一定非得画得完完全全，不一定非得有什么主题，即兴发挥、兴趣所至就行。

业余爱好还有一个重要的心理辅助功能，那就是增强人的自信心。当你忙碌了一天，却因发现自己一事无成而很不开心时，不妨忘掉这些，马上投入自己爱好的事情上，这时你会忘掉一天的烦恼，进入享乐的情趣中，同时自信又会重新产生。爱好的事情常常都会做得非常好，因为这是自己的特长，甚至有时一个人的爱好还可成为一种谋生手段，改变一个人的职业生涯。所以，当你无所事事时，不妨发展自己的爱好，它可以帮助你减轻生活压力，同时带来无穷的乐趣。

拥有迷人的魅力是每个人的梦想，因此，有成千上万的人在寻找打造迷人魅力的秘诀。想要成为富有魅力的人，不仅要注重外表的修饰和内在文化的修养，更应该重视自己的兴趣与爱好，只有这样才能长久地保持神秘感和对异性的吸引力。

晓颜今年20岁，长得清秀可人，并且还拥有魔鬼身材，见过她的男孩无一不对她爱慕倾心。在众多追求者当中，女孩看上了优秀的小辉，并且答应做他的女朋友。"天有不测风云"，在他们交往还不到半年的时间，小辉突然提出要与她分手，女孩向小辉询问分手的原因，他没有回答，只是默默地走开了。女孩很伤心，但由于身边的追求者较多，很

快又与一个叫李彬的男孩交往了,但交往了大概三个多月,李彬也向她提出了分手,这对于女孩来说,无疑是一个晴天霹雳的打击,她不明白自己有如此靓丽的外貌,为什么小辉和李彬还会选择与她分手?难道自己就那么不讨人喜欢吗?她心中有着各种难以解开的疑问,于是又向李彬询问分手的原因,李彬无奈地说:"知道吗?我第一次见到你,就被你的外貌迷惑了,我从未见过如此美丽的容貌,足以将人融化,令人为之心动。还记得当时的那个画面,温温的、暖暖的声音,还有你浓浓的柔情眼神,让我就这么陷了进去,而无法自拔。但和你交往的这几个月以来,从来没有听你说过自己喜欢什么,对什么比较有兴趣,平时问你想要去哪里玩,你总是说无所谓,哪里都行。我一直都很喜欢有情调的女人,讨厌盲目的女人,晓颜,我们分手吧!你的没有主见让我窒息。"就这么几句话,他转身而去,没有任何的犹豫、任何的停留。

如果人有自己的主见,有自己的目标,有自己的爱好,或许他们会有美好的未来。可见,发展个人的兴趣与爱好对于人来说有多么重要,它影响着一个人独有的气质,甚至未来的幸福。

所以说,人一定要有一种自己的兴趣爱好。那么,到底如何培养一份属于自己的爱好呢?

(1)培养一项高雅的爱好,认真地研究你的爱好,或许有一天,你的爱好会对你的职业有着莫大的帮助。有一门业余爱好,有的人甚至发展到了相当高的水平,有可能改变你的人生。

(2)请选择这样的爱好:音乐、绘画、雕塑、舞蹈、书法、围棋、国际象棋、鉴赏古物、品酒、桥牌、学习一门外语,等等。如果你有条件,最好请一位私人教师,你会发现一对一的学习效果令人吃惊。

(3)为了大脑的灵活,至少学会欣赏古典音乐。有位女士说,有太阳的早上自己会播放放男高音帕瓦罗蒂的曲子,浑身充满了高昂的情绪;阴天的早上则播放忧郁的日本音乐,这种哀愁像雪天里饮清酒。还有一位

女士会在商务谈判时为客户播放贝多芬的音乐。难道不很有创意吗？

如果一个人有某种爱好或特长，则更能增加生活的幸福感。如喜好运动，在生理层面上可以即时释放多肽。多肽是由大脑产生的一种类似吗啡的化学物质，多肽释放会给人带来愉悦感。适度的运动还可以增强身体的敏捷度，使心血管正常运行，还有利于降低压抑和焦虑，保持身心健康。

8. 一松一竹真朋友，山鸟山花好弟兄
——让自己愉快起来

【出处】

辛弃疾《鹧鸪天·博山寺作》

【原文】

不向长安路上行，却教山寺厌逢迎。味无味处求吾乐，材不材间过此生。

宁作我，岂其卿。人间走遍却归耕。一松一竹真朋友，山鸟山花好弟兄。

【译文】

不在往帝都的路上奔波，却多次往来于山寺以致让山寺讨厌。在有味与无味之间追求生活乐趣，在材与不材之间度过一生。

我宁可保持自我的独立人格，也不趋炎附势猎取功名。走遍人间，过了大半生还是走上了归耕一途。松竹是我的真朋友，花鸟是我的好弟兄。

【注释】

鹧鸪天：词牌名，又名"思佳客"等，双调五十五字，上、下片各

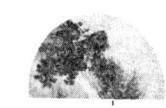

三平韵。

　　长安路：喻指仕途。长安，借指南宋京城临安。

　　厌逢迎：往来山寺次数太多，令山寺为之讨厌。此为调侃之语。

【赏析】

　　"一松一竹真朋友，山鸟山花好弟兄。"辛弃疾意托于松竹花鸟，守君子之志的意向自不待言，其中或许也包含着对仕途人情的戒畏。松竹真朋友，花鸟好弟兄，只有他们不会让辛弃疾伤心失望。作者移情于大自然，在山居中与松竹花鸟为友，也会净化心灵，得到人生乐趣的补偿。

　　假如你生活在现代竞争激烈的社会中，常常有活得累、活得艰难的感觉，就要明白，这其中虽有客观因素，但主要的因素还在自己。我们的命运取决于我们自己的心理状态。如果我们想的都是快乐的事情，那么我们就能快乐；如果我们想的都是悲伤的事情，那么我们就会悲伤；如果我们想的全是绝望，那么我们就会绝望；如果我们想的全是失败，那么我们就会失败。正如富兰克林·罗斯福所说的："一个人心灵的平静和生活的乐趣，并非取决于他拥有何物、有何地位或置身于何种情境——总之，与个人的外在条件并无多大关系，而是取决于个人的心理态度、精神追求。"

　　一次，一个犯人被告知明天将被处极刑，行刑的方式是在他手臂上割一个口子，让他流尽鲜血而亡。犯人惊恐之至，百般哀求，但终无用处。

　　次日一早，犯人就被带到一个房间中，锁在一面墙上，墙上有个小孔，刚好可以把一条胳膊穿过去。刽子手把他一只手从孔中穿过，在墙的另一边，用刀子在他的手上割开一个口子，在手下边还放着一个瓦罐来盛血。

　　滴答，滴答……血一滴滴地滴在瓦罐中，四周静极了。墙这边的犯

人就这样静静地听着自己的血滴在瓦罐中的声音，他觉得浑身的血液都在向那条胳膊涌去，越来越快地流向那个瓦罐。不一会儿，他的意志也随着血流走了，最后倒地而死。

在墙的另一边，他手上的那个小口子早就不流血了，刽子手身边的桌子上放着一个大水瓶，水瓶中的水正通过一个特制的漏斗软管往下边的瓦罐中流着。一种强烈的心理暗示，让犯人自己杀死了自己。

因此，千万不要小觑了忧郁、悲观的心境，它就像那不停滴下的水滴。这种不停往下滴的忧郁不仅能摧毁一个女人的美丽容貌，使人们脸上布满皱纹，愁眉苦脸，使人头发变白或脱落，使人的皮肤生出斑点、溃烂和粉刺，它还是一把杀人不见血的软刀子，还是人生一种严重的癌症"。

心情有时如一棵树，快乐是笔直的树干，秋天来时，抖抖快乐的枝干，那些枯黄的树叶和愁云便会纷纷扬扬地失落。春天来时，抖抖快乐的枝干，生活便会展开美丽的笑颜。

一份好的心情，不仅可以改变自己，同时，更会感染他人，如果你想做一个快乐的人，那么，你一定要首先保持一种好的心情。如果一个人的心情是蓝色的、忧郁的，再昂贵的化妆品，也掩饰不住她满脸的愁云，再高超的美容师也无法抚平她紧揪的眉头；反之，心情是快乐的、流畅的，即使素面朝天，也会显示出女性的柔美。

恐惧、忧虑、憎恨、极端自私会使人的内心无法平静。快乐最不喜欢这样的环境，只要逐步赶走快乐不喜欢的这些因素，创造出快乐喜欢的内心安宁的软环境，快乐就会不请自到。为此，首先要搞清楚自己到底恐惧什么、忧虑什么、憎恨什么、自私什么，有没有必要，何苦如此，如何解决。搞清楚这些问题之后，才能找到快乐。

对那些自己无法改变或力所不能及的事情，要抱着拿得起、放得下的态度，不去忧虑，或者创造出另一种情境，或者采取迂回的办法自我转化，把自己的情感和精力转移到其他活动中去，使自己没有时间和可能沉浸在这种烦恼之中。

昆明西山华亭寺内，存有唐代一副秘方，是治疗心病的灵丹妙药。此药方相传是唐代法号为天际大师的和尚为普度众生而开的。据说凡诚心求治者，无不灵验。药方如下：

药有十味：好肚肠一根，慈悲心一片，温柔半两，道理三分，信用要紧，中直一块，孝顺十分，老实一个，阴阳全用，方便不拘多少。

用药的方法是：宽心锅内炒，不要焦、不要躁。

用药的忌讳是：言清行浊，利己损人，暗箭中伤，肠中毒，笑里刀，两头蛇，平地起风波。

这可以说是一服治疗消极心态，保持乐观积极心态的十分有效的"中药"。

有一名大学生对此深有体会。经历了黑色七月，他没有取得自己梦想中的好成绩，尽管分数上还说得过去，但只能进一所不起眼的大学。

因此，他的大学第一学期过得很不愉快，几乎是在怨气和悔恨中度过的。终于熬到放了寒假，回到家里，父亲向他问起了大学生活，他说："大学生活真的很没劲。"

他的父亲是个铁匠，听了他的话后，脸上一直很惊愕。沉默了半晌之后，转过身用他那粗壮的手操起了一把大铁钳，从火炉中夹起一块被烧得通红通红的铁块，放在铁垫上狠狠地锤了几下，随之丢入了身边的冷水中。"滋"的一声响，水沸腾了，一缕缕白气向空中飘散。

父亲说："你看，水是冷的，然而铁却是热的。当把火热的铁块丢进水中之后，水和铁就开始了较量——它们都有自己的目的，水想使铁冷却，同时铁也想使水沸腾。现实中，又何尝不是如此呢？生活好比是冷水，你就是热铁，如果你不想自己被水冷却，就得让水沸腾。"听后，大学生感动不已，朴实的父亲竟说出了这么饱含哲理的话。

第二学期开始后，他开始反省自己，并且不停地努力，学习终于有了一点起色，内心也开始一天天地丰富充实起来。

由此看来，乐观是一种选择，悲观也是一种选择。亚伯拉罕·林肯曾经说过："大多数人都是像他们所决定的那样高兴起来的。"

如果你希望操练验证一下，不妨从下面开始，看一看这样做之后你的情绪是否会提升。

一日之计在于晨，所以我们首先应明白的第一件事情就是乐观应从早晨开始。也许你昨天睡得太晚，吃得太多或工作太辛苦，因而你在起床时就会感到太疲惫，你可以在起床前通过呻吟来排遣你的不适，但切忌不要把它带到你的一天的生活中。要知道如果每天的开始你能保持一个愉悦的心情，并且告诉自己这将是怎样的一天，那么你的乐观情绪就会渗透到你日常生活中的所有角落。

当你早晨起来的时候，不要读报纸的头版，从一个轻松的部分开始，比如体育版、生活方式版，或者从幽默笑话开始。

最后再转入头版（这时你才会对这个被悲观浸透了的世界有一个清醒的认识，可以分析出到底是哪里出了问题）。

作为每天必需的练习，当你起床时，不要考虑自己的生活上或公司里出了什么差错，或今天可能出什么问题，而要好好想想，自己到底做过什么——自己的成绩——然后告诉自己，今天将会是一个好日子。

这样，每天早晨你起床的时候，你就可以大声对自己说一声："今天将会是一个好日子。"然后你可以再说："今天是属于我的，没有谁能把它从我身边拿走。"

这样你便可以让自己愉快起来，而不会对昨天发生过的不愉快的事抱怨不休，也不会沉溺于对过去历史不幸记忆的缅怀之中，从而把你的乐观情绪带给你周围的人。

第六章

超然境界：有得有失，才是人生

在人生的境遇里，不管你愿意不愿意，得失都要伴随你一生。人生就是一个不断得失的过程。失之东隅，收之桑榆，得失是相依的，有失就有得。

1. 无可奈何花落去，似曾相识燕归来

——得失无语才是人生

【出处】

晏殊《浣溪沙·一曲新词酒一杯》

【原文】

一曲新词酒一杯，去年天气旧亭台。夕阳西下几时回？

无可奈何花落去，似曾相识燕归来。小园香径独徘徊。

【译文】

　　填曲新词品尝一杯美酒，还是去年的天气，旧日的亭台，西下的夕阳几时才能回来？无可奈何中百花再残落，似曾相识的春燕又归来，独自在花香小径里徘徊。

【注释】

浣溪沙：唐玄宗时教坊曲名，后用为词调。沙：一作"纱"。

一曲：一首。因为词是配合音乐唱的，故称"曲"。

新词：刚填好的词，意指新歌。

酒一杯：一杯酒。

去年天气旧亭台：是说天气、亭台都和去年一样。去年天气：跟去年此日相同的天气。旧亭台：曾经到过的或熟悉的亭台楼阁。旧：旧时。

夕阳：落日。

西下：向西方地平线落下。

几时回：什么时候回来。

无可奈何：不得已，没有办法。

似曾相识：好像曾经认识。形容见过的事物再度出现。后用作成语，即出自晏殊此句。

燕归来：燕子从南方飞回来。

小园香径：花草芳香的小径，或指落花散香的小径。因落花满径，幽香四溢，故云香径。香径：带着幽香的园中小径。

独：副词，用于谓语前，表示"独自"的意思。

徘徊：来回走。

【赏析】

《浣溪沙·一曲新词酒一杯》是晏殊词中最为脍炙人口的篇章。全词抒发了悼惜残春之情，表达了时光易逝、难以追挽的伤感。词中似乎于无意间描写司空见惯的现象，却有哲理的意味，启迪人们从更高层次思索宇宙人生问题。词中涉及时间永恒而人生有限这样深广的意念，却表现得十分含蓄。

此词虽含伤春惜时之意，却实为感慨抒怀之情，悼惜残春，感伤年华的飞逝，又暗寓怀人之意。词之上片绾合今昔，叠印时空，重在思昔；下片则巧借眼前景物，重在伤今。全词语言婉转流利，通俗晓畅，清丽自然，意蕴深沉，启人神智，耐人寻味。词中对宇宙人生的深思，给人以哲理性的启迪和美的艺术享受。其中"无可奈何花落去，似曾相识燕归来"两句历来为人称道。

在人生的境遇里，不管你愿意不愿意，得失都要伴随你一生。人生就是一个不断得失的过程。失之东隅，收之桑榆，得失是相依的，有失就有得。

当你失去了明媚的阳光，你却得到了皎洁的月光；当你失去了文学家浪漫的憧憬，你却得到了科学家缜密的头脑。

塞翁失马，焉知非福，失去未必就是一种无法超越的灾难，因为，生命中并没有绝对的失去，失去其实是另一种形式的得到。而人生也总是在得失之间获得平衡。

一个人坐在轮船的甲板上看报纸，突然一阵大风把他新买的帽

子刮落到大海中，只见他用手摸了一下头，看看正在飘落的帽子，又继续看起报纸来。另一个人大惑不解："先生，你的帽子被刮入大海了！""知道了，谢谢！"他继续读报。"可那帽子值几十美元呢！""是的，我正在考虑怎样省钱再买一顶呢！帽子丢了，我很心疼，可它还能回来吗？"说完那人又继续看起报纸。的确，失去的已经失去，既然已经无法挽回又何必为之大惊小怪或耿耿于怀呢？

　　一个老人在高速行驶的火车上不小心把刚买的新鞋从窗口掉下了一只，周围的人备感惋惜。不料那老人立即把第二只鞋也从窗口扔了下去，这更让人大吃一惊。"是这样！"老人解释道，"这一只鞋无论多么昂贵，对我而言都已经没有用了。如果有谁能捡到一双鞋子，说不定还能穿呢！"显然，老人的行为已经有了价值判断：与其抱残守缺，不如果断放弃。有时事物的价值不在于谁占有，而是在于如何占有。

　　许多人都有过丢失某种重要或心爱之物的经历。比如不小心丢失了刚发的工资，最喜爱的自行车被盗了，相处了好几年的恋人拂袖而去了，等等，这些大都会在我们的心理上留下阴影，有时甚至因此而备受折磨。究其原因，就是我们没有调整好心态去面对失去，没有从心理上承认失去，只沉湎于已不存在的东西，而没有想到去创造新的东西。人们安慰丢东西的人时常会说："旧的不去新的不来。"其实事实正是如此，与其为失去的自行车懊悔，不如考虑怎样才能再买一辆新的；与其对恋人向你"拜拜"而痛不欲生，不如振作起来，重新开始，去赢得新的爱情……

　　有两个朋友结伴出门旅游，在即将返回的时候他们发现钱包不见了。其中一个人把自己去过的地方寻了个遍，询问了许多人，还到派出所报了案，结果一无所获。而另一个朋友在发现丢了钱包之后，不是一味地懊悔，而是积极想办法，考虑如何才能挣到回家的路费。他走进一家饭店，向老板讲明了自己的情况后，用给饭店洗菜的办法为自己和同

行的朋友挣得回家的路费。直到现在，一提起这件事他也还是说："旅游的时间那么短，有趣的事那么多，为了丢失钱包而一直烦恼下去很不值得。"人生有许多事情要做，为什么要为一时的失去而一直伤心呢？

每个人都有过失去，但对其所持的心态却不同。有的人总是向别人反复表明他失去的东西有多么好，有多么的珍贵，这是很没必要的。但是有些人却表现不同，比如，他们在失去了原有的工作之后，不是一味地伤感，而是主动寻找新的工作；他们相信，失去并不意味着失败，失去后还可以重新拥有。而这才是成功者应具备的心态。

普希金的抒情诗《如果生命欺骗了你》最后两句话是："一切都如烟云，一切都会消失；让失去的变得可爱"。显然，有时失去不是忧伤，而是一种美丽；失去不一定是损失，也可能是奉献。只要我们有着积极进取的心态，失去也会变得可爱！

人生绝不仅仅是一种作为生物的存活，它是一些莫测的变幻，也是一股不息的奔流，而在此过程中我们接受"失去"并不意味着永远的失去，我们将获得别样的拥有。

人的一生，有得有失，有盈有亏。整个人生就是一个不断地得而复失、失而复得的过程。

在一生中，我们将逐渐地失去年轻，失去健康，失去年少的轻狂，失去可以把握一切的气势，失去做梦的勇气，其实，也在失去做梦的资本。随着年龄的增大，我们还要面临失去工作，失去身边的朋友、熟人，到最后，我们要失去整个熟悉的世界，步入天堂。因此，我们一定要学会接受"失去"。

一个人去三峡旅游，站在船尾观赏两岸景色时，不小心将手提包掉落在江中，包中有不少钞票，他当即不假思索地跃身投水捞包。结果虽然包抓到手中，可人再也没有出来。这个人如果学会习惯失去，就不至于连命也赔进去了。

人赤条条地来到这个世界，又双手空空地离去。人的一生不可能永久地拥有什么，一个人获得生命后，先是童年，接着是青年、壮年、老年。然而这一切又都在不断地失去，在你得到什么的同时，你其实也在失去。所以说人生获得的本身也是一种失去。

有人说得好，你得到了名人的声誉或高贵的权力，同时就失去了做普通人的自由；你得到了巨额财产，同时就失去了淡泊清贫的欢愉；你得到了事业成功的满足，同时就失去了眼前奋斗的目标。我们每个人如果认真地思考一下自己的得与失，就会发现，在得到的过程中也确实不同程度地经历了失去。整个人生就是一个不断地得而复失、失而复得的过程。一个不懂得什么时候该失去什么的人，是愚蠢可悲的人。同时谁违背这个过程，谁就会像贪婪的蛇一样累倒在地，爬不起来。

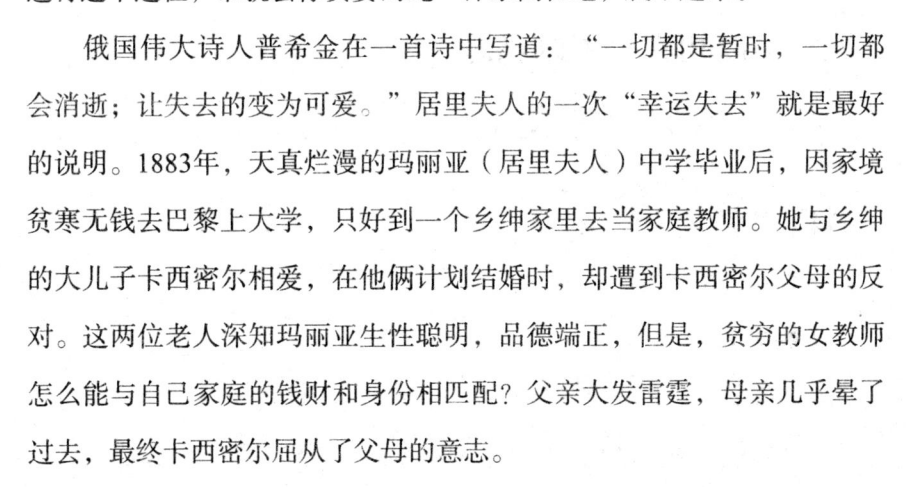

俄国伟大诗人普希金在一首诗中写道："一切都是暂时，一切都会消逝；让失去的变为可爱。"居里夫人的一次"幸运失去"就是最好的说明。1883年，天真烂漫的玛丽亚（居里夫人）中学毕业后，因家境贫寒无钱去巴黎上大学，只好到一个乡绅家里去当家庭教师。她与乡绅的大儿子卡西密尔相爱，在他俩计划结婚时，却遭到卡西密尔父母的反对。这两位老人深知玛丽亚生性聪明，品德端正，但是，贫穷的女教师怎么能与自己家庭的钱财和身份相匹配？父亲大发雷霆，母亲几乎晕了过去，最终卡西密尔屈从了父母的意志。

失恋的痛苦折磨着玛丽亚，她曾有过"向尘世告别"的念头。玛丽亚毕竟不是平凡的女人，她除了个人的爱恋，还爱科学和自己的亲人。于是，她放下情缘，刻苦自学，并帮助当地贫苦农民的孩子学习。几年后，她又与卡西密尔进行了最后一次谈话，卡西密尔还是那样优柔寡断，她终于砍断了这根爱恋的绳索，去巴黎求学。这一次"幸运的失恋"，就是一次失去。如果没有这次失去，她的历史将会是另一种写法，世界上就会少了一位伟大的女科学家。

学会习惯于"失去",往往能从"失去"中"获得"。得其精髓者,人生则少有挫折,多有收获;人会从幼稚走向成熟,从贪婪走向博大。

对善于享受愉悦心情的人来说,人生的艺术只在于进退适时,取舍得当。因为生活本身即是一种悖论:一方面,它让我们依恋生活的馈赠;另一方面,又注定要我们对这些礼物最终的弃绝。正如先师们所说:人生在世,紧握着拳而来,平摊两手而去。

执着地对待生活,紧紧地把握生活,但又不能抓得过死,松不开手。人生这枚硬币,其反面正是那悖论的另一要旨:我们必须接受"失去",学会怎样松开手。

2. 不以物喜,不以己悲

——看淡身边的得失

【出处】

范仲淹《岳阳楼记》

【原文】

庆历四年春,滕子京谪守巴陵郡。越明年,政通人和,百废具兴。乃重修岳阳楼,增其旧制,刻唐贤今人诗赋于其上。属予作文以记之。

予观夫巴陵胜状,在洞庭一湖。衔远山,吞长江,浩浩汤汤,横无际涯;朝晖夕阴,气象万千。此则岳阳楼之大观也,前人之述备矣。然则北通巫峡,南极潇湘,迁客骚人,多会于此,览物之情,得无异乎?

若夫淫雨霏霏,连月不开,阴风怒号,浊浪排空;日星隐曜,山岳潜形;商旅不行,樯倾楫摧;薄暮冥冥,虎啸猿啼。登斯楼也,则有去国怀乡,忧谗畏讥,满目萧然,感极而悲者矣。

至若春和景明,波澜不惊,上下天光,一碧万顷;沙鸥翔集,锦鳞

游泳；岸芷汀兰，郁郁青青。而或长烟一空，皓月千里，浮光跃金，静影沉璧，渔歌互答，此乐何极！登斯楼也，则有心旷神怡，宠辱偕忘，把酒临风，其喜洋洋者矣。

嗟夫！予尝求古仁人之心，或异二者之为，何哉？不以物喜，不以己悲；居庙堂之高则忧其民；处江湖之远则忧其君。是进亦忧，退亦忧。然则何时而乐耶？其必曰"先天下之忧而忧，后天下之乐而乐"乎。噫！微斯人，吾谁与归？

时六年九月十五日。

【译文】

庆历四年的春天，滕子京被降职到巴陵郡做太守。到了第二年，政事顺利，百姓和乐，各种荒废的事业都兴办起来了。于是重新修建岳阳楼，扩大它原有的规模，把唐代名家和当代人的赋刻在它上面。嘱托我写一篇文章来记述这件事情。

我观看那巴陵郡的美好景色，全在洞庭湖上。它连接着远处的山，吞吐长江的水流，浩浩荡荡，无边无际，一天里阴晴多变，气象千变万化。这就是岳阳楼的雄伟景象。前人的记述（已经）很详尽了。虽然如此，那么向北面通到巫峡，向南面直到潇水和湘水，降职的官吏和来往的诗人，大多在这里聚会，（他们）观赏自然景物而触发的感情大概会有所不同吧？

像那阴雨连绵，接连几个月不放晴，寒风怒吼，浑浊的浪冲向天空；太阳和星星隐藏起光辉，山岳隐没了形体；商人和旅客（一译：行商和客商）不能通行，船桅倒下，船桨折断；傍晚天色昏暗，虎在长啸，猿在悲啼，（这时）登上这座楼啊，就会有一种离开国都、怀念家乡，担心人家说坏话、惧怕人家批评指责，满眼都是萧条的景象，感慨到了极点而悲伤的心情。

到了春风和煦、阳光明媚的时候，湖面平静，没有惊涛骇浪，天色湖光相连，一片碧绿，广阔无际；沙洲上的鸥鸟，时而飞翔，时而停歇，美丽的鱼游来游去，岸上的香草和小洲上的兰花，草木茂盛，青翠欲滴。有时大片烟雾完全消散，皎洁的月光一泻千里，波动的光闪着金色，静静的月影像沉入水中的玉璧，渔夫的歌声你唱我和地响起来，这种乐趣（真是）无穷无尽啊！（这时）登上这座楼，就会感到心胸开阔、心情愉快，光荣和屈辱一并忘了，端着酒杯，吹着微风，那真是快乐高兴极了。

唉！我曾经探求古时品德高尚的人的思想感情，或许不同于（以上）两种人的心情，这是为什么呢？（是由于）不因外物好坏和自己得失而或喜或悲。在朝廷上做官时，就为百姓担忧；在江湖上不做官时，就为国君担忧。这样来说在朝廷做官也担忧，在僻远的江湖也担忧。既然这样，那么他们什么时候才会感到快乐呢？他们一定会说："在天下人忧之前先忧，在天下人乐之后才乐"。唉！没有这种人，我同谁一道呢？

写于庆历六年九月十五日。

【注释】

记：一种文体。可以写景、叙事，多为议论，但目的是为了抒发作者的情怀和抱负（阐述作者的某些观念）。

庆历四年：公元1044年。庆历，宋仁宗赵祯的年号。

滕子京谪（zhé）守巴陵郡（jùn）：滕子京降职任岳州太守。滕子京，名宗谅，子京是他的字，范仲淹的朋友。古时朋友间多以字相称。守：指做州郡的长官

越明年：到了第二年，就是庆历五年（1045）。越，到了，及。

政通人和：政事顺利，百姓和乐。政，政事；通，通顺；和，和乐。这是赞美滕子京的话。

百废具兴：各种荒废的事业都兴办起来了。百，不是确指，形容其

多。废，这里指荒废的事业。具，通"俱"，全，皆。兴，复兴。

乃重修岳阳楼，增其旧制：乃，于是。增，扩大。制，规模。

唐贤今人：唐代和宋代的名人。

属（zhǔ）予（yú）作文以记之：属，通"嘱"，嘱托、嘱咐。予，我。作文，写文章。以，用来，连词。记，记述。

予观夫巴陵胜状：夫，指示代词，相当于"那"。胜状，胜景，好景色。

衔（xián）远山，吞长江，浩浩汤汤：衔，衔接。吞，吞没。浩浩汤汤（shāng），水波浩荡的样子。

横无际涯：宽阔无边。横，广远。际涯，边。（际、涯的区别：际专指陆地边界，涯专指水的边界）。

朝晖夕阴：或早或晚（一天里）阴晴多变化。朝，在早晨，名词做状语。晖，日光。

此则岳阳楼之大观也：这就是岳阳楼的雄伟景象。此，这。则，就。大观，雄伟景象。

前人之述备矣：前人的记述很详尽了。前人之述，指上面说的"唐贤今人诗赋"。之，的。备，详尽，完备。矣，语气词"了"。

然则：虽然如此，那么。

南极潇湘：南面直到潇水、湘水。潇水是湘水的支流。湘水流入洞庭湖。南，向南。极，尽。

迁客骚人，多会于此：迁客，被贬谪流迁的人。骚人，诗人。战国时屈原作《离骚》，因此后人也称诗人为骚人。多，大多。会，聚集。于，在。此，这里。

览物之情，得无异乎：饱览这里景色时的感想，恐怕会有所不同吧。览，观看，欣赏。物，景物。之情，情感。得无，恐怕/是不是。异，差别，不同。

乎若夫淫（yín）雨霏霏（fēi fēi）：若夫，用在一段话的开头以引起下文。下文的"至若"同此。"若夫"近似"像那"。"至若"近似"至于"。淫（yín）雨霏霏，连绵不断的雨。霏霏，雨（或雪）繁密的样子。

开：解除，这里指天气放晴。

阴风怒号（háo），浊浪排空：阴，阴冷。号，呼啸；浊，浑浊。排空，冲向天空。

日星隐曜（yào）：太阳和星星隐藏起光辉。曜（不为耀，古文中以此曜做日光），光辉、日光。

山岳潜形：山岳隐没了形体。岳，高大的山。潜，隐没。形，形迹。

商旅不行：行，此指前行。

樯（qiáng）倾楫（jí）摧：桅杆倒下，船桨折断。樯，桅杆。倾，倒下。楫，船桨。摧，折断

薄暮冥冥（míng míng）：傍晚天色昏暗。薄，迫近。冥冥，昏暗的样子。

斯：这，在这里指岳阳楼。

则有去国怀乡，忧谗畏讥：则，就。有，产生……（的情感）。去国怀乡，忧谗畏讥：离开国都，怀念家乡，担心（人家）说坏话，惧怕（人家）批评指责。去，离开。国，国都，指京城。去国，离开京都，也即离开朝廷。忧，担忧。谗，谗言。畏，害怕、惧怕。讥，嘲讽。

满目萧然，感极而悲者矣：萧然，萧条的样子。感极，感慨到了极点。而，表示顺接。者，代指悲伤感情，起强调作用。

至若春和景明：如果到了春天气候和暖，阳光普照。至若，至于。春和，春风和煦。景，日光。明，明媚（借代修辞）。

波澜不惊：湖面平静，没有惊涛骇浪。惊，这里有"起""动"的意思。

上下天光，一碧万顷：天色湖光相接，一片碧绿，广阔无际。一，全。万顷，极言其广。

沙鸥翔集，锦鳞游泳：沙鸥时而飞翔时而停歇，美丽的鱼在水中游来游去。沙鸥，沙洲上的鸥鸟。翔集，时而飞翔，时而停歇。集，栖止，鸟停息在树上。锦鳞，指美丽的鱼。鳞，代指鱼。游泳，或浮或沉。游，贴着水面游。泳，潜入水里游。

岸芷（zhǐ）汀（tīng）兰：岸上与小洲上的花草。芷，香草的一种。汀，小洲，水边平地。

郁郁：形容草木茂盛。

而或长烟一空：有时大片烟雾完全消散。或，有时。长，大片。一，全。空，消散。

皓月千里：皎洁的月光照耀千里。

浮光跃金：波动的光闪着金色。这是描写月光照耀下的水波。

静影沉璧：静静的月影像沉入水中的璧玉。这里是写无风时水中的月影。璧，圆形正中有孔的玉。

渔歌互答：渔人唱着歌互相应答。互答，一唱一和。

何极：哪有穷尽。何，怎么。极，穷尽。

心旷神怡：心情开朗，精神愉快。旷，开阔。怡，愉快。

宠辱偕（xié）忘：荣耀和屈辱一并都忘了。宠，荣耀。辱，屈辱。偕，一起。

把酒临风：端酒面对着风，就是在清风吹拂中端起酒来喝。把，持，执。临，面对。

洋洋：高兴得意的样子。

嗟（jiē）夫：唉。嗟夫为两个词，皆为语气词。

予尝求古仁人之心：尝，曾经。求，探求。古仁人，古时品德高尚的人。之，的。心，思想感情（心思）。

或异二者之为：或许不同于（以上）两种心情。或，近于"或许""也许"的意思，表示委婉口气。异，不同于。二者，这里指前两段的"悲"与"喜"。为，这里指心理活动。

不以物喜，不以己悲：不因为外物（好坏）和自己（得失）而或喜或悲（此句为互文）。以，因为。

居庙堂之高则忧其民：在朝中做官担忧百姓。意为在朝中做官。庙，宗庙。堂，殿堂。庙堂，指朝廷。下文的"进"，对应"居庙堂之高"。进，在朝廷做官。

处江湖之远则忧其君：处在僻远的地方做官则为君主担忧。处江湖之远：处在偏远的江湖间，意思是不在朝廷上做官。下文的"退"，对应"处江湖之远"。之，定语后置的标志。是，这样。退，不在朝廷做官。

其必曰"先天下之忧而忧，后天下之乐而乐"：那一定要说"在天下人担忧之前先担忧，在天下人享乐之后才享乐"吧。先，在……之前；后，在……之后。其，指"古仁人"。必，一定。

微斯人，吾谁与归：如果没有这样的人，那我同谁一道呢？微，没有。斯人，这样的人。谁与归，就是"与谁归"。归，归依。

时六年：庆历六年（1046）。

【赏析】

这首词道出了一种更高的理想境界，那就是"不以物喜，不以己悲"！感物而动，因物悲喜虽然是人之常情，但并不是做人的最高境界。古代的仁人，就有坚定的意志，不为外界条件的变化动摇。无论是"居庙堂之高"还是"处江湖之远"，忧国忧民之心不改，"进亦忧，退亦忧"。

自古至今，患得患失者，总是担心自己的失，而漠视自己的得。在他们的心中，见不了别人的得，也见不了自己的失，故而总是心胸狭

隘，烦恼多多。而有些人，则不以物喜，不以己悲，故心胸坦荡，烦恼全无。

东汉时期，京城传授儒家经典的最高学府里专事教学和解答疑问的学者们正忙着张灯结彩，随时准备恭迎诏书。一会儿，皇上便派人来为学者们祝贺节日来了。来人宣读了诏书，学者们高呼"万岁"谢恩。诏书上说，皇上为了让学者们欢度春节，特意赐给学者们每人一只羊。

羊被赶来了，但是大小不等，肥瘦不一，如何分发呢？太学的长官们为此犯了难。

有人主张把羊儿统统宰了分肉，平均搭配，每人一份。有人嫌这样太麻烦，也太显计较，提出用抓阄的方法，大小、肥瘦，全凭自己的运气碰，抓住小的、瘦的，也怨不着别人，又有人说这种办法也不合理。大家七嘴八舌地讨论了老半天，仍然没有决定出一个十全十美的好办法。这时，博士甄宇站起来说："还是一人牵一只吧，也不用抓阄，我先牵一只。"

于是，大家的目光都齐刷刷地望着甄宇，都以为他肯定要挑一只又大又肥的。要是大的让人牵走了，剩下小的给谁呀？谁知，甄宇瞅了老半天，径直走到一只又小又瘦的羊儿前，牵了就走。这样一来，大家再也不好意思争执了，反而你谦我让，每个人都高高兴兴地牵着羊回家去了。

后来这件事情传遍了洛阳，人们纷纷赞扬甄宇，还给他起了个绰号，叫"瘦羊博士"。"君子坦荡荡，小人长戚戚"，人生在世，要认清烦恼的根源，才会豁达大度起来，不为蝇头小利闷闷不乐、不为细小得失而郁郁寡欢。那些烦恼无穷的人多半是不能辩证地看待得与失，他们计较的是自己的"得"，害怕的是自己的"失"，对他人的得与失则漠不关心。煞费苦心地自我盘算，使这种人变得目光短浅，心胸狭隘，自私自利，疑神疑鬼。

在社会交往中，患得患失者总是把自己的名利放在他人之上，时时盘算的是一己之私利。长此以往，烦恼必然增多，也必然会失去周围人群的信任，使自己在社会交往中处于十分孤立和被动的位置，难以获得真诚的友谊和情意。

在人生的舞台上，如果老将眼光盯在"是非得失"之上，必然会失去做人的快乐，也必然会徒增无穷的烦恼。如果常将心胸放宽，淡化人间的得失，则必然会变得心胸坦荡，烦恼全无。

3. 惟愿孩儿愚且鲁，无灾无难到公卿

——得到和失去是成正比例的

【出处】

苏轼《洗儿》

【原文】

人皆养子望聪明，我被聪明误一生。

惟愿孩儿愚且鲁，无灾无难到公卿。

【译文】

每个人生养孩子都希望他们能聪明，我却因为太聪明而被聪明耽误了一生。

只希望自己的儿子愚笨迟钝，没有灾难，没有祸患，而做到公卿。

【注释】

愚且鲁：愚笨迟钝。

【赏析】

这首诗语言浅白易懂，虽然仅28个字，情感却跌宕起伏，表面上是为孩儿写诗，而实际上既讽刺了权贵，又是"似诉平生不得志"。

了解了苏轼的生平后，读这首诗就不会感觉到苏轼真正希望孩儿"愚且鲁"，而是借对孩儿智商和性格的期望，抒发自己的满腔激愤；借希望孩儿"无灾无难到公卿"，讽刺当时"愚且鲁"的公卿们。同时也告诉人们，一个人的得到和失去是成正比例的，放下名利，让孩子少走弯路，开心足矣。

一位成功人士对得失有较深的认识，他说：得和失是相辅相成的，任何事情都会有正反两个方面，也就是说凡事都在得和失之间同时存在，在你认为得到的同时，其实在另外一方面可能会有一些东西失去，而在失去的同时也可能会有一些你意想不到的收获。

清代红顶商人胡雪岩破产时，家人为财去楼空而叹惜，他却说："我胡雪岩本无财可破，当初我不过是一个月俸四两银子的伙计，眼下光景没什么不好。以前种种，譬如昨日死；以后种种，譬如今日生吧。"胡雪岩的这种得失心志当数"糊涂之极"，然而，失去的已经不再拥有，再去计较又有何用？所以，还是糊涂一点为好。

人生的许多烦恼都源于得与失的矛盾。如果单纯就事论事来讲，得就是得到，失就是失去，两者泾渭分明，水火不容。但是，从人的生活整体而言，得与失又是相互联系、密不可分的，甚至在一定程度上，我们可以将其视为同一件事情。我们认真想一想，在生活中有什么事情纯粹是利，有什么东西全然是弊？显然没有。所以，智者都晓得，天下之事，有得必有失，有失必有得。

山姆是一名画家，而且是一个很不错的画家。他画快乐的世界，因为他自己就是一个很快乐的人。不过没人买他的画，因此他想起来会有些伤感，但只是一会儿时间。

"玩玩足球彩票吧！"他的朋友劝他，"只花2美元就可以赢很多钱。"

于是山姆花2美元买了一张彩票，并真的中了彩！他赚了500万美元。

"你瞧！"他的朋友对他说，"你多走运啊！现在你还经常画画吗？"

"我现在就只画支票上的数字！"山姆笑道。

山姆买了一幢别墅并对它进行一番装饰。他很有品位，买了很多东西：阿富汗地毯，维也纳柜橱，佛罗伦萨小桌，迈森瓷器，还有古老的威尼斯吊灯。

山姆很满足地坐下来，他点燃一支香烟，静静地享受着他的幸福，突然他感到很孤单，便想去看看朋友。他把烟蒂往地上一扔——在原来那个石头画室里他经常这样做——然后他出去了。

燃着的香烟静静地躺在地上，躺在华丽的阿富汗地毯上……一个小时后，别墅变成火的海洋，它被完全烧毁了。

朋友们很快知道了这个消息，他们都来安慰山姆。"山姆，真是不幸啊！"他们说。

"怎么不幸啊？"他问道。

"损失啊！山姆你现在什么都没有了。"朋友们说。

"什么呀？不过是损失了2美元。"山姆答道。

在人生的漫长岁月中，每个人都会面临无数次的选择，这些选择可能会使我们的生活充满无尽的烦恼和难题，使我们不断地失去一些我们不想失去的东西，但同样是这些选择却又让我们在不断地获得，我们失去的，也许永远无法补偿，但是我们得到的却是别人无法体会得到的、独特的人生。因此，面对得与失、顺与逆、成与败、荣与辱，要坦然待之，凡事重要的是过程，对结果要顺其自然，不必斤斤计较、耿耿于怀。否则只会让自己活得很累。

俗话说"万事有得必有失"，得与失就像小舟的两支桨、马车的两只轮，得失只在一瞬间。失去春天的葱绿，却能够得到丰硕的金秋；失去青春岁月，却能使我们走进成熟的人生……失去，本是一种痛苦，但

也是一种幸福，因为失去的同时也在获得。

人之一生，苦也罢，乐也罢，得也罢，失也罢，要紧的是心间的一泓清潭里不能没有月辉。哲学家培根说过："历史使人明智，诗歌使人灵秀。"头顶上的松阴，足下的流泉以及坐下的磐石，何曾因宠辱得失而抛却自在？又何曾因风霜雨雪而易移萎缩？它们踏实无为，不变心性，方才有了千年的阅历，万年的长久，也才有了诗人的神韵和学者的品性。终南山翠华池边的苍松，黄帝陵下的汉武帝手植柏树，这些木中的祖宗，旱天雷摧折过它们的骨干，三九冰冻裂过它们的树皮，甚至它们还挨过野樵顽童的斧凿和毛虫鸟雀的啃啄，然而它们全然无言地忍受了，它们默默地自我修复、自我完善。到头来，这风霜雨雪，这刀斧虫雀，统统化作了其根下营养自身的泥土和涵育情操的"胎盘"。这是何等的气度和胸襟？相形之下，那些不惜以自己的尊严和人格与金钱地位、功名利禄作交换，最终腰缠万贯、飞黄腾达的小人的蝇营狗苟算得了什么？且让他暂时得逞又能怎样？！

4. 竹杖芒鞋轻胜马，谁怕？一蓑烟雨任平生
——把心理调整到最佳状态

【出处】

苏轼《定风波·莫听穿林打叶声》

【原文】

莫听穿林打叶声，何妨吟啸且徐行。竹杖芒鞋轻胜马，谁怕？一蓑烟雨任平生。

料峭春风吹酒醒，微冷，山头斜照却相迎。回首向来萧瑟处，归去，也无风雨也无晴。

【译文】

不用注意那穿林打叶的雨声,何妨放开喉咙吟唱从容而行。竹杖和草鞋轻捷得胜过骑马,有什么可怕的?一身蓑衣任凭风吹雨打,照样过我的一生。

春风微凉吹醒我的酒意,微微有些冷,山头初晴的斜阳却应时相迎。回头望一眼走过来的风雨萧瑟的地方,我信步归去,不管它是风雨还是放晴。

【注释】

定风波:词牌名。

穿林打叶声:指大雨点透过树林打在树叶上的声音。

吟啸:吟咏长啸。

芒鞋:草鞋。

一蓑烟雨任平生:披着蓑衣在风雨里过一辈子也处之泰然。一蓑(suō):蓑衣,用棕制成的雨披。

料峭:微寒的样子。

斜照:偏西的阳光。

向来:方才。

萧瑟:风吹雨落的声音。

也无风雨也无晴:风雨天气和晴朗天气是一样的,没有差别。

【赏析】

此词作于苏轼黄州之贬后的第三个春天。读罢全词,人生的沉浮、情感的忧乐,自会有一番全新的体悟。它通过野外途中偶遇风雨这一生活中的小事,于简朴中见深意,于寻常处生奇警,表现出作者旷达超脱的胸襟,寄寓着超凡脱俗的人生理想。

竹杖芒鞋行走在风雨中,本是一种艰辛的生活,而苏轼却走得那么潇洒、悠闲。对于这种生活,他进一步激励自己:"谁怕?"意思是

说，我不怕这种艰辛和磨难。这是一句反问句，意在强调这种生活态度。为什么要强调这种生活态度呢？因为对于苏轼，这就是他一生的生活态度，所以他说："一蓑烟雨任平生"。"一蓑烟雨"，是说整个蓑衣都在烟雨中，实际上是说他的全身都在风吹雨打之中。这"一蓑烟雨"也象征人生的风雨、政治的风雨。而"任平生"，是说一生任凭风吹雨打，而始终那样的从容、镇定、达观。

如果我们无法通过自身努力去改变生存的状态，那么我们就通过精神的力量来调节心理感受，尽量将其调适到最佳的状态。这就是乐观的心态。

杰里是一家公司的经理，他的心情总是很好。当朋友们问他最近过得怎么样时，他总是回答："我快乐无比。"

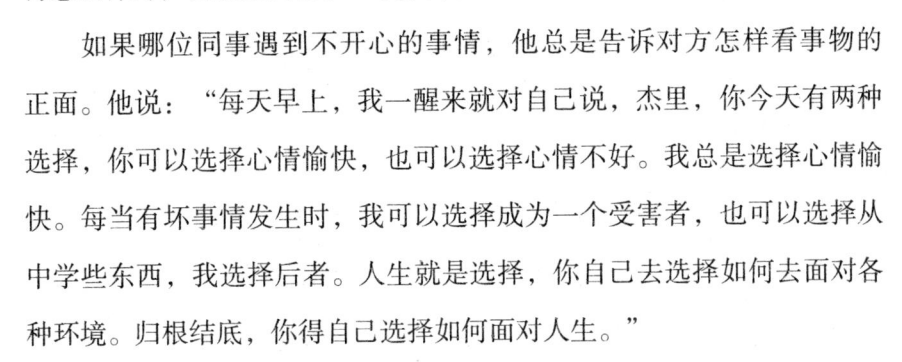

如果哪位同事遇到不开心的事情，他总是告诉对方怎样看事物的正面。他说："每天早上，我一醒来就对自己说，杰里，你今天有两种选择，你可以选择心情愉快，也可以选择心情不好。我总是选择心情愉快。每当有坏事情发生时，我可以选择成为一个受害者，也可以选择从中学些东西，我选择后者。人生就是选择，你自己去选择如何去面对各种环境。归根结底，你得自己选择如何面对人生。"

有一天，杰里忘记了关后门，被三个持枪的歹徒抢劫了，歹徒朝他开了枪。

非常幸运的是，事情发现得较早，杰里被送进了急诊室。经过10多个小时的抢救和几个星期的精心治疗，杰里出院了，只是仍有小部分弹片留在他体内。

半年后，有位朋友见到了他，并问他近况如何，他说："我快乐无比。想不想看看我的伤疤？"看了他的伤疤后，那位朋友问他当时想了些什么。杰里回答道："当我躺在地上时，我对自己说有两个选择：一是活，一是死。我选择了活。医护人员都非常好，他们认为我会好的。

但在他们把我推进急诊室后,我从他们的眼中看到了'他是个死人'。我知道我需要采取一些行动。"

"你采取了什么行动?"那个朋友问。

杰里说:"有个护士大声问我有没有对什么东西过敏。我马上答说有。这时,所有的医生、护士都停下来等我继续说下去。我深深吸了一口气,然后大声吼道:'子弹!'在一片大笑声中,我又说道:"请把我当活人来救治,而不是死人。"

就这样,杰里活下来了。

一个人有什么样的心态,会直接影响他对生活、工作、家庭、婚姻及人际交往等种种事情的态度。很显然,持消极态度的人,常常会抱怨生活的不如意、工作的艰辛、婚姻的不幸、世态的炎凉,那么他在事业上就容易失败,身体健康会大打折扣,生活质量明显下降。而用积极心态支配人生的人,就拥有积极奋发、进取、乐观的思想,能积极向上地正确处理人生遇到的各种困难、矛盾和问题。

人生不可能一帆风顺、事事如意,当你遇到挫折时应适时地保持乐观心态,"没有过不去的坎儿""退一步海阔天空",不要让消极的心态影响对生活的享受和热爱,不要让悲观的心态侵蚀宝贵的时间和生命。

生活的快乐与否,完全决定于个人对人、事、物的看法如何;因为,生活是由思想造成的。如果我们想的都是快乐的念头,我们就能得到快乐;如果我们想的都是悲伤的事情,我们就会悲伤。

(1)乐观是心胸豁达的表现

比地大的是天空,比天大的是人心。心胸豁达的人是真正的强者,乐观则是他们的情绪体验。乐观的人能应付生活险境,掌握自己的命运。乐观的人即使事情变糟了,也能迅速做出反应,找出解决的办法,确定新的生活方案。乐观的人不会对事业表现出失望、绝望,正如EQ中

所说：悲观的心态泯灭希望，乐观者则能激发希望。

（2）乐观是身体健康的法宝

研究认为：人类寿命的自然极限应为130～170岁，但至今大多数人都未活到这个年龄。科学家长期以来也在进行大量研究，他们开始承认人的疾病与寿命除了"生物模式"之外，还存在着"心理、社会医学模式"。在中东地区，有一位150多岁的长寿者，他把自己长寿的秘密概括为一句话："快乐地生活"。

绝望可以导致早死。研究者发现，在老年丧偶后的半年里，死亡率比同龄人高出6倍。情绪不仅是一种心理体验，也是一种物化过程。悲观不仅会造成代谢功能的失调，如血压、心率、消化功能的紊乱，而且会使内分泌系统遭到破坏或降低免疫功能。

快乐会使生病的人忘记痛苦，甚至会使生病的人也能比常人活得久。

（3）快乐是人际交往的基础

你给予别人快乐，你就会得到快乐。在与朋友见面时，你微笑的表情，快乐心情，诙谐的语言会像春风般温暖别人的心，给大家带来笑声，驱除心中的烦恼。当人们从你这里得到这些美好的心灵享受之后，自然会对你产生一种感激之情，赞赏的目光，会觉得你有一种"精神引力一样"愿意与你交往。这样，你便会加倍地得到别人带给你的欢乐。

（4）乐观是工作顺利的条件

所谓的知足常乐，指的是心平气和地对待当前的各种境遇，确定一个可望又可即的追求目标，不要有过高的奢望，也不要过低看待自己。乐观地对待自己的工作，是工作顺利的条件，期望过高或总是感受到不如意，其工作反而不顺利，进而产生悲观失望之感，处于一种恶性循环的情绪与行为之中。

有这样两个面临分配的大学毕业生，其中有一个人非常担心留不到大城市；当得知留到大城市后又担心进不了大化工公司；当进了大化工

公司后又为进哪个厂而发愁,横竖比总是不满意,明明是绝大多数同学羡慕的工作让他很苦恼。而另一位同学却坦然地面对分配,进了工厂后高高兴兴地上下班,虽然工作有点累,但他对自己说的是,"比上学前帮家里种地轻松多了"。带着这种乐观的情绪工作,加上原来的知识基础,一年的转正期到了,他被调到车间担任统计员。正是有了乐观的心态加上自学统计理论,一年后又被调到计划处。这也许是偶然事件,但偶然之中也可以分析出一种必然,那个一直不满意的学生的悲观情绪究竟对工作起到了什么作用?而乐观的心态在那个工作顺利的同学身上一点帮助没有吗?其实乐观与自信一样,可使人生的旅途更顺畅。

(5)乐观是避免挫折的手段

所谓的乐观是指面对挫折仍坚信形势和情境必会好转。从EQ的角度看,乐观是让困境中的人不致流于冷漠、无力感、沮丧的一种心态。美国堪萨斯州大学心理学家史耐德(C.R.Snyder)经研究发现,学生的成绩好坏与其心态是否乐观有决定性的关系。当你设定某科成绩80分时,你考了60分,最乐观的学生决定要更用功,并到补救的方法;比较乐观的学生也想到一些方法,但缺少实践的毅力;最悲观的学生则宣布放弃。

经常保持乐观的心态,不是所有人都能做到的,当遇到重大挫折与灾难时仍能保持乐观、无所谓,这也不合乎常理;但伤心过后就应该学会调整心态,这样才能走出生活的阴影。所以当遇到不顺心的事情时,应学会改变思维方式,尽快让苦恼烟消云散。记住,我们能改变的只有自己的心态,即保持积极乐观的心态。

乐观是我们心中的太阳。苦难是一所没人愿意上的大学,但从那里走出来的,都是强者。面对苦难和挫折,你要抬起头来,笑对它,相信"这一切都会过去,今后会好起来的"。希望是不幸者的第二灵魂。向往美好的未来,是困难时最好的自我安慰。在多难而漫长的人生路上,我们需要一颗健康乐观的心,需要绚烂的笑容。

5. 得不艰难，失必容易

——努力用心就有希望

【出处】

邵雍《得失吟》

【原文】

人有贤愚，事无巨细。

得不艰难，失必容易。

【译文】

人有聪明和愚钝之分，但是事情却是没有大小之别的。

得到的过程不一定艰难，但失去一定是容易的。

【注释】

贤愚：聪明和愚钝。

【赏析】

这首词告诉我们无论一个人的天资高低，对待的事物是大是小，在努力用心这件事上，不应该有任何差别。

我们往往会在那些"困难"的事物上更为专注，倾注更多的心思。

相比于事物本身，你在整个过程中付出的诚意，更能决定它在你心目中的地位高低。

诸行无常，是生灭法。事物自身的新鲜感会日渐消退，乃至不复存在，但是你追寻过程中的每时每刻，那份喜乐悲欢、那份全心全意，却恒常驻留在你心间，每每触及，都仿佛昨日。

对所有的人来说，坚持是"病入膏肓"的特效救命药，也是患难中最难能可贵的依靠。所以不管你的人生中会有什么劫难，只要你坚持心中的信念，点燃希望的火花，你的人生就会出现转折。

有一个出生在偏远山村里的农家女孩，在日出而作、日落而息的劳

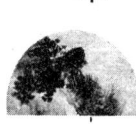

作之余，把全部的时间都用来做她最喜欢的一项传统工艺——剪纸，并且达到了比较高的水平。

　　这个女孩子不知从哪里听说这么一个消息：一些外国人喜欢中国的工艺品，大老远跑到山西的农家小院去买老太太做的虎头鞋，一双10美元，折合人民币好几十块钱。她想，北京是首都，外国人多，如果把自己的剪纸拿到那里一定能卖个好价钱。18岁那年，她为自己的剪纸作品进行了第一次尝试，她带着省吃俭用攒出来的路费，满怀希望地到了北京。但是她没有想到，北京艺术品市场里的剪纸那么便宜，她带去的作品，一块钱一张都没人要，险些连回家的路费都成了问题。这次尝试得到的答案是：此路不通。后果是不仅没挣到钱，还赔上了一笔数目不少的路费。此时，这个女孩应当把什么放在第一位？女孩选择了坚持，她决定继续学习剪纸艺术。

　　22岁那年，她为自己的剪纸进行了第二次尝试。她苦苦哀求，软磨硬泡拿到了父母为她准备的1000元嫁妆，交了省城一家美术馆的展览费。这一次更惨，她不仅赔上了自己的嫁妆，还欠下了一大笔装裱费，而且成了乡邻茶余饭后的笑料。后来，她为还钱跑到深圳去打工。打工的那段日子尽管过得很艰难，但她除了每天在流水线上拼命工作外，晚上还挤出时间去上美术课，处处留心实现自己剪纸梦想的机会。

　　后来，她做了一次又一次的尝试。随着年龄的增长和人生阅历的增加，她将自己所能了解到的途径一一尝试：到艺术学校自荐，参加各种各样的评比和展出，给报纸杂志寄作品，报名参加电视台的剪纸节目，想方设法接触记者，联系赞助搞个人展，请工艺品店和市场代卖，去印染厂推销自己的图样设计，等等。她的尝试有许多都失败了，但她勇敢地承担了每一次失败带来的后果。每失败一次都要狼狈不堪地处理善后问题，但她仍然对自己充满希望，始终把酷爱的剪纸艺术放在第一位。

　　终于，她有了自己的一个小小的剪纸工作室，靠剪纸维持自己的生

活。她满足了,快乐地认为自己获得了成功,因为日夜与她相伴的是剪纸艺术。最后,这个农家女孩成了一位声名远扬的"剪纸艺人"。

希望具有鼓舞人心的创造性力量,它鼓励人们去尽力完成自己所要从事的事业。希望是才能的增补剂,能增加人们的才干,使一切梦幻化为现实。

一位姓贺的医生素以医术高明享誉医学界,事业蒸蒸日上。但不幸的是,就在某一天,他被诊断患有癌症。这对他不亚于当头一棒。他一度情绪低落,但最终还是接受了这个事实,而且他的心态也为之一变,变得更宽容、更谦和、更懂得珍惜所拥有的一切。

在勤奋工作之余,贺医生从没有放弃与病魔搏斗。就这样,他已平安度过了好几个年头。有人惊讶于他的事迹,就问是什么神奇的力量在支撑着他。这位医生笑盈盈地答道:是希望。几乎每天早晨,我都给自己一个希望,希望我能多救治一个病人,希望我的笑容能温暖每个人。就是这个希望让我能乐观地面对生活,让我继续平安地活着。

人类最可贵的财富是希望。希望减轻了我们的苦恼,希望总为人描绘出充满乐趣的远景,如果人类不幸到只限于考虑当前,那么人就不会再去播种,人生也将失去意义。

我们的感受会随自己思想的改变而变化,时而十分愉悦,时而倍感恐惧。宁愿让盗贼进入你的居室,窃去你最有价值的珍宝,劫夺你金银财物,也绝不允许心灵上的敌人——混乱的思想、软弱的思想、恐惧的思想和嫉妒的思想进入你的脑海,窃去你心中的恬静,盗走你心中的快乐与幸福。

主宰人们思想的是心灵。心灵上有了思想,然后才有生活的现实。心灵上的意象,深深地刻画在一个人的生命里,刻画在每个人的品格上。人的生活,实际上也就是不断地将心灵上的意象变为现实而已。

一个人的思想会很明显地在他的面容上表现出来。当一个人遭到大的打击后，不出几天，他的面容就会为之改变，甚至他的朋友遇见他也难以辨认。从这个例子，我们可以看出，心灵影响对于我们生活的作用是巨大的。

我们生命中的成就大小，大半都要看我们能否保持身心的和谐，能否驱逐种种足以破坏我们心境、降低我们效率的精神仇敌。

当然，各种不同的思想会产生不同的影响。但我们都知道，一切乐观、积极、愉悦的思想，会使人健康、使人年轻、使人兴奋，它好似一股欢乐的电流走遍我们的全身，能给我们整个的身体带来新的希望、更大的勇气和细腻的生活感受。

每个人的世界都是他自己创造的。一个人若是让自己的思想里充满了困难、恐惧、怀疑、绝望、忧虑的东西，那么他的整个生活就难以走出悲愁、痛苦的境地。但他若能抱着乐观的态度，那么就可使蒙蔽心灵的种种阴霾烟消云散。

凡是能够保持坚定信念的人，一定懂得用希望来代替绝望，用坚韧来代替胆怯，用决心来代替犹豫，用乐观来代替悲观。一个人如果能拥有良好积极的思想、乐观愉悦的精神，那么他定能肃清一切心灵上的敌人，这样的话，就要比那些沮丧、失望、犹豫的人们有利得多！在任何情形之下，都不要让那些病态的思想、不和谐的音符侵入你的生活。

如果人人都能像小孩一样，没有心灵上的创伤和裂痕，始终保持着天真、快乐的天性，而将一切破坏性的、腐蚀性的思想拒之门外，那么我们生命中不必要的损害与消耗真不知道要减少多少。事实表明，在数小时中因忧虑悲伤所消耗的精力，竟要超过做几个星期苦工所耗的精力！

要驱除心灵上的敌人，必须要有持久的努力。如果没有决心和毅力，就不能做成任何重要的事情，何况是驱除那深藏在心灵中的仇敌呢？

有些态度是势不两立的，比如乐观会战胜悲观，希望会驱逐失望，快乐会覆盖沮丧。如果心中充满了爱的阳光，那么一切仇恨妒忌的情绪自然会烟消云散，因为阴暗的思想并不能存在于爱的阳光里。

不要让思想的仇敌侵入自己的心灵，你要这样对自己说："每一个仇恨、凶暴、沮丧、自私的思想进入我的心灵，都会夺去我的快乐，减弱我的才能，阻碍我的前程。我必须立刻用相反的思想去驱逐它们！"

如果心灵中充满了善良的思想、高尚的思想、友爱的思想、诚实的思想，它们和谐相处，那么一切不良的思想自然就会消失。因为在同一个时候，即使有两种势不两立的思想并存于一个人的心灵之中，使你矛盾、彷徨和痛苦，但最终和谐的诉求将占据上风。

爱人、助人、仁慈和善良的思想，足以激发我们生命中最高尚的情感与情操，能给我们以健康、和谐与力量，使我们与大自然达到和谐共处。

孩提时代，我们赤脚在乡间行走时，都会小心翼翼地避免踏在尖锐的石头上，以免使自己的脚底受伤。然而长大成人后，我们为什么竟然不懂得去防止仇恨、妒忌和自私来侵害我们的心灵呢？我们应尽力驱除那些心灵上的敌人，主动欢迎和接纳心灵上的朋友。

凡是能够保持积极思维的人，一定懂得用希望来代替绝望，用坚韧来代替胆怯，用心来代替犹豫，用乐观来代替悲观。

6. 便休休，更说甚，是和非

——失去的未必是最好的

【出处】

辛弃疾《最高楼·吾衰矣》

【原文】

吾衰矣，须富贵何时？富贵是危机。暂忘设醴抽身去，未曾得米弃官归。穆先生，陶县令，是吾师。

待葺个园儿名"佚老"，更作个亭儿名"亦好"，闲饮酒，醉吟诗。千年田换八百主，一人口插几张匙？便休休，更说甚，是和非！

【译文】

我已渐渐年老，力尽筋疲，功名富贵的实现要待到何时？何况富贵功名还处处隐伏着危机。穆生因楚王稍懈礼仪便抽身辞去，陶潜尚未得享俸禄就弃官而归。穆先生、陶县令那样明达的人都是我十分崇敬的老师。

归隐后一定要将荒园修葺，"佚老园"就是个合适的名字。再建个亭儿取名为"亦好"，便能闲时饮酒，醉时吟诗。一块田地千年之中要换八百主人，一人嘴里又能插上几张饭匙。退隐之后便一切作罢，何须再费口舌说什么是非得失。

【注释】

最高楼：词牌名。

衰（shuāi）：年老。

须：等待。

富贵：有功业。

醴（lǐ）：甜酒。

抽身：退出仕途。

得米弃官归：陶渊明当彭泽县令时，曾有上司派督邮来县，吏请以官带拜见。渊明叹曰："我不能为五斗米折腰向乡里小人。"于是解印去职，并赋《归去来兮辞》，以明弃官归隐之志。

葺（qì）：修缮。

佚（yì）老：安乐闲适地度过晚年。

亦（yì）好：退隐归耕，虽贫亦好。

匙（chí）：小勺。

休休：罢了，此处含退隐之意。

甚（shèn）：什么。

【赏析】

要完善积极的自我意识，还需要用恬淡自然的心态去看待人生的一切。要知道，世间的万事万物都是有得有失的，也是千变万化的。因此不必一味地以暂时的得到为快乐，因暂时的失去而痛心，而应该以清净之心去观外物，努力做到忘得失毁誉，这样才会有快乐的心灵，感受到人生的完美。辛弃疾的这首词可能会对人有所启发。

我们的一生似乎都在得与失之间权衡。有的人选择了失，却意外地得到；有的人选择了得，却意外地失去。得与失像两个喜怒无常又非常顽皮的精灵，专门作弄那些看重她们的人，摆脱她们的最好办法就是视而不见、退避三舍！

人生或得或失，事业或成或败，都是客观存在的事实。只要我们努力了，只要我们脚踏实地耕耘了，只要我们无愧于自己和他人，我们就应该坦然而自信地生活。

有一群小蜜蜂无忧无虑地生活在一片美丽的田野里，它们每天辛勤地劳动，不断地为花朵传授花粉。可是，这样平静的日子没过多久，就被人类给打破了。

一天，人类闯进了森林里，他们要求所有的动物要义务地为他们服

务。如果不同意的话，就要毁灭整个森林。无奈的小动物们只好答应他们的无理要求。

人类要求狮子为他们捕捉其他的小动物，要求猴子为他们采集干果，要求孔雀为他们跳舞，要求百灵鸟为他们歌唱。他们还要求蜜蜂为他们采蜜，要把采到的花蜜全部贡献给他们，并且要把它们装进蜂箱里。

蜜蜂国王害怕极了，它们没有办法对付人类，但是又不愿意答应人类的要求。于是，蜜蜂国王决定召开一次全国大会，要求每一个臣民都来参加，共同商讨对付人类的办法。

所有的蜜蜂都到齐了，蜜蜂国王问臣民们有什么好的办法，可是它的子民都急得束手无策，一个办法也想不出来。

这时候，从蜂群中飞出一只小蜜蜂，他对蜂王说道："尊敬的国王，我们是否可以去找一下天神，看他有什么好的主意。"

"哦，这个想法是不错的。"蜜蜂国王笑着说道。

"那么，你们谁愿意去呢？"蜜蜂国王又说。

"让我去试试吧，尊敬的国王。"小蜜蜂说道。蜜蜂国王答应了它的要求。

于是，第二天这只小蜜蜂就带着一些蜂蜜给天神，天神很高兴地说："谢谢你的蜜，现在我也想送你一件东西，只要你喜欢，我都会满足你的愿望。"

蜜蜂想了想，说："天神，我因为没有能力保护自己，请赐我一根一刺就能把人刺死的毒针。"

"你为什么要这样的一根毒刺呢？"天神问。

于是，小蜜蜂就把原因告诉了天神，天神便答应了它的要求。

不过，天神提醒蜜蜂说："我可以送给你这种针，但是有件事你必须注意，就是你在刺人后，拔出那根针时，你的生命也就结束了。"

得与失是一对亲兄弟，亲密无间，当你在得到某种东西的时候，却又在冥冥中失去了一样东西。无论是得到还是失去，我们都应该坦然面对。

许多人都有这种习惯，总以为失去的都是最好的。于是总觉得现今的状况比不上过去的情形，长期沉浸在过去的回忆中不能自拔。其实，失去的未必是最好的。那种为失去而烦恼的人，大都是因为没能迅速地适应现今的环境造成的。

一个在海关工作的小职员，虽然每天都辛辛苦苦地拼命工作，但还是被上司解雇了。他忧心忡忡地回到家，一言不发地呆坐着，他不知该如何向太太说明这一切。被上司解雇毕竟是件难以启齿的事情啊。当妻子婉转地得知了这一切之后，并没有半句怨言，反而非常高兴地对他说："这不是很好吗？省得你狠不下心来辞去那份工作呢。这样你就可以静下心来，专心致志地从事你钟爱的工作了。"这位小职员迷惑不解地问道："我钟爱的工作？"

"是啊，你不是很有文学天赋吗？那就当个专职作家好了！"

于是，这位小职员就打扫好了自己的房间，将书桌和椅子摆放整齐，就像在海关上班时一样认真。然后，铺好稿纸，拿起心爱的笔，将一腔的抑郁不快和颓废沮丧化作一片激情，让灵感的脚步在稿纸上尽情徜徉，让一个个鲜活生动的面孔跃然纸上，永不泯灭。

失去了小职员生活的他，却比平时工作时还要繁忙。深夜降临的时候，他正文思泉涌，一直奋笔疾书到曙光初现。

他明白，他再也不是那个庸庸碌碌的小职员了，他现在的身份是一位专职作家，每天不停地奋笔疾书就是他的工作，就是他养家糊口、维持生计的饭碗，就是他得以被人们认可的一张证明书。

当他明白了这一切后，他想，我既然当不成海关小职员，就努力去做一个最好的作家吧。或许小职员真的并不适合我，或许我的出路就在

写作上呢。

从此，他快乐地写作着，时间也在他无暇顾及的时候一天天地过去。他完全喜欢上了这个工作，在这个新的环境中乐此不疲！终于，一部令美国文学史为之震撼的鸿篇——《红字》诞生了，这位因失去小职员工作而成为名作家的人叫霍桑。

可见失去的已经失去，即使原有的工作令你恋恋不舍，其实已经都不再重要，重要的是面对现在。昨天已经如东逝之水，明天又似乎遥远。为逝去的东西而痛心疾首、呼天抢地，实为愚蠢；为遥不可及的东西而翘首期盼，也不过是画饼充饥、聊以自慰。这些都为真正的智者所不齿。

失去的已经失去，就没有必要再为失去而悲伤，因为，这种悲伤是毫无用处的。只有迅速地适应陌生的环境，并在此基础上有所作为才是智者应该想和应该做的。

7. 我见青山多妩媚，料青山见我应如是
——心态是一柄双刃剑

【出处】

辛弃疾《贺新郎·甚矣吾衰矣》

【原文】

甚矣吾衰矣。怅平生、交游零落，只今余几！白发空垂三千丈，一笑人间万事。问何物、能令公喜？我见青山多妩媚，料青山见我应如是。情与貌，略相似。

一尊搔首东窗里。想渊明《停云》诗就，此时风味。江左沉酣求名者，岂识浊醪妙理。回首叫、云飞风起。不恨古人吾不见，恨古人不见

吾狂耳。知我者，二三子。

【译文】

我已经很衰老了。平生曾经一同出游的朋友零落四方，如今还剩下多少？真令人惆怅。这么多年只是白白老去而已，功名未竟，对世间万事也慢慢淡泊了。还有什么能真正让我感到快乐？我看那青山潇洒多姿，想必青山看我也是一样。不论情怀还是外貌，都非常相似。

把酒一樽，在窗前吟诗，怡然自得。想来当年陶渊明写成《停云》之时也是这样的感觉吧。江南那些醉中都渴求功名的人，又怎能体会到饮酒的真谛？在酒酣之际，回头朗吟长啸，云气会翻飞，狂风会骤起。不恨我不能见到疏狂的前人，只恨前人不能见到我的疏狂而已。了解我的，还是那几个朋友。

【注释】

贺新郎：后人创调，又名《金缕曲》《乳燕飞》《貂裘换酒》。传作以《东坡乐府》所收为最早，唯句豆平仄，与诸家颇多不合。因以《稼轩长短句》为准。一百十六字，前后片各六仄韵。大抵用入声部韵者较激壮，用上、去声部韵者较凄郁，贵能各适物宜耳。

甚矣吾衰矣：源于《论语·述而》之句"甚矣吾衰也！久矣吾不复梦见周公"。这是孔丘慨叹自己"道不行"的话（梦见周公，欲行其道）。作者借此感叹自己的壮志难酬。

白发空垂三千丈：出典于李白的《秋浦歌》"白发三千丈，缘愁似个长"。

问何物、能令公喜：源于《世说新语·宠礼篇》记郗超、王恂"能令公（指晋大司马桓温）喜"等典故。还有什么东西能让我感到快乐。

妩媚：潇洒多姿。

搔首东窗：借指陶潜《停云》诗就，自得之意。

江左：原指江苏南部一带，此指南朝之东晋。

浊醪（láo）：浊酒。

云飞风起：化用刘邦《大风歌》之句"大风起兮云飞扬"。

不恨古人吾不见，恨古人不见吾狂耳：引《南史·张融传》的典故"不恨我不见古人，所恨古人又不见我"。

知我者，二三子：引《论语》的典故"二三子以我为隐乎"。

【赏析】

"我见青山多妩媚，料青山见我应如是"两句，是全篇警策。词人因无物（实指无人）可喜，只好将深情倾注于自然，不仅觉得青山"妩媚"，而且似乎觉得青山也以词人为"妩媚"了。这与李白《敬亭独坐》"相看两不厌"是同一艺术手法。这种手法，先把审美主体的感情楔入客体，然后借染有主体感情色彩的客体形象来揭示审美主体的内在感情。这样，便大大加强了作品里的主体意识，易于感染读者。

是的，生活就这样，我们怎样对待生活，生活就怎样对待我们。心态和前途也是这样一种辩证关系，我们用积极的心态对待人生，我们的人生将是一片光明；我们用消极的心态对待人生，我们的人生也就只会是一片灰暗。

两个人从牢中的铁窗望出去，一个看到是泥土，一个却看到了星星。

生活在同样一个世界上，有的人过得幸福、快乐、富有，有的人却一直生活在苦恼和贫困之中。

这是为什么呢？

其实，人与人之间原本没多大区别，只是由于各自心态的不同而造成了截然不同的结局。

曾经，有两个乡下年轻人外出打工。一个想去上海，一个要去北京。在候车厅等车时，听到邻座的人议论说："上海人精明，外地人问路都收费；北京人质朴，见了吃不上饭的人，不仅给馒头，还送旧衣服。"

想去上海的人听说北京人好,一想即使挣不到钱也饿不死,庆幸车还没来,不然一到上海真掉进火坑了。

打算去北京的人想,上海好,给人带路都能挣钱,我幸亏还没上车,不然真失去一次致富的机会。

于是他们在退票处相遇了,并换了一张车票。

去北京的人发现,北京果然好。他初到北京的一个月,什么都没干,竟然没有饿着。银行大厅里的太空水可以白喝,大商场里欢迎品尝的点心也可以白吃,他整天偷着乐。

去上海的人发现,上海果然是一个可以发财的城市。干什么都可以赚钱。带路可以赚钱,开厕所可以赚钱,弄盆凉水让人洗脸也可以赚钱。只要想点办法,再花点力气就可以赚钱。

凭着乡下人对泥土的感情和认识,第二天,他在建筑工地装了十包含有沙子和树叶的土,以"花盆土"的名义,向不见泥土而又爱花的上海人兜售。当天他在城郊间往返六次,净赚了五十元钱。一年后,凭着"花盆土"他竟然在大上海拥有了一个小小的门面。

后来,他在常年的走街串巷时,发现一些商店楼面亮丽而招牌较黑,一打听才知道是清洗公司只负责洗楼而不洗招牌。他立即办起一个小型清洗公司,专门负责擦洗招牌。慢慢地,他的员工发展到几百人,业务也由上海发展到杭州和南京。

数年后,他坐火车到北京考察清洗市场。在北京车站,一个捡破烂的人把头伸进软卧车厢,向他要一只空啤酒瓶。就在递酒瓶时,两人都愣住了,因为数年前,他们曾换过一次车票。

这个故事告诉我们:心态是一柄双刃剑,积极的心态成就人生,消极的心态则毁灭人生。

有一户人家的菜园里有一块大石头,到菜园的人不小心就会碰到那

颗大石头，不是跌倒就是擦伤。

儿子问："爸爸，那块讨厌的石头，为什么不把它挖走？"

爸爸这么回答："你说那块石头啊？从你爷爷那个时候就放在那里了，它那么大，不知道要挖到什么时候才能挖出来，没事无聊挖石头还不如走路小心一点。"

几年过去了，当年的儿子娶了媳妇，当了爸爸，那块大石头还在那里。

有一天，妻子气愤地对丈夫说："菜园那块大石头把我绊倒过好几次，我们改天请人搬走吧。"

当年的儿子说："算了吧。那块大石头很重的，要是那么容易搬走的话，我和爸爸早就搬走了，还等到现在？"

在一旁的老父亲也跟着说："是啊！是啊！要是好搬，不用说和我儿子搬，我和我爸爸早就把它搬走了。"

媳妇心里非常不是滋味，那块大石头不知道让她跌倒了多少次。她决定自己试一试。一天早上，媳妇带着锄头和一桶水来到园子里。她将整桶水倒在大石头四周。十几分钟以后，媳妇用锄头把大石头四周的泥土搅松。

她原以为至少要挖一天，结果不一会儿，石头就被挖出来了，看上去这块石头也没有想象的那么大，只是不少人是被那个巨大的外表蒙骗了。

你觉得石头大、石头重，便不会有搬动它的信心，更不会有去搬它的行动。蒙骗人的不只是事物的外表，还有你消极的心态。要改变你的世界，首先必须改变你的心态。如果你的世界沉闷而无望，那是因为你自己沉闷无望。

其实，在我们的周围有很多这样的人，他们说："公司从成立开始就是这样，如果还能改进，那些老板、董事、经理人早就做过了，还用得上我吗？"或者"天那么高，哪能上去啊，想都别想了，还是老实待

在地上吧！"……如果大家都这样想，恐怕世界上就没有知名的企业，因为没有人敢改革、敢创新；世界上也不会有技艺精湛的厨师、技工、演员、作家，不会有天文学家，不会有飞机、火车、轮船的发明，因为一切都很困难，困难得让人不敢想。

另外，我们经常会听到有人抱怨，说上天对自己多么不公平，未能给自己提供一个良好的环境，从而导致自己一直碌碌无为。那么，人生的结局真的是由于外界环境所造成的吗？

当然不是。正如世界著名潜能学大师安东尼·罗宾所说："影响我们人生的绝不是环境，也不是遭遇，而是我们持什么样的心态。"

有这样一个故事。有个老太太找了一个油漆匠到家里粉刷墙壁。油漆匠一走进门，看到她的丈夫双目失明，顿时流露出怜悯的目光。可是男主人开朗乐观，所以油漆匠在那里工作的几天，他们谈得很投机。油漆匠也从未提起男主人的缺陷。

工作完毕，油漆匠取出账单，老太太发现比原来谈妥的价钱打了一个很大的折扣。她问油漆匠："怎么少算这么多呢？"油漆匠回答说："我跟你先生在一起觉得很快乐，他对人生的态度，使得我觉得自己的境况还不算最坏。所以减去的那一部分，算是我对他表示的一点感谢，因为他使我不再把工作看得太苦！"

油漆匠对丈夫的推崇，使老太太流下了眼泪，因为这位慷慨的油漆匠，自己只有一只手。

残者尚能对生活如此乐观，那么我们正常人呢？

其实，生活中，每个人都可能遇到这样或那样的不幸，诸如亲人不幸死亡、朋友分手、身患重病……但你需要知道的是，这一切于你都不重要，于你都不会构成致命的创伤。最致命的创伤来自我们自己心灵深处，是我们的心灵导致我们绝望。只要我们放弃绝望的思想，去换一个角度想问题，就会豁达起来，发现阳光依旧照耀着你，月光仍然爱抚着

你。如此看来，痛苦或是快乐完全在于你的一念之间。

事实也的确如此，人的心态决定你是否快乐，心态的改变，就是命运的改变。

美国著名的心理学家威廉·詹姆斯说："我们这一代人最重大的发现是：人能改变心态，从而改变自己的一生。"的确，人生的成功或失败，幸福或坎坷，快乐或悲伤，有相当一部分是由人的心态造成的。

朋友们，千万不要因为心态而使自己成为一个失败者。让我们从现在起，无论在什么情况下都保持积极的心态，让整个身心都充满勇气和智能，把挫折与失败当成学习的机会。这样，我们就能早日战胜自我，超越自我，到达成功的彼岸！

无望的心态每时每刻都暗示你去失败，失败是你蓄意指示自己的结果。如果你的心态积极，你就会有热情、有信心、有智慧……有一切，自然也有成功。

第七章

无常境界：人生只道是寻常

故交零落，人生无常，死亡是谁也无法阻挡和改变的结局。年年岁岁花相似，岁岁年年人不同。人生只道是寻常。

1. 世事一场大梦，人生几度秋凉
——用平和的心态对待生活

【出处】

苏轼《西江月·世事一场大梦》

【原文】

世事一场大梦，人生几度秋凉？夜来风叶已鸣廊，看取眉头鬓上。酒贱常愁客少，月明多被云妨。中秋谁与共孤光，把盏凄凉北望。

【译文】

世上万事恍如一场大梦，人生经历了几度新凉的秋天？到了晚上，风吹动树叶发出的声音，响彻回廊里，看看自己，眉头鬓上又多了几根银丝。

酒并非好酒，却为客少发愁，月亮虽明，却总被云遮住。在这中秋之夜，谁能够和我共同欣赏这美妙的月光？我只能拿起酒杯，凄然望着北方。

【注释】

西江月：原为唐教坊曲，后用作词调。《乐章集》《张子野词》并入"中吕宫"。五十字，上下片各两平韵，结句各叶一仄韵。

世事一场大梦：《庄子·齐物论》有"且有大觉，而后知其大梦也"。李白《春日醉起言志》有"处世若大梦，胡为劳其生"。

秋凉：一作"新凉"。

风叶：风吹树叶所发出的声音。

鸣廊：在回廊上发出声响。

眉头鬓上：指眉头上的愁思鬓上的白发。

贱：质量低劣。

妨：遮蔽。

孤光：指独在中天的月亮。

【赏析】

词一开端，便慨叹世事如梦，虽然苏轼诗词中常常流露出人生如梦的思想，但或是自我排遣之语，或为古往今来之思，读来往往觉其放达，而不觉其悲切。此处却不然，以一种历尽沧桑的语气写出，加上几度秋凉之问，风叶鸣廊，忽觉人生短暂，已惊繁霜侵鬓，益觉浮生若梦的感叹，并非看破红尘的彻悟，而是对自身遭遇有不平之意，从而深感人生如梦境般荒谬与无奈。

"世事一场大梦"中的"世事"既可以指具体的历史实事，即指苏轼因"乌台诗案"被贬黄州的事情，亦可以理解为苏轼对人生命运的抽象意义的认识。"世事如梦""人生如梦"，一切皆如白驹过隙，雪后飞鸿，人生只是天地间偶然的飘蓬，所以不可执着于现实中的得失荣辱，而应超脱于具体的万事万物，使自己内心趋于平衡。"人生几度新凉"，用"新凉"指又一个秋天的来临，并且突出了秋天乍到的"新"，可见诗人对节候变化的敏感。时间的流逝磨蚀着有限的生命，词人由此产生出真挚的惜时之情。"新凉"亦指诗人再次遭到排挤打击的人生际遇，用一个"凉"字，表达了诗人心中的凄凉之情。所以，"人生几度新凉"不仅指自然节候的变化，同时也是指人生命运的起伏不定、变幻莫测。这句话把自然与人生结合起来，以自然的变幻来反衬出词人对人生命运的无奈喟叹，寄意深刻，韵味悠远。

我们的一生中，往往积累了太多关于名誉、地位、财富、学历的欲望，使人们不能正视自己的人生、自己的水平、自己的现状，总是埋怨自己或别人，总是不切实际地攀比，不符现实地追求目标。这就使我们徒增了不少的烦恼，并为此兴奋、自豪、烦恼、郁闷，甚至喜怒无常。

马丁内斯是一个没有耐心的人，他要求和他交往的人也必须雷厉风行，不然的话，他就不高兴。

马丁内斯就是这样一个没有耐心的人，也许你可以想象，当他碰上了交通阻塞时是个什么样子了。这事发生在佛罗里达州靠近他家乡的山路上，一个年轻人在护栏旁拦住了他，告诉他可能要耽搁半个小时。

"为什么要耽搁？"他问。

"因为路被挖开了，"他回答说，"我们在装水管。"

"见他的鬼吧，排水管。"他说，情绪马上低落了。

"那你就绕过去吧！"年轻人说。

马丁内斯觉得年轻人的话也有些道理。虽然他还不太清楚这个坑的情况，但是他相信他不会掉进坑去的。接下来的5分钟，马丁内斯是在烦乱中度过的：文件在他的手提箱里，收音机和一些东西在工具袋里，他把所有的东西拿出来又放回去，这是一个件非常麻烦的事情。所以最后，他放弃了这种想法，只是长吁短叹地盯着窗外。

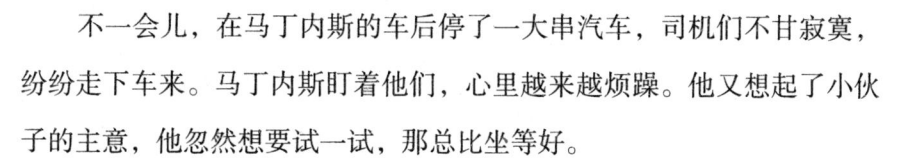

不一会儿，在马丁内斯的车后停了一大串汽车，司机们不甘寂寞，纷纷走下车来。马丁内斯盯着他们，心里越来越烦躁。他又想起了小伙子的主意，他忽然想要试一试，那总比坐等好。

就在这时，一个年龄比较大的男人走过来，对马丁内斯说："嗨，你好先生。这可真是一个阳光明媚的早晨呀！"他穿着工装裤，花格子衬衫，像是开出租车的。

马丁内斯看了看四周，远处朦胧的溪流从圣·莫尼克大山上流下来，银灰色的水线接着蓝天，是个开阔清爽的秋天。

"不错，是个好早晨。"他说。

"下大雨的时候，瀑布就从那边流下来。"马丁内斯指着一块凹进去的断崖接着说，他想起他好像也见过洪水从那块断崖上倾泻下来，在山脚下激起很高的水花。

正说着，一个年轻姑娘从后面走过来问道："有上山的路吗！"马丁内斯大笑着说："有几百条，我在这里已经22年了，还没有走遍所有

的路呢！"

马丁内斯想起这附近有个公园，里面有一个很凉爽的地方。在一个炎热的夏日里，他曾经在里面散步。"你看到那只山狗了吗？"一个穿着大衣打着领带的年轻人叫起来，吸引了那个女士的注意力，"在那里！"

"我看见了。"她突然大叫起来。

年轻人兴奋地说："冬天快来了，它们一定在贮存食物。"司机们都跑了过来，站在路边看，还有一些人拿出照相机拍照。马丁内斯记得上次洪水暴发的时候，道路被淹没，电灯线被破坏。他的邻居们，有的聚在一起议论纷纷，有的点上灯笼一起喝酒聊天，还有的就一起烤东西吃。

是什么把他们聚在一起了呢？要不是风在呼啸，洪水暴发，或交通阻塞，他们怎么会把时间浪费在这里和人交谈呢？

这时，一个声音从护栏那边传过来："好了，道路畅通了！"

马丁内斯看了看表，55分钟过去了，他简直不敢相信，耽搁了55分钟，他竟然没有急得发疯。

汽车再次发动起来了。马丁内斯看见那个年轻姑娘，正把一张名片送给那个打领带的小伙子。

马丁内斯向出租车走去时，向司机挥了挥手。

"嗨！"他转过身叫道，"你说得对，今天是个阳光明媚的早晨。"

人生无常，有得也有失。当我们以一颗平常心来容纳世间的千般痛苦、万般不平时，我们就会发现：那一时一刻的辛酸和苦涩，原来是那么的平凡与优雅；而这一时一刻的辉煌与甘甜，又是这么容易的随风而逝。所以，我们应该以一种平和的心态对待生活，只有这样，到终老回首自己走过的路时，才会多一些欣慰，少一些遗憾。

2. 自是休文，多情多感，不干风月

——心态不同，结果就不同

【出处】

蔡伸《柳梢青·数声鶗鴂》

【原文】

数声鶗鴂，可怜又是，春归时节。满院东风，海棠铺绣，梨花飘雪。丁香露泣残枝，算未比、愁肠寸结。自是休文，多情多感，不干风月。

【译文】

耳边传来几声杜鹃鸟的鸣叫声，可怜啊，又是春将归去的时候了。东风布满庭园，吹落海棠如锦绣铺地，吹散梨花如白雪飘飘。

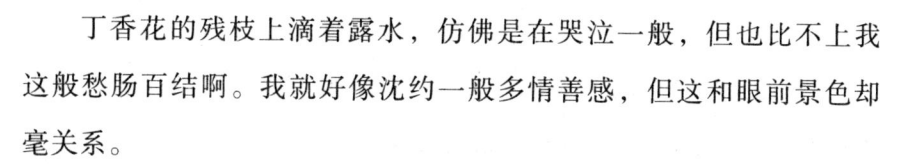

丁香花的残枝上滴着露水，仿佛是在哭泣一般，但也比不上我这般愁肠百结啊。我就好像沈约一般多情善感，但这和眼前景色却毫关系。

【注释】

柳梢青：又名"陇头月"，双调，四十九字。北宋僧仲殊词有"柳袅烟斜"句，因以为调名。

鶗鴂（tí jué）：古有"鸣而草衰"的说法，一说指杜鹃。词中指杜鹃（子规）的可能性大。

绣：指红锦缎。

休文：即南朝诗人沈约，字休文，仕宋及齐，不得大用，郁郁成病，消瘦异常。此处是作者自况。

【赏析】

该词是一首伤春词，从词面上看，词人是感伤暮春将去，而其寓意则是哀叹自己年近衰老却仍未得大用。全词用语清丽，把暮春之景写得很动人。直至词的最后，词人才点透自己如同南朝沈约，日渐消瘦的原

因在于仕途蹭蹬，而与风月无干。词人之所以强调自己"不干风月"，一方面是为了区别于传统伤春词大多写男女欢情的俗套，另一方面是为了表明自己胸怀大志，不为莺莺燕燕所拘牵的大丈夫气概，尽管自己未能位居宰辅，但毕生的追求却并没有因此而改变。

在生活中，我们经常会遇到困境。在困境中，有的人烦躁不安，怨这怨那；有的人则平静如水，默默地寻找解决问题的方法。持前一种态度的人，往往无法走出困境；而持后一种态度的人，则能顺利地走出困境。

还有这样一个十分经典的故事：

一辆冷藏车送货到一家商场，司机停好车后，就和货主吃饭去了，只留下一个搬运工人独自卸货。当搬运工人走进冷藏车厢后，门被风一吹，合上了。

等司机和货主回来，不见了搬运工人，他们到处找，结果在冷藏车中找到了他。可是他早已缩成一团死去多时了。

于是，司机成了谋杀嫌疑人。但是后来的调查结果显示，当时冷藏车的冷气根本没有启动，也就是说冷藏室里的温度是恒定的，不足以致人死亡，而且司机与搬运工人之间没有任何利害关系。

经过专家鉴定，搬运工人是被吓死的，冷藏室的门被风关上了后，他以为自己必然会被冻死，所以最终他被恐惧击倒。

心理学家说，每个人其实都活在自我设置的情境之中，关键在于面对任何一种境遇，都需要与之相适应的心境去对待。对心境的选择不一样，在生活质量的反应上也不一样。有时候，良好的心态要比命运重要得多。换言之，心态好，一切都好。

从上面两个故事中，我们得出了这样一个道理：与其在慌乱中寻找人生出路而没有结果，不如让自己的心平静下来，使浮躁的心灵沉淀下来。当心态好时，一切都会朝好的方向转变。如果在困境中急躁、慌

乱，就会把自己置于更加危险的境地。

一位成功者说过：90%的失败者其实不是被对手打败，而是自己放弃了成功的希望。其实，人与人的差别只是一点点，但这小小的差别却有极大的不同，小小的差别是思维方法，极大的不同是这种思维方式究竟是积极的还是消极的。

人生在世，对客观事物的认识常常会受到心态的影响，有时甚至会受到心态的控制。如果不把握好自己的心态，就很容易犯错误，对客观的情况视而不见、抓不住问题的症结所在。一个人如果要想成功，要想实现自己的理想，就一定要学会如何把握好自己的心态。

有一个名叫丹普赛的孩子，生下来就是一个畸形人，四肢不全，只有一只右脚和一只残断的右臂。作为一个孩子，他很想像正常孩子一样玩耍。他喜欢踢足球，他的父母就给他做了一只木制的假足，以便使他能穿上特制的足球鞋。丹普赛练得很认真，也很努力。他一小时接着一小时，一天接着一天地用他的木脚练习踢足球，努力在离球门越来越远的地方将球踢进去。慢慢地，他的努力没有白费，他成功了，终于被新奥尔良的圣哲队雇佣为球员。

当丹普赛用他的跛腿在最后两秒钟内、在离球门63米的地方破网时，球迷的欢呼声响遍了全美国。这是职业足球队当时踢进的最远的球。这次圣哲队以19∶17的比分战胜了底特律雄狮队。

底特律雄狮队的教练施密特说："我们是被一个奇迹打败的。"对许多人来说，这是一个奇迹。

"丹普赛并不曾踢中那个球，那球是上帝踢中的。"底特律雄狮队的后卫沃尔凯说。

虽然每个人的人生际遇不尽相同，但命运对每一个人都是公平的。因为窗外有土也有星，就看我们能不能磨砺一颗坚强的心，一双智慧的眼，透过岁月的风尘寻觅到辉煌灿烂的星星。先不要说生活怎样对待我们，而是应该问一问，我们怎样对待生活。

如果我们对自己很有把握，充满了自信，就会保持乐观向上的心绪，相信自己能够做成任何事情。患得患失以及根深蒂固的自卑心理都会影响到自我的感觉，进而影响获取成功的能力。然而，在个人奋斗的历程中，由于没有把握好自己的心态，我们就容易犯各种错误。

每一个人都是自己命运的主人，只有自己才能把握自己的心态，而心态塑造着自己的未来，这是一条普遍的规律。只有那些能够产生热烈的愿望以达到目标的人，才能走向伟大；只有那些以积极的心态不断努力的人，才能取得成功。把握住自己的心态，也就把握了自己的未来。

3. 物是人非事事休，欲语泪先流
——人生无常，当下最真

【出处】

李清照《武陵春·春晚》

【原文】

风住尘香花已尽，日晚倦梳头。物是人非事事休，欲语泪先流。
闻说双溪春尚好，也拟泛轻舟。只恐双溪舴艋舟，载不动许多愁。

【译文】

恼人的风雨停歇了，枝头的花朵落尽了，只有沾花的尘土犹自散发出微微的香气。抬头看看，日已高，却仍无心梳洗打扮。春去夏来，花开花谢，亘古如斯，唯有伤心的人、痛心的事，令我愁肠百结，一想到这些，还没有开口我就泪如雨下。

听人说双溪的春色还不错，那我就去那里划划船，姑且散散心吧。唉，我真担心啊，双溪那叶单薄的小船，怕是载不动我内心沉重的忧愁啊！

【注释】

武陵春：词牌名，又作"武林春""花想容"，双调小令。双调四十八字，上下阕各四句三平韵。这首词为变格。

尘香：落花触地，尘土也沾染上落花的香气。

花：一作"春"。

日晚：一作"日落"，一作"日晓"。

梳头：古代的妇女习惯，起床后的第一件事是梳妆打扮。

物是人非：事物依旧在，人不似往昔了。

先：一作"珠"，沈际飞《本草堂诗余》注："一作珠，误"。《崇祯历城县志》作"欲泪先流"，误删"语"字。

说：一作"道"。

"尚好"：一作"向好"。

双溪：水名，在浙江金华，是唐宋时有名的风光佳丽的游览胜地。有东港、南港两水汇于金华城南，故曰"双溪"。

拟：准备、打算。

轻舟：一作"扁舟"。

舴艋（zé měng）舟：小船，两头尖如蚱蜢。

【赏析】

这首词是宋高宗绍兴五年（1135）作者避难浙江金华时所作。当年她是53岁。那时，她已处于国破家亡之中，亲爱的丈夫死了，珍藏的文物大半散失了，自己也流离异乡，无依无靠，所以词情极其悲苦。全词充满"物是人非事事休"的痛苦。而这种"物是人非"，又绝不是偶然的、个别的、轻微的变化，而是一种极为广泛的、剧烈的、带有根本性的、重大的变化，无穷的事情、无尽的痛苦，都在其中，故以"事事休"概括。这，真是"一部十七史，从何说起"？所以正要想说，眼泪已经直流了。

人生无常，当下最真。许多人一心想活得长寿些，与其活得长，倒不如活得好。重要的不是你活了多久，而是你活得"好"；重视生命的"亮度"而非长度。

在远久的时候，山上的部落有个年轻小伙子，有一天到外狩猎时，非常意外地捕捉到一匹野马。他兴奋地带着野马回到了部落，好消息传遍了族内，人们无不夸赞野马的骏美，并为年轻人的奇遇感到嫉妒。大家都说他是一个幸运的男孩。

然而好景不长，年轻人为了驾驭野马，不慎被摔下马背，跌断了腿。于是族人开始传说野马为不祥之物，才会给年轻人带来如此的灾祸。

年轻人只得留在床上休养，家人对这匹野马心生怨怼，纷纷躲避，并为年轻人的遭遇感到难过。

正巧，那时正逢兵荒马乱，族内的年轻男丁皆被抓去充军，躺在病床上的年轻人，因摔断了腿，留在家中，免受征召。族人又开始众说纷纭，赞许"良驹"为年轻人带来幸运，免于一劫。

人生路上的得失祸福，岂是一时可以论断的？

生命行进过程中，或许会遭遇一些起承转合，我们喜欢这个"少年和野马的故事"，它教会我们用平实的心情看待人生一时的喜与忧，也用平实的心情顺其自然，在不同的激流中发现一些人生的智能与契机。

挫折何尝不是老天交付的功课，挫折又何尝不该值得感激？

有人抱怨上帝——因玫瑰有刺；

有人却赞美上帝——因刺中有玫瑰。

人生无常，当下最真。

一位企业家谈及他的生死观时说，他曾生过大病，住过加护病房，在生死一线间被拉回人间。从此思索着："我还有什么事没做，要及时做？"他说："现在我的每一天，都过得是很感恩的生活。以前怕死，之后不怕了。"

他从死亡边缘回来后,第一个想到的就是回馈社会。他说:"真正的欢喜,是亲身投入。"

兰登曾说过一段深含寓意的话:"在我们一出生时,就应该有人告诉我们:你在朝向死亡前进。那么我们就会全心全意地好好生活,善用每一天和每一分钟。"

时间,由无数个"当下"串在一起。每一瞬间、每一个当下,都带有永恒的种子。抓住每一个当下,人生了无缺憾。

套用一句伯纳德·杰森的话:活得够长,不一定活得够好,但是活得够好,就是够长了。

有些专家提问:假如自己只剩下七天生命,那么你将如何安排?和谁共度?多半的回答是:

"如果我只剩七天,我会告诉××我对他的爱。"

"如果我只能活七天,我要坐在海边,欣赏夕阳……"

大多数人都希望能做些使生命更完整的事,而且也都意识到这件事的迫切。那么,还等什么呢?为什么要等到只剩下最后的七天,才愿意去做这些事?为什么不现在就做?

4. 谁道人生无再少？门前流水尚能西

——乐观向上的人生态度

【出处】

苏轼《浣溪沙·游蕲水清泉寺》

【原文】

山下兰芽短浸溪，松间沙路净无泥。潇潇暮雨子规啼。

谁道人生无再少？门前流水尚能西！休将白发唱黄鸡。

【译文】

山脚下刚生长出来的幼芽浸泡在溪水中，松林间的沙路被雨水冲洗得一尘不染。傍晚，下起了小雨，布谷鸟的叫声从松林中传出。

谁说人生就不能再回到少年时期？门前的溪水还能向西边流淌！不要在老年感叹时光的飞逝啊！

【注释】

蕲（qí）水：县名，今湖北浠水县。

浸：泡在水中。

潇潇：形容雨声。

子规：布谷鸟。

无再少：不能回到少年时代。

白发：老年。

唱黄鸡：感慨时光的流逝。因黄鸡可以报晓，表示时光的流逝。

【赏析】

这首词写于元丰五年（1082）春，当时苏轼因"乌台诗案"，被贬任黄州（今湖北黄冈）团练副使。这在苏轼的政治生涯中，是一个重大的打击，然而这首词却在逆境中表现出一种乐观向上的精神。

上阕写自然景色，首两句描写早春时节，溪边兰草初发，溪边小

径洁净无泥，一派生机盎然的景象。以潇潇暮雨中，杜鹃哀怨的啼声作结。子规声声，提醒行人"不如归去"，给景色抹上了几分伤感的色彩。

下阕却笔锋一转，不再陷于子规啼声带来的愁思，而是振起一笔。常言道"花有重开日，人无再少年"，岁月的流逝，正如同东去的流水一般，无法挽留。然而，人世总有意外，"门前流水尚能西"，既是眼前实景，又暗藏佛经典故。东流水亦可西回，又何必为年华老去而徒然悲哀呢？看似浅显，却值得回味。

全词洋溢着一种向上的人生态度，然而上阕结句的子规啼声，隐隐折射出词人的处境，也更显出词中达观态度的难能可贵。

现实生活中，人们总会发现抱怨的人远比乐观快乐的人多。喜欢抱怨的人在给自己找罪受的同时，也伤害着身边的人，为他人招惹麻烦，世界上几乎没有人因为抱怨世界而得到过快乐。虽然有时抱怨可以减轻当时的痛苦，帮助自己从痛苦中暂时抽身，但那并不能帮助自己彻底解决问题，而是在逃避现实。

事事都选择沮丧失望，不如转变思维往好的方面想；与其痛苦呻吟，不如选择开心快乐。如果你决定做快乐的人，生活就不会那么平淡。在面对艰难困苦的挑战时，如果你足够机智，改变思维方式，世界也不会吝惜将生命中最丰盈的快乐送给你。受到伤害，疗伤止痛才是明智之举，沉溺于痛苦中只不过是加深痛苦。

潮起潮落、冬去春来、日出日落、月圆月缺、花开花谢、野草荣枯，自然界万物都在循环往复的变化中，你也不例外，自己的情绪也会时好时坏。

学会控制情绪，这是自然界的游戏，很少有人窥破天机。每天你醒来时，不再有旧日的心情。昨日的快乐已变成今日的哀愁，今日的悲伤又转化为明日的喜悦。这就好比花儿的变化，今天绽放的喜悦也会变成凋谢时的绝望。但是你要记住，正如今天枯败的花儿蕴藏着明天新的种子一样，今天的悲伤常常预示着明天的快乐。乐观是一种天真做人的态度。

20世纪80年代中期，美国某保险公司曾雇用了5000名推销员，并对他们进行了培训，每名推销员的培训费高达3万美元。谁知，雇用后的一年就有一半人辞职，四年后这批人只剩下了五分之一。

该公司对这些剩下的人进行了跟踪研究，结果表明：这些人的工作任务完成得最好。第一年，他们的推销额比"一般悲观主义者"高出21%，第二年高出57%。

对于生活中小小的失误且由它去吧，重要的是学会轻松地生活，以一种乐观的态度对待事物。

在契诃夫的小说《小公务员之死》中，那个可怜的小公务员看戏时不幸与将军大人坐到了一起，把唾沫弄到了将军的头顶上，他就变得神经质般的惶惶起来。无论他如何解释，将军大人好像都没有原谅他的意思。这个小公务员在巨大的精神压力下，竟然一命呜呼了。

每天利用几分钟的时间，想象明天、下一个星期或是明年，都可能发生许多愉快的事情，不要对未来烦恼或忧虑。多想想美好的事情，你会在不知不觉中实现它们。如此一来，你就养成了乐观的习惯。

乐观的人对一些繁杂的事情总是很看得开，他们认为：人生在世，不如意的事情十有八九，无论付出多大代价也是徒劳，什么也带不走。所以他们对事物的心态就是：人生在世不快乐白不快乐，不管从事什么职业，也不管曾经取得过多么辉煌的成就，都会不骄不躁，泰然处之，从不会使自己成为一个故步自封、自以为是的人。

唐太宗李世民得天下后不久，有一次他对满朝的文武大臣们说："朕自年少之时就喜欢弓箭，这许多年来曾得到十几张好弓，自以为是天下最好的，没有能超过它们的。可最近我将弓拿给一个弓匠看，他却

说：'做弓用的材料都不是最好的。'朕问其原因，弓匠说：'弓的材料的中心部分不直，所以，其脉纹也是斜的，弓力虽强，但箭射出去不走直线。'朕以弓箭平定天下，而对弓箭的性能尚没有完全认识清楚，何况天下事务呢，怎能遍知其理？望你们多多发表自己的意见，纠正朕的错误。"

唐太宗李世民能有这样一种开放的心态，是因为他明白"兼听则明，偏信则暗""水能载舟亦能覆舟"的道理；他知道："以铜为鉴，可以正衣冠；以人为鉴，可以知得失；以史为鉴，可以知兴替。"也正是由于他有着一种开放的心态，所以大唐才成为中国历史上最强盛的帝国之一。

治国如此，为人与做事也是如此，在这个世界上，做任何事都要有一个这样开放的胸怀，也只有如此才能成就辉煌的人生。

大发明家爱迪生靠他的智慧和勤奋，终于为自己建起了一个有着相当规模的工厂，工厂里有着设备相当完善的实验室，这些都是他几十年心血的结晶。然而不幸的是，一天夜里，他的实验室突然着火，紧接着引燃了贮存化学药品的仓库，随后几乎不到片刻的工夫，整个工厂便陷入了一片火海之中。尽管当时消防队调来了所有的消防车，依然无法阻止熊熊大火的蔓延。正当众人为爱迪生一辈子的成果毁于一旦而感伤的时候，爱迪生却吩咐儿子："快，快把你的母亲叫来！"儿子不解地问："火势已不可收拾，就是把全市的人都叫来也无济于事了，何必还要多此一举呢？"没想到爱迪生却轻松地说："快让你的母亲来欣赏这百年难得一遇的超级大火！"

妻子赶来了，当她看到爱迪生正以微笑来迎接她时，她有些不解地说："你的一切都将化成灰烬了，怎么还能笑得出来？"

爱迪生回答说："不，亲爱的，大火烧掉的是我过去所有的错误！我将在这片土地上建一座更完善、更先进的实验室和工厂。"

这是何其旷达的心境！在灾难面前，爱迪生的心态令人赞赏！

其实，为失去的东西悲伤是非常愚蠢的行为。你就是为失去的一切毁灭了自己，又有什么用呢？只有那些怀着一份旷达心境的人，才不会沉湎于自己曾经的拥有，而是怀着对未来无限的希望重新开始更加美好的创造。也许我们许多人都曾经为了失去的金钱、工作、地位、爱情等而伤心啜泣过，但你要相信，在未来的岁月里，一定还会有一份更加美好的礼物在等待着你。失去的东西只能成为你人生经历的一部分，只有现在和未来才是你真实的生活。

没有人能够控制或改变你的态度，只有你自己能够。你虽然改变不了环境，但却可以改变自己的心态。你不能预知明天，但你可以把握今天，你不能左右天气，但你可以改变心情。

幸福是一种感觉，快乐是一种选择。向左走选择快乐，向右走选择忧伤。凡事不可能皆如意，就看你怎样去选择。而乐观是一种做人的态度，我们应学会以一种乐观的态度对待事物。乐观的人会鼓励乐观的人，就像成功会吸引更大的成功一样，所以乐观本身就是一种成功。

5. 堪笑一场颠倒梦，元来恰似浮云
——生命是一个过程

【出处】

朱敦儒《临江仙·堪笑一场颠倒梦》

【原文】

堪笑一场颠倒梦，元来恰似浮云。尘劳何事最相亲。今朝忙到夜，过腊又逢春。

流水滔滔无住处，飞光忽忽西沉。世间谁是百年人。个中须著眼，

认取自家身。

【译文】

人生真是可笑像一场颠倒的梦，人生原来是飘忽不定的浮云。在尘世间忙忙碌碌与什么最亲？从早晨忙到夜晚，过了腊月又是新春。

时光像河水奔流不止，红日忽忽转眼西沉。世间有谁是百岁老人。此间最应关注的，是看准你的自身。

【注释】

临江仙：唐朝教坊曲名。最初是咏水仙的，调见《花间集》，以后作一般词牌用。另有《临江仙引》《临江仙慢》，九十三字，是别格。

元来：原来。

尘劳：尘世间的劳碌。

个中：其中。

【赏析】

这首词是作者历尽沧桑、看破红尘之后所抒发的人生感慨。从他一生的坎坷经历、人世忧患中深深感到人生如一片浮云，又如一场噩梦，终日处在忙碌之中。反思之后，作者总结出这样的认识：时间如流水，人生不到百年，无须计较尘劳俗物，应该注意的是自己立身处世的态度。

"生"对人而言，可谓意义重大。人，既生于世，首要考虑的问题就是该怎样活着。人生大致可分为"生存、生活、生命"三个层次，每个层次带给你的感受是截然不同的。但情况往往是这样，许多人拼尽全力驰骋于人生的疆场上，到头来却不知自己该活在哪一个层次，为此半生无味。

我有一个从事推销业务的朋友，他每天为了生活忙忙碌碌，不停地奔波。他说，他时刻担心自己业绩不佳，会被经理勒令走人。

一天，我与他探讨如何苦中作乐，如何寻找工作意义，正讨论得火

热之时，我问他："人生有生存、生活、生命三个层次，你觉得自己活在哪个层次？"

已近不惑之年的他，还算是一个性格爽朗、心胸开阔的人，可是当重压在身时，却容易走进死胡同而不肯回头。

他思索了好一阵，似有些犹豫地说："在家里，我和家人就是吃、睡、看电视，好像多半处于'生存'的层次；和同事能多聊一会儿，应该'生活'层次多一点；'生命'层次是什么？我不太懂，我想不是很重要吧。"

他现在已经没有心情顾及别的东西，养家糊口成了他生活的全部内容，但我觉得他之所以不快乐还与他本末倒置的生活状态有关。为此我又问他："当孩子从外回家，通常你会怎么做？""我会说：'回来了。'要不就是看他一眼，再继续看电视。"

"你觉得这属于哪个层次呢？"我问他。"生存层次。"他回答得很利落。"所以，你们缺少了'生活'层次的互动学习，也缺少了'生命'层次的关怀与分享……"我有些遗憾地说道。

"噢！"他恍然大悟，"我知道了，以此来看，我工作上的压力也是缘于此了。我与客户交往时，只停留在'生存'层次的'赚钱'目的上，所以谈起来感觉很困难，压力也就自然地产生了！"

"对！"我鼓励他，"如果不是只为了'生存'而赚钱，还能为了'生活'而成长，为了'生命'而乐于分享，日子就会好过得多了。"

其实，活着就是这样，不管你单独活在哪一个层次上，久而久之都会衍生出焦虑和压力。唯有三者统一，在生存的基础上多点生活的韵味、多点生命的色彩，人生才能尽显其缤纷和绚丽。

生命的好坏在于你是否用心去体会。

没有任何事可以成为你结束生命的理由，生命是宝贵的，只要生命始终保持一种积极的目的与向往，只要把生命的每一个细节都细细地咀

嚼，生命就会永远鲜活而多彩。

我不知道，世界上什么困难会击倒一个人，我也从来没有为这个问题而做过多的考虑。直到有一天，我面对一个因事业失败而自杀的人时，我才开始认真思索，一个人最大的敌人是谁。

人的一生中，困难、挫折是不断出现的路障或陷阱，有时令你防不胜防。诸如失恋、失业、无家可归，种种不幸常常让人产生不想活了的念头。难道这些不如意真的严重到危及生命吗？其实，仔细想来，人最大的敌人还是自己。

当我们经历了人世的喧嚣而渴望一种平静的状态时，当我们在世俗的激流中冲洗、打磨而变得练达、成熟时，我们的心境，就会像一片广阔无际的旷野，我们心灵的深处就会呈现一片自由而高远的天空。

生命是极为美好的，处在逆境中的人却常常忽略了这一点。只有那些真正与死神擦肩而过的人，才能豁然感悟生活的真谛。

有一位来做心理咨询的老人向我讲述了他的故事：

"我年轻的时候也曾因为受到一点挫折想过要自杀。一个晴朗的早晨，我趁妻子和孩子仍在熟睡，便悄悄起床，拿了一根绳子来到树林里，走到一棵结实的樱桃树下，我想把绳子挂在树枝上，扔了几次也没成功，于是我就爬上树去。树上挂满了樱桃，我摘了一颗放进嘴里，真甜啊！于是我又摘了一颗。我贪婪地品尝着樱桃的甜美，直到太阳出来了，万丈金光洒在树林里，阳光下的树叶随风摇曳，满眼是细碎的亮点。我第一次发现林子这么美丽，这时有几个上学的小学生来到树下，让我摘樱桃给他们吃。我摇动树枝，看着他们欢快地在树下捡樱桃，然后蹦蹦跳跳去上学。看着他们的背影远去，我突然发现生活原来还有那么多的美好等着我去享受，我为什么要早早地离开它呢？我收起绳子回家了。从那以后我再也不想自杀了。"

在听他讲述的时候，我似乎不是在听一个人讲述自杀，反倒像是在听一个人描述美好的早晨，我也完全被他眼中的美景迷醉了。生活的确有很多美好，就看你是否用心去体会。

一个曾欲放弃生命的朋友，当他挣脱了死神的召唤后，我问他死亡的感觉是什么样子。他说一直在昏迷中，没觉着怎么痛苦。倒是出院的那天，看到阳光如此的明媚，外面的世界如此的新鲜，小孩子高兴地在广场上放着风筝，真是可爱。长这么大第一次发现世界是这样的美好。

其实，世界还是那个世界，只是感受世界的那颗心不同了而已。

生命是一列向着一个叫死亡的终点疾驰的火车，沿途有许多美丽的风景值得我们留恋。

我们在平凡中诞生、成长，在没有浮躁和喧哗的地方老去、消亡。我们经历了世间的沧桑和世俗的烦琐，为曾经历或正在经历的生命深处的困惑而变得坚强和果断；为曾经拥有铭心刻骨的痛苦经历而自豪。我们在失败的苦难中自励，在成功的喜悦中自省。这就是我们能够真正面对现实的缘由。

当你用坚强武装自己战胜不幸的时候，你会发现，你曾经想结束生命的想法是多么可笑和可怕。没有任何事可以成为你结束生命的理由，生命只有一次。

生命是一个过程，也是一种结果。生命的意义不仅在于耕耘，也在于收获。只顾耕耘、不问收获不是对生命的负责；只问收获、不善收获同样会带来生命的缺憾。生活不会给我们太多的机遇，我们不如现实地面对人生：不能拥有阳光，就揽一片月华；摘不下满天星，就收获一片云。只要我们真心真意地生活，珍惜生活的每一次馈赠，不管我们能否达到理想的圣地，面对人生，我们都会深深感到生活的充盈。

6. 当时共我赏花人，点检如今无一半

——"现在"是上天赐予我们最好的礼物

【出处】

晏殊《木兰花·池塘水绿风微暖》

【原文】

池塘水绿风微暖，记得玉真初见面。重头歌韵响琤琮，入破舞腰红乱旋。

玉钩阑下香阶畔，醉后不知斜日晚。当时共我赏花人，点检如今无一半。

【译文】

园里池塘泛着碧波，微风送着轻暖；曾记得在这里和那位如玉的美人初次相会。宴席上她唱着前后阕重叠的歌词，歌声如鸣玉一般。随后，她随着入破的急促曲拍，舞动腰肢，红裙飞旋，使人应接不暇。

如今在这白玉帘钩和栅门下面的、散发着落花余香的台阶旁边，我喝得酩酊大醉，不知不觉日已西斜，天色渐晚。当时和我一起欣赏美人歌舞的人们，如今详查，大多数早已离世。

【注释】

玉真：仙女的名字。这里指晏殊家里的歌伎名。

重（chóng）头：一首词前后阕字句平仄完全相同者称作"重头"，如《木兰花》便是。

琤琮（chēng cōng）：玉器撞击之声，形容乐曲声韵铿锵悦耳；琮：玉声，比喻玉真嗓音脆美如玉声。

入破：唐宋大曲一个音乐段落的名称（唐、宋大曲在结构上分成三大段，名为散序、中序、破。入破，即为破的第一遍。乐曲中繁声，与"重头"一样为官弦家术语。），这里形容节奏开始加快。

红乱旋：大曲在中序时多为慢拍，入破后节奏转为急促，舞者的脚步此时亦随之加快，故云。红旋，旋转飞舞的红裙。

香阶：飘满落花的石阶。

共我赏花人：和自己一同观看玉真歌舞的同伴。

"点检"句：言自己如今年纪已老，当年歌舞场上的同伴大都已经不在人世。点检：检查，细数。

【赏析】

《木兰花·池塘水绿风微暖》是宋代文学家晏殊的词作。这首词写作者在池塘旧地回忆往昔初识佳人。开头两句与结尾两句为今日情事，中间四句为忆旧。绿水池塘，微风送暖，牵动词人对往昔的回忆。当时词人与玉真初次相见，歌舞之情难禁。掐指细数当时与之一起在这儿赏花行乐的人，如今已零落过半，自己唯借酒消愁。结句由虚入实，感情沉着，情韵杳渺。表现出词人博爱的胸襟，透露出对人生无常的伤感。

《列子·天瑞》中提到："古者谓死人为归人。夫言死人为归人，则生人为行人矣。行而不知归，失家者也。"生命随时都要回归，走向它必然的归宿，谁都难以预料明天将会发生什么？

故交零落，人生无常，死亡是谁也无法阻挡和改变的结局。所谓"人生天地间，忽如远行客"大概就是这个意思。

曹操曾大唱："对酒当歌，人生几何？"也哀叹："人生无根蒂，飘如陌上尘。"苏轼说："人生如梦，一尊还酹江月。"曹植说："人生处一世，去若朝露晞。"人生无常，也不过一场梦罢了……

年年岁岁花相似，岁岁年年人不同。人生只道是寻常，"活在当下"最重要。

那么，什么叫作"当下"呢？简单地说，"当下"就是指你现在正在做的事、你生活的地理环境和人文环境。"活在当下"，就是要

求人们把生活中所关注的焦点，集中在现在所处的人、事、物上面，全心全意地去接纳它们，认认真真地去品尝它们，客观大度地去经历和体验它们。

作家安吉丽丝曾经写过一本《活在当下》的书，她在书中说："当你存心去找快乐的时候，往往找不到，唯有让自己活在'现在'，全神贯注于周围的事物，快乐便会不请自来。"

安吉丽丝列举她个人的亲身感受说，她这一生，都在努力掌握和控制身边的每一件事，尽力去完成自己预订的每一个目标。她是一个充满自信心的人，她打心底里相信，一个人努力争取得越多，那么他的快乐也会越多。可是，结果却大相径庭。她发现，她的努力其实正是阻止她感受快乐的最大障碍。而快乐才真正是她努力想得到的东西。

经过反思，安吉丽丝得到了这样一个结论：人生的意义，或许只不过是嗅一嗅身旁每一朵绮丽的鲜花，享受人生征途上所收获的点点滴滴而已。因为，对于一个有限的生命来说，昨天毕竟已成为历史，明日怎样有时尚不大可知，唯有"现在"才是上天赐予我们的最好的礼物。

资深新闻工作者王梅在《快乐做自己》一书中，曾经这样提醒人们"每天都活在当下"，书中这样写道：

假使，你的生命只剩下一天，明天就要结束，你今天想做什么？狠狠大吃一顿？彻底不睡与爱人厮守？还是一个人躲起来大哭一场？

当生命走向尽头的时候，你问自己一个问题：你对这一生觉得了无遗憾吗？你认为想做的一切都做了吗？你有没有好好笑过、真正快乐过？

想想看，你这一生是怎么过的：年轻的时候，你拼了命想挤进一流的大学；随后，你巴不得赶快毕业找一份好工作；接着，你迫不及待地结婚、生小孩，然后，又整天盼望小孩快点长大，好减轻你的负担；

后来，小孩长大了，你又恨不得赶快退休；最后，你真的退休了，你也老得几乎连路都走不动了……你突然发现，正想停下来好好喘口气，可是，怎么生命就这样要结束了？

其实，这不就是大多数人的真实写照吗？他们劳碌了一生，时时刻刻为生命担忧，为未来做准备，一心一意计划着以后发生的事，却忘了把眼光放在"现在"，等到时间一分一秒地溜过，才恍然大悟"时不我予"。

的确，我们的眼、手，我们的整个心灵和身体，都生活在现在，并且也只能生活在现在。正因为如此，我们又为什么要一遍又一遍地去回顾往事、忧虑未来呢？

实际上，过去的不论多么值得流连或是多么需要悔恨，那也只是一种心理反应，"过去"已经过去，已经不再存在了；而"未来"则因为其尚未到来，也是不存在的，也没有必要去一遍又一遍地忧虑。再说，未来是现在的延伸和发展，关注于现在，把握好现在，也就是关注并把握了未来。

有个小和尚，每天早上负责清扫寺院里的落叶。清晨起床扫落叶实在是一件苦差事，尤其在秋冬之际，每一次起风时，树叶总随风飞舞。每天早上都需要花费许多时间才能清扫完树叶，这让小和尚头痛不已。他一直想要找个好办法让自己轻松些。

后来有个和尚跟他说："你在明天打扫之前先用力摇树，把落叶统统摇下来，后天就可以不用扫落叶了。"小和尚觉得这是个好办法，于是隔天他起了个大早，使劲地猛摇树，这样他就可以把今天跟明天的落叶一次扫干净了。一整天小和尚都非常开心。

第二天，小和尚到院子里一看，他不禁傻眼了。院子里如往日一样满地落叶。老和尚走了过来，对小和尚说："傻孩子，无论你今天怎么用力，明天的落叶还是会飘下来。"

小和尚终于明白了，世上有很多事是无法提前的，唯有认真地活在当下，才是最真实的人生态度。对此，你可能会说："这有什么难的？我不是一直都活着并与它们为伍吗？"话是不错，问题是，你是不是一直活得很匆忙，不论是吃饭、走路、睡觉、娱乐，你总是没什么耐性，急着想赶赴下一个目标？因为，你觉得还有更伟大的志向正等着你去完成，你不能把多余的时间浪费在"现在"这些事情上面。

不只是你，大多数的人都无法专注于"现在"，他们总是若有所想，心不在焉，想着明天、明年甚至下半辈子的事。有人说"我明年要赚得更多"，有人说"我以后要换更大的房子"，有人说"我打算找更好的工作"。后来，钱真的赚得更多，房子也换得更大，职位也连升好几级，可是，他们并没有变得更快乐，而且还是觉得不满足："唉！我应该再多赚一点！职位更高一点，想办法过得更舒适点！"

这就是没有"活在当下"，就算得到再多，也不会觉得快乐，不仅现在不够，以后永远也不会嫌够。忘了真正的满足不是在"以后"，而是在"此时此刻"，那些想追求的美好事物，不必费心等到以后，现在便已拥有。

毕竟，昨日已成历史，明日尚不可知，只有"现在"才是上天赐予我们最好的礼物。

7. 旧游无处不堪寻。无寻处，惟有少年心
——时间一去不复返

【出处】
章良能《小重山·柳暗花明春事深》
【原文】
柳暗花明春事深。小阑红芍药，已抽簪。雨馀风软碎鸣禽。迟迟

日，犹带一分阴。

往事莫沉吟。身闲时序好，且登临。旧游无处不堪寻。无寻处，惟有少年心。

【译文】

柳色春花明丽清新，春意已深。小花栏里的红芍药，已经露出了尖尖的小小花苞，如同美人头上的美丽饰物。雨后的春风，更显得温柔轻盈，到处响着各种鸟雀婉转的迎接春天的歌声。太阳缓缓升起，晴空中尚有一点乌云。

以往的事情，再也不必回顾思索。趁着美好的春景，赶快去大好河山好好游览。旧日游玩过的迹印，如今处处都可找寻。但无处可寻的，是一颗少年时的心。

【注释】

春事：春色，春意。

簪：妇女插鬓的针形首饰，这里形容纤细的花芽。

风软碎鸣禽：用杜荀鹤《春宫怨》的"风暖鸟声碎"句。碎，鸟鸣声细碎。

迟迟：和缓的样子。

【赏析】

时光流逝，故地重游之时，在一切都可以复寻、都依稀如往日的情况下，突出地感到失去了少年时那种心境，词人自不能免于沉吟乃至惆怅。但少年时代是人生最富有朝气、心境最为欢乐的时代，那种或是拏云般的少年之志，或是充满着幸福憧憬的少年式的幻想，在人一生中只须稍一回首，总要使自己受到某种激发鼓舞。人生老大，深情地回首往昔，想重寻那一颗少年心，这里又不能说不带有某种少年情绪的余波和回旋，乃至对于老大之后，失去少年心境的不甘，不满。"回来吧，少年心！"

昨天的事情已经过去了，不管成功还是失败，统统忘掉。从昨天的时间里走出来，你才有新生。时间是世人的君主，是他们的父母，也是他们的坟墓。今日，你如何利用你的时间是很重要的，因为时间是一去而不复返的。

当你在玩或忙于追求有价值的目标时，你会觉得时间飞逝。但如果你只是在熬时间，那一定是很难挨的事。

"一日之计在于晨"。当我们早起时，尤其是经过一晚酣睡后，情况大不一样。早起给我们时间以企盼的心情来迎接一整天，发动我们内在的力量，使我们能迎接眼前的挑战。"昨天"在入睡着时已结束了，所有的不快和担心也随之而结束。"今天"是新的一天，我们可以写下新的一页，只要我们肯试。

人生是有限的，但人们在有限的人生里究竟把多少时间用在了现在，用在了明明白白的眼下之所为？在时间的长河里，昨天已经去了，明天还没有来，只有今天属于自己，属于已经兑现了的"现在"，但很多时候，人们却把时间用在了思前想后上，用在了沉湎旧事、旧情、旧物上，用在了对往事中某些失误的悔恨上，或者用在了对以后岁月的空想上，而这一切都是没有效益的，都是对时间的浪费。为了已经过去了的事情忏悔、愁闷、叹息实在是毫无价值的，这样做不但浪费了你的时间，浪费了你的情感，也浪费了你的精力，浪费了你宝贵的一切。

在世界历史中，再没有别的日子比"今日"更伟大的了。"今日"是各时代文化的总和。"今日"是一个宝库。在这宝库中，蕴藏着过去各时代的精华。各个发明家、发现家、思想家，都曾将他们努力的成果，奉献给"今日"。

今日的物理、化学、电器、光学等科学的发明与应用，已把人类从过去简陋的物质环境中挽救出来。今日的文明，已把人类从过去的不安与束缚的环境中解放出来。今日一个平常人可以享受的安乐，简直可以超过一个世纪以前的帝王。

有些人往往有"生不逢时"的感叹。以为过去的时代都是黄金时代，只有现在的时代是不好的。这真是大错特错了。我们必须去接触、参加现在生活的洪流，必须纵身投入现在的文化巨浪。我们不应该生活在"昨日"或"明日"的世界中，把许多精力耗费在追怀过去与幻想未来之中。

如果一个人能够生活于"现实"之中，而又能充分去利用"现实"，那么他要比那些只会瞻前顾后的人有用得多；他的生活也会更能成功、完美得多。

时当现在，你千万不要幻想于下个月中，丧失了当下可能得到的一切。不要因为你对于下一月、下一年有所计划、有所憧憬，遂虚度、糟蹋了这一月、这一年。不要因为目光注视着天上的星光而看不见你周围的美景，踩坏了你脚下的玫瑰花朵。

你应当下定决心，去努力改善你现在所住的茅屋，使它成为世界上快乐、甜蜜的处所。至于你幻梦中的亭台楼阁、高楼大厦，在没有实现之前，还是请你迁就些，把你的心神仍旧专注在你现有的茅屋中。这并不是叫你不为明天打算、不对未来憧憬。这只是说，我们不应当过度地集中我们的目光于"明天"，不应当过度地沉迷于我们"将来"的梦中，反而将当前的"今日"丧失，丧失它的一切欢愉与机会。

人们常有一种心理，想脱离他现有不快的地位与职务，在渺茫的未来中，寻得快乐与幸福。其实这是错误的见解，试问有谁可以担保，一脱离了现有的地位，就可得到幸福呢？有谁可以担保，今日不笑的人，明日一定会笑呢？假使我们有创造与享乐的本能，而不去使用，怎知这种本能，不在日后失去作用？

我们应该紧紧抓住"今日"！

我国享誉世界的书画家齐白石先生，90多岁后仍然每天坚持作画，

"不叫一日闲过"。有一次，齐白石过生日，他是一代宗师，学生、朋友非常多，许多人都来祝寿，从早到晚客人不断，先生未能作画。第二天，先生一大早就起来了，顾不上吃饭，走进画室，一张又一张地画起来，连画5张，完成了自己规定的当天"作业"。在家人反复催促下吃过饭他又继续画起来，家人说"您已经画了5张，怎么又画上了？""昨天生日，客人多，没作画，今天多画几张，以补昨天的'闲过'呀！"说完又认真地画起来。齐白石老先生就是这样抓紧每一个"今天"，正因为这样，才有他充实而光辉的一生。

抓住现在的时光，这是你能够有所作为的唯一时刻。不要因为介意昨天的事，而毁了你今天的努力。假如我们不能充分利用今日而让时间自由虚度，那么它将一去不返。

所谓"今日"，正是"昨日"计划中的"明日"，而这个宝贵的"今日"，不久将消失到遥远的地方。对于我们每个人来讲，得以生存的只有现在——过去早已消失，而未来尚未来临。一位名人说过，昨天，是张作废的支票；明天，是尚未兑现的期票；只有今天，才是现金，是有流通性、有价值之物。因此，只有今天才是我们唯一可以利用的时间。

人生拼搏的机会是不多的，为此，有机堪搏直须搏，莫待无机空徘徊。时间的特点是：既不能逆转，也不能储存，是种不能再生的特殊资源。岳飞说得好："莫等闲，白了少年头，空悲切。"我们要以珍惜的态度把握时间，从今天开始，从现在做起——记住！现在做起！——现在！

8. 夕阳芳草本无恨，才子佳人空自悲

——人不要自寻烦恼

【出处】

晁补之《鹧鸪天·绣幕低低拂地垂》

【原文】

绣幕低低拂地垂。春风何事入罗帏。胡麻好种无人种，正是归时君未归。

临晚景，忆当时。愁心一动乱如丝。夕阳芳草本无恨，才子佳人空自悲。

【译文】

帘幕低垂，拂到了地上。哪来的一阵春风，没事跑到我房间里。这正是春天种胡麻的季节啊，却没有人来播种，这应该是你该回家的时候了，你却还没有回来。

天色渐晚，夕阳西下，我又想起当时我们在一起的情形。这一想就扰乱了我的思绪，心乱如麻。其实夕阳和芳草都是没有感情的东西，自然也不会有离恨相思了，只是才子佳人借它们为自己悲叹罢了。

【注释】

罗帏：丝帐。

胡麻：即芝麻。

【赏析】

这首词是作者模拟妻子思念丈夫之作，为一首凄美的闺怨词。春风拂面，播种胡麻的季节已到了，可丈夫迟迟未归，怎不叫人心中焦虑？回忆美好的往昔，更让人感怀今昔，心中苦痛。词中即景抒怀，抒发了思妇盼望良人及早归来的殷切之情。

"夕阳芳草本无恨，才子佳人空自悲"，其实夕阳和芳草都是没有

感情的东西，自然也不会有离恨相思了，只是才子佳人借它们为自己悲叹罢了。

俗话说：世上本无事，庸人自扰之。确实，生活中有许多烦恼完全是你自找的。

有一次在火车上，偶然听到一段愚蠢的对话。这段谈话长达一个小时，而焦点一直集中在这两个人的明天以及接下来的一周将会有多累。这两个人像是在彼此说服对方，或是说服自己，强调他们在工作中将会花多少时间、多少力气，他们会睡不了几小时觉，最重要的是他们会疲倦得不得了。他们两个都说了些类似的话，如"老天！明天我会累死了！"或"我不知道下星期要怎么过！"及"今天晚上我只能睡三小时了！"他们谈到晚上加班、缺乏睡眠、不舒服的旅馆床铺、大清早的会议等。他们已经觉得精疲力竭了，而我相信事情也就会照他们所预期的那样发生。我不敢确定他们是在吹牛还是在抱怨，但有一点是可以肯定的：只要这样的对话继续下去，他们就会变得越来越疲倦。他们的声调很沉重，似乎即将缺乏睡眠的问题已经影响到他们了，就连我只是听了一阵子他们的对话，也觉得疲倦得不得了。

这个故事说明，一个人不论用什么方法想象自己的疲劳，都只会产生加重疲劳的后果。一个人预想自己很疲倦，就向大脑发出了一个信号，提醒大脑发出疲倦的反应，这就是说，你的疲劳正是对你自己胡乱想象的一种报应。你的烦恼是自找的。一个人把烦恼寄给流逝的时光，收到的是天天烦恼；把烦恼转嫁给别人，到头来仍然是自寻烦恼；把烦恼流放到云天沃野，最终，你会感到，人生处处充满烦恼。

还有的人是用另一种方式来自寻烦恼的。有两个穷人一道赶路，边走边聊。其中一个人说："老兄，咱俩这么穷，要是能拾到一笔钱该多好啊。喂，你说，要真拾到钱，咱俩该怎么办？"另一个人说："怎么办，那还用说，见面分一半呗，咱俩一人一半。"

"不对,"第一个人说,"钱这东西,谁拾到就是谁的,凭什么我要分你一半呢?"

"嘿,咱俩一块出门赶路,拾到钱,你还要独吞不成?真是个守财奴,不够朋友。不够朋友的人其实就是衣冠禽兽。"另外一个越说越激动。"你说什么?衣冠禽兽?你再说一遍。""说就说,我怕你呀,衣冠禽兽。"

话音未落,你一拳我一脚,两人就扭打在了一起,不可开交。这时从对面走过来一个人,见状上前拉架。二人竟不肯住手,口中还在叫骂。劝架的好不容易弄明原因,不禁哈哈大笑,说:"我还当真的拾到钱了呢,还没拾到就打得鼻青脸肿了呀?"

两人这才回过神儿来,打了半天,其实没拾到钱,耽误了赶路不说,衣服弄脏、弄破了,而且搞得鼻青脸肿,真是何苦。这正是自寻烦恼者的典型表现。

但有时候尽管你不愿意寻找烦恼,烦恼也会找上门来。正所谓:人在家中坐,祸从天上来。烦恼这杯苦酒,是人生中难以避免的。望着远处的群山渐渐变得渺茫,黄昏悄悄爬上心头;往昔含情娇羞的目光,如今已是满眼挂着寒霜;抚摸征程中被荆棘刺破留在心中那隐隐作痛的感伤……你忽然觉得,烦闷会从天而降,苦恼也在心中激起巨浪。

这时,不必怕,轻轻闭上双眼。不要害怕烦恼会让你经受痛苦,不要担心烦恼会让你无法摆脱。烦恼要来,逃避它只会更加烦恼。要勇敢地接受烦恼,任烦闷的思绪,充斥你的心海;让苦恼的血液,在你的心中回荡。人要健康,身体需要锻炼;人想坚强,心灵更须磨炼。生活中没有烦恼,人生难免长满幻梦的野草。生活不全是鲜花铺就的成功之路,人生除了岛屿,还有暗礁。烦恼让你付出很多,同样也会让你收获不少。如果是烦恼使你最终明白,人生注定要充满烦恼,那么,就高高兴兴经历烦恼吧!但请记住,不要重复同样的烦恼。

当陷入某种苦恼时，不妨去爬爬山，去打打羽毛球，去游泳，去听音乐，去野炊，去人多热闹的地方，或者邀几个朋友，到田野，到河边，到湖畔，到一望无际的大草原，在那里登高望远。这样，用不了不久心情就会豁然开朗起来，就会变得轻松愉快起来。

尤其是大自然，它是人类最好的老师，也是人类精神的家园和心灵的驿站。大自然的风光有益于心理健康，俗话说：好山好水好心情。当漫步在碧波荡漾的湖畔，会感到心情恬静；面对波涛翻滚的大海，会想到迎击风浪；登山越岭，会想到奋发向上。古人说：大自然是人类永恒的良师益友，"观朱霞，悟其明丽；观白云，悟其舒卷；观山岳，悟其灵奇；观河海，悟其浩瀚；则俯仰间皆文章也。对绿竹，得其虚心；对黄花，得其晚节；对松柏，得其本性；对芝兰，得其幽芳；则游览处皆师友也"。大自然以其神奇的魔力告诉你：个人是多么渺小，你眼下的一点苦恼又是多么不值一提！

大自然风光多种多样，享受它的最好方法是旅游。在大自然美景的熏陶下，忧愁烦恼能得以消除，情绪能得到改善，心理健康水平能得到提高。因此，从某种意义上来说，旅游是缓和心理紧张，增强心理健康的一种有效的心理卫生方法。

假如没有机会出去游山玩水，那也无妨。可利用休息时间，到栽种有花卉的庭院或草坪休息片刻，或去附近优美的绿化地带、幽静的公园散散心。这样，往往会心旷神怡、精神振作、疲劳顿消。因为绿色世界不但对人体的生理功能起着良好的作用，而且对人的心理活动也有着积极的影响。有人指出，当绿色占人的视野约25%时，人的情绪最为舒适。

此外，也可以在室内陈设盆景，把大自然的优美风光，缩于一盆之中，从咫尺盆内领略自然山林之趣、名山大川之胜，可谓意境深幽，耐人寻味，同样能调剂精神，增进心理健康。